Poesía escogida

Clásicos Hispánicos

DIRECTOR

Francisco Antón

ASESOR

Manuel Otero

CLÁSICOS HISPÁNICOS

Blas de Otero

Poesía escogida

Edición de
Sabina de la Cruz
Lucía Montejo

Estudio de la obra
Amelia del Caño
Manuel Otero

Vicens Vives

Primera edición, 1995
Primera reimpresión, 2000
Segunda edición (corregida), 2000
Primera reimpresión, 2002
Segunda reimpresión, 2005

Ilustración de cubierta: Juan Ramón Alonso

Depósito Legal: B. 32.665-2005
ISBN: 84-316-6519-x
Núm. de Orden V.V.: U-331

IMPRESO EN ESPAÑA
PRINTED IN SPAIN

Editorial VICENS VIVES. Avda. de Sarriá, 130. E-08017 Barcelona.
Impreso por Gráficas INSTAR, S.A.

ÍNDICE

INTRODUCCIÓN

POESÍA ESCOGIDA

ESTUDIO DE LA OBRA

Blas de Otero (1916-1979)

INTRODUCCIÓN

A MODO DE SEMBLANZA

En la década de los años cincuenta Blas de Otero llegó a convertirse en un mito dentro y fuera de España: el del poeta que combate una dictadura con la frágil contundencia de sus versos. Esta imagen monolítica, aunque creada desde el desconocimiento de la personalidad del poeta, se avenía bien con su figura erguida y silenciosa, de rostro firme y hundidas mejillas. Pero algo quebraba esta aparente solidez. Si el ceño no los tapaba, unos ojos alargados, casi rectangulares, quietos y como ausentes descubrían al hombre desvalido que dentro se agazapaba. Esta reserva de su intimidad ha dado lugar a descripciones contradictorias del personaje, según el indagador consiguiera o no romper el cerco defensivo. Adusto o cordial, hosco o tierno, exaltado o depresivo, sólo en un dato todos coinciden: Blas de Otero era un hombre de pocas palabras y de largos silencios. Él mismo lo confiesa en una de sus prosas: "yo quiero conversar, pero no sé cómo se hace". Y en uno de los últimos poemas insiste: "este hombre no habla, / no contesta, / no se da por vencido / jamás."

No se da por vencido jamás. He aquí la clave de una personalidad que confundió a muchos y que solo era compleja en sus respuestas, no en la unidad de donde emanaban, la de su vocación irrenunciable de poeta. Este era el centro que organizaba su ser y de él partían las resistencias contra todo lo que le desviara de su pasión. Ciertas decisiones bruscas que hubo de tomar a lo largo de su vida, para los demás inexplicables, no fueron otra cosa que inesperados enderezamientos de un camino en el que sacrificó su salud, sus amores y su bienestar, dando la espalda a una sociedad donde la norma era el doblegarse a las circunstancias y aceptar los acomodos. Si toda elección comporta un peligro y deja al hombre desnudo ante los riesgos, Blas de Otero pagó muy caro el ejercicio de su libertad. El poema «En el principio» revela la tragedia y la gloria de esta decisión:

> Si he perdido la vida, el tiempo, todo
> lo que tiré, como un anillo, al agua,
> si he perdido la voz en la maleza,
> me queda la palabra.

Los sonetos estremecedores de *Ancia*, los libros sobre el tema de España o los poemas de amor nacen del contacto con la vida, allí donde se generan tanto las alegrías y las penas íntimas como las compartidas con el resto de los hombres. Ambas conforman la experiencia del ser humano y conmueven con la misma intensidad el corazón del poeta. Esta emoción transforma en poesía la realidad, moviliza la palabra creadora.

Pero la palabra poética es ante todo arte, y a este irrenunciable principio estético subordinará Blas de Otero cualquier otra intención, compromiso social incluido. Heredero de una tradición literaria culta, el poeta fue un lector voraz desde su infancia y estas lecturas quedan asimiladas a su propia voz, transparentándose en el texto.

Su formación juvenil procede de las estéticas postsimbolistas y modernistas, aprendidas sobre todo en Juan Ramón Jiménez y en los primeros libros de la generación del 27 —de aquí los colores suaves, la ensoñación, las luces difuminadas de la memoria o los efectos sonoros—, pero el joven poeta hace suyo también el legado literario de nuestros Siglos de Oro, particularmente la palabra corpórea de fray Luis de León o de Cervantes, o la tradición sonetista de Garcilaso, Lope, Góngora y Quevedo.

Rubén Darío le enseñó (como a toda la poesía española del siglo XX) los artificios métricos del verso y de la estrofa, y en Machado aprendió la melancolía del sentimiento recatado y del paisaje, a través, sobre todo, del léxico característico con que el poeta sevillano describe el campo de Castilla. Aunque Blas de Otero exalta el ejemplo y hondura humanas de don Antonio, es el Machado simbolista el que opera bajo la superficie del texto.

A Blas de Otero se le ha encasillado con frecuencia como "poeta de contenidos" y, en particular, de contenido social. La crítica suele destacar la sabia retórica de los sonetos existenciales, pero ha reparado menos en la depuración a que somete sus versos, con una técnica más esmerada cuanto menos se percibe, en los poemas aparentemente "sencillos" de la segunda etapa. Es precisamente a partir de los libros históricos donde la huella juanramoniana cala en profundidad por eliminación de todo ropaje que pudiera enturbiar la belleza de la palabra "única", aquella "que va derecha al pecho del lector, la que estremece el pensamiento y lo deja próximo a toda aventura". Esta técnica se apoya (y por ello puede pasar inadvertida) en lo menos aparente del significante, en las resonancias del ritmo que hace de la palabra un camino hacia "el país de las maravillas".

Como ha advertido con agudeza el poeta Ángel González en un estudio reciente, Blas de Otero es un escritor que trabaja con arte y que cuanto hay en su obra de social debe añadirse —y para honra suya— al hecho clave que revela esta obra, la constante creatividad de la palabra poética.

LA VIDA DE UN POETA

"El país de los ricos rodeando mi cintura"

Blas de Otero y Muñoz nace en Bilbao el 15 de marzo de 1916. Un mes antes había muerto en Nicaragua Rubén Darío, y Juan Ramón Jiménez tenía a punto su *Diario de un poeta reciencasado*. Como si la naturaleza no quisiera dejar vacíos poéticos, estos dos poetas son las voces más persistentes en la formación y en la obra del futuro escritor bilbaíno.

Estamos en plena guerra del 14, aquella que permitió a la burguesía española realizar pingües negocios al amparo de la neutralidad, sobre todo en la industria de los metales. Así acrecentó su fortuna en estos años el padre del poeta, aunque también sufrió las consecuencias de la depresión económica que acabó en 1929 con los sueños de los "felices veinte".

Nieto de un capitán de la Marina Mercante y de un famoso médico, diez años le duró a Blas de Otero su infancia de niño rico.

Una institutriz francesa (la *Mademoiselle* Isabel del poema) cuidaba de los tres hijos de la familia, sobre todo del pequeño Blas, su preferido. A los siete años ingresa en el colegio de doña María de Maeztu, en cuya cálida enseñanza aprende las primeras letras, pero pronto es arrancado de este refugio para empezar el Preparatorio e Ingreso de Bachillerato en un austero colegio de jesuitas ("yo no tengo la culpa de que el recuerdo sea tétrico", escribirá más adelante el poeta).

En Bilbao se sintieron muy pronto los primeros golpes de la depresión postbélica. En un intento de recuperar su fortuna, el padre se traslada con toda la familia a Madrid en 1927. Allí va a descubrir el niño la libertad de las calles madrileñas, los amores infantiles ("Jarroncito de porcelana"), y, siguiendo una vieja tradición familiar, recibirá lecciones de toreo en la Escuela Taurina de Las Ventas. En el Instituto Cardenal Cisneros recibe su título de Bachiller. La muerte de su hermano mayor en plena adolescencia, y dos años más tarde la del padre, amargado por la ruina total, determinan su futuro ("iba a estudiar Letras, pero un hermano que murió a los dieciséis años había iniciado ya Derecho y mi familia me animó a ocupar su lugar"). Lo que Blas de Otero pagó por "ocupar el lugar de otro" fue aprendiéndolo y sufriéndolo a lo largo de toda su vida.

"Una lenta pena": la vocación truncada

Quince años tiene el poeta cuando regresa a Bilbao con su madre y sus dos hermanas. Sobre él recae principalmente, como único varón, la responsabilidad de rehacer la maltrecha economía familiar. A este desvío vocacional seguirán años de renuncias hasta conseguir el título de abogado, mientras oculta las dificultades de la familia en el círculo de amigos que le rodean, todos muy cercanos al ambiente religioso de los jesuitas. En el periódico *El Pueblo Vasco*, él es "el Poeta" que dirige la página «Vizcaya escolar», voz orgánica de los estudiantes católicos en 1935; publica poemas y gana su primer premio de poesía en el Centenario de Lope de Vega. Su personalidad parece escindida entre el abogado que debe

La familia Otero-Muñoz en 1917. Blas es el niño más pequeño que pone su mano sobre el hombro de la madre; José Ramón está de pie y María Jesús junto al padre.

ser y el poeta que es. Así lo advierte el reducido núcleo de sus más íntimos, con los cuales comparte recogidas sesiones de música y la admiración por Juan Ramón, verdadero mentor poético de estos jóvenes, con los que el poeta moguereño mantiene frecuente correspondencia y hasta llega a dedicarles *La estación total* con las *Canciones de la nueva luz*. Su poesía, junto con la de los clásicos y los primeros libros de la generación del 27, son las lecturas habituales de estas tertulias.

La Guerra Civil le sorprende con la carrera de Derecho recién terminada. Se incorpora a los batallones vascos como sanitario y, cuando las tropas del general Franco entran en Bilbao, es enviado al frente de Levante. Acabada la guerra empieza a trabajar como abogado en una empresa metalúrgica vizcaína.

Escribe crítica musical y de pintura para el periódico *Hierro* y sigue publicando sus poemas. Dos de estas publicaciones tienen un amplio eco en la prensa del norte, «Cuatro poemas» y *Cántico espiritual*, este último resultado del recital que el grupo Alea organiza en el Ateneo en conmemoración del IV Centenario de San Juan de la Cruz. Estos poemas descubren la tensión anímica que el joven soporta al ejercer una actividad profesional que hipotecaba su auténtica vocación, la creación poética, sacrificada a lo que él considera sus obligaciones filiales. Después de madura reflexión abandona la fábrica y en noviembre de 1943 se traslada a Madrid para estudiar Filosofía y Letras, carrera que consideró la más apropiada para satisfacer, al mismo tiempo, sus deberes familiares y su voz interior. En Madrid entra en contacto con los principales poetas que entonces recibían el magisterio de Dámaso Alonso y de Vicente Aleixandre.

Pero el deber le llama de nuevo desde Bilbao al recibir la noticia de la grave enfermedad de su hermana, lo que le obliga a abandonar el curso ya empezado. Esta última renuncia vocacional se materializa en un acto de autoinmolación, la quema de todo lo escrito hasta entonces. El sacrificio supera lo soportable para un equilibrio mantenido a duras penas en lucha tan tenaz por la propia realización, y sufre una crisis depresiva. Decide ingresar en un sanatorio siquiátrico, pero aquellos métodos curativos no logran acomodar y reducir su rebeldía.

Logroño, 1938, durante la Guerra Civil, con su amigo Antonio Bilbao Aristegui.

Durante varios años Blas de Otero vive en el retiro de su casa y no aparece públicamente hasta que la revista *Egan* incluye en su primer número (verano de 1948) once de sus poemas con el título de «Poemas para el hombre». Son el germen de *Ángel fieramente humano*, libro donde resolverá literariamente la transformación que en él se había producido durante la crisis de 1944-45. En medio de la soledad y de angustiosas dudas, su catolicismo ortodoxo, su fe y sus creencias se resquebrajan definitivamente, pero el hombre que sale de este encierro es ya un hombre distinto, dispuesto a vivirse solo en su autenticidad de poeta.

Su entorno social, sin embargo, no ha variado, y es bien sabido que la burguesía fija sus estrictas normas y ampara solo a quien se doblega a ellas. Los deberes religiosos y los familiares, los amores, la profesión, constituyen un todo indisoluble que no permiten que la ruptura del inadaptado pueda ser parcial. No hay elección posible, o *salvarse* perdiendo cuanto había constituido su vida anterior, o *perderse* y aceptar la norma establecida.

"Aquí tenéis, en carne y hueso": el oficio de escritor

Desde 1947 Blas de Otero escribe febrilmente los poemas de su rebelión salvadora, aquellos que formarán *Ángel fieramente humano*, *Redoble de conciencia* y *Ancia*. Al primero se le niega el premio Adonais de 1949 por razones extraliterarias, a pesar de admitirse que era el libro de mayor calidad poética entre los presentados. Al ser publicado el libro, el nombre de su autor salta a la prensa de toda España como el poeta más auténtico y original surgido en aquellos años, impresión que se confirma al año siguiente con la aparición de *Redoble de conciencia* (1951). Poeta bronco poseedor de un dominio sorprendente de la lengua poética, destaca en medio del panorama un tanto monótono de la poesía de esa época.

El año 1952 es crucial para la vida y la obra de Blas de Otero. Por primera vez sale de España. En París entra en contacto con los exiliados españoles comunistas y, a través de las lecturas y las conversaciones, asume la interpretación marxista de la historia que dibuja una futura sociedad donde reine la armonía, basada en la justicia y la dignidad para todos. Este humanismo utópico le entusiasma y le empuja a consagrar su voz a un ideal de justicia y solidaridad, emprendiendo una tarea generosa tan inmensa que pueda disculpar la traición a los suyos, además de responder a una necesidad histórica. Ahora ha encontrado la justificación moral a su oficio de poeta, haciendo de la estética la más excelsa ética. Es la realidad la que se le impone con fuerza avasalladora y le impele a encontrar formas poéticas adecuadas para los nuevos temas.

Blas de Otero residió en París algo menos de un año y, de regreso a España, confiesa con cierta ironía: "París me pareció maravilloso e insoportable". Desea conocer a fondo a las gentes y las tierras de España, que tan hondas huellas dejarán en su poesía. Para ello viaja en el verano de 1954 por las tierras altas de la meseta castellana y de aquí van saliendo los poemas que nombran los pueblos, las esbeltas espadañas, el rostro curtido de los campesinos. Voz de las gentes sencillas que resuena a través del Cancionero y el Romancero tradicionales, en los que Otero encuentra la poesía más decantada y pura, viva aún en el pueblo, protagonista a la vez que conservador de la tradición oral.

Desde su vuelta de París Blas de Otero se ha dedicado sólo a la poesía. Vive en Bilbao con su madre y la hermana mayor, que ha tomado a su cargo la responsabilidad del hogar materno. Las conferencias y recitales que da por toda España y la publicación de sus poemas en diversas revistas son sus únicos ingresos, lo que vuelve a plantear el conflicto de siempre entre su vocación y la necesidad de contribuir a la economía familiar.

"Y un buen día bajó a la calle": el poeta civil

No era fácil escribir en un país que imponía el silencio a un hombre cuya historia personal y poética corría paralela a la historia de su patria oprimida bajo la dictadura. Cuando intenta publicar un libro al que titula significativamente *Pido la paz y la palabra*, tropieza con la prohibición de la censura: la palabra ha de ser enmascarada, la paz se ha convertido en un vocablo subversivo. Por fin, salen a la luz estos poemas donde ha tenido que sustituir algunas palabras por otras inofensivas para la dictadura: "dios" se transforma en "sol", "falanges" se convierte en "alángeles". Lo que significó *Pido la paz y la palabra* en la poesía de la mitad de los cincuenta queda patente en las noticias de los periódicos, que lo aclaman como uno de los títulos míticos de la poesía contemporánea y el de mayor repercusión en el extranjero.

De 1956 a 1959 Blas de Otero reside en Barcelona y se integra en los círculos de los intelectuales catalanes. Tras inútiles luchas con la censura para publicar *En castellano*, donde había ido reuniendo los poemas posteriores a *Pido la paz y la palabra*, su amigo Puig Palau le aconseja reeditar los dos libros de la etapa existencial en un solo volumen, completado con otros poemas de la misma época. El resultado es *Ancia*, que recibirá al año siguiente el Premio de la Crítica 1958. Estos poemas, sin embargo, no se libran tampoco de los ataques de la censura, más rigurosa ahora que en los años cincuenta, pues elimina versos de *Ángel* y de *Redoble* ya publicados en las primeras ediciones de ambos libros. En febrero de 1959 participa en el homenaje a Antonio Machado en Colliure y días más tarde en el de la Sorbona, representando en esta Universidad a todos los escritores españoles.

La insalvable barrera de la censura española le obliga a publicar en la capital francesa *En castellano* con el título *Parler clair*, en edición bilingüe. Estos poemas retratan a un poeta comprometido cívicamente con la libertad y también a un hombre en busca de la felicidad propia, por ello se mezclan ambos temas en la estructura de *En castellano*. Se ha dicho que éste es el libro más político del escritor vasco, y puede serlo si atendemos a que en él se denuncia, sin disfraces, una situación política, pero al mismo tiempo es también el libro donde el dolorido sentir aparece desnudo.

Entre 1960 y 1964 comienzan los largos viajes del poeta a los países donde ha triunfado la revolución socialista. Primero a la Unión Soviética y China, invitado por la Sociedad Internacional de Autores, luego a Cuba. Blas de Otero intenta conocer de un modo directo la realidad de aquellos países donde las masas habían asumido un papel protagonista. El desconocimiento de la lengua puede ser la causa de que existan pocos poemas en su obra donde se retraten los países del Este. No hay en ellos notas ideológicas sobre el socialismo, aunque sí la esperanza de que el pueblo soviético sea el artífice de la paz; lo que se refleja es el paisaje de esos

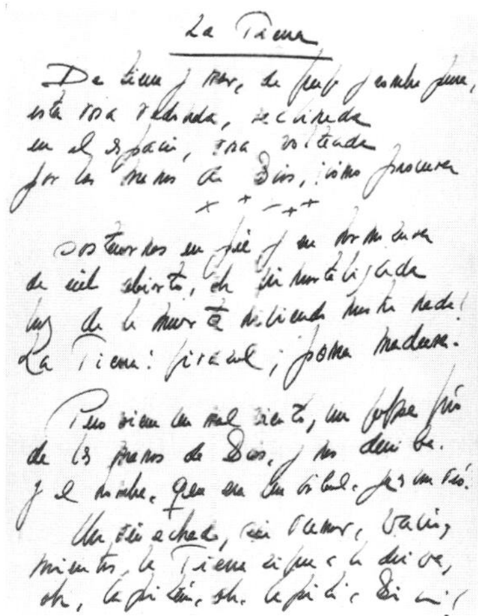

El autor a los quince años. Manuscrito del poema «La Tierra».

países, su música, sus danzas («Birmania», «Un ventiuno de mayo»). Es la patria lejana la que el poeta escucha resonando en los lejanos mares de China, y estos poemas escritos fuera de España son un intento de retenerla en la memoria.

A finales de 1961 intenta publicar Blas de Otero el nuevo libro *Que trata de España*, pero la censura elimina casi la tercera parte de los poemas. A pesar de tan feroz recorte, decide editarlo en Barcelona tal y como se le permite, para no ser infiel a un título que habla de España y para los españoles y que solo hubiera podido editarlo completo fuera de la patria. De inmediato contrata la publicación del libro —esta vez sin recortes— en Francia, aunque parte importante de los poemas censurados aparecen previamente en su antología *Esto no es un libro* (Puerto Rico, 1963).

En estos años se le concede el Premio Fastenrath, de la Real Academia Española, y el Internacional Omegna Resistenza. En el otoño de 1963 se traslada a París para la presentación de *Que trata de España*, acto que —dada la situación política española— se convierte en un multitudinario rechazo de la dictadura.

En la capital francesa, a principios de 1964, recibe una invitación para viajar a Cuba como jurado del premio de poesía «Casa de las Américas». En este viaje espera comunicarse directamente con el pueblo cubano —que en esos años vivía una revolución popular—, y paliar así las dificultades que tuvo para conocer la realidad soviética y china a causa del desconocimiento de su lengua. En las prosas de *Historias fingidas y verdaderas*, escritas durante su estancia en el Caribe, queda constancia de que Otero ha abierto bien los ojos y ha visto a un pueblo alzándose como protagonista de su historia, pese a que no deja de advertir ciertos recortes a la libertad, "lo tal vez evitable" que a media voz escribe el poeta.

De Cuba vuelve a Madrid el 28 de abril de 1968. Trae el manuscrito de unas bellísimas prosas, una gran admiración por el pueblo cubano y la experiencia malograda de un breve matrimonio ("no me pesa el amor, pésame el monte / del desamor: alrededor la muerte").

"Hacia la luz dorada del ocaso": la serenidad conquistada

Pero la muerte no es ahora una metáfora, como en sus libros existenciales, sino una amenaza real. En La Habana le han descubierto un tumor canceroso del que es operado nada más llegar a España. Conociendo la gravedad del diagnóstico, Blas de Otero acepta con serenidad su destino. Si en Cuba ha escrito desde 1966 a 1968 las prosas poéticas de *Historias fingidas y verdaderas*, la posibilidad de la muerte empuja ahora febrilmente su pluma y nacen numerosos poemas que constituirán el núcleo de un futuro libro, *Hojas de Madrid*. Once años le quedan aún de vida contra todos los pronósticos. Años de fecunda poesía y de felicidad inesperada. En aquellos terribles días que siguieron a la operación, cuando todos los caminos se cerraban, vuelve el poeta a encontrar un amor que parecía definitivamente perdido: la novia del Bilbao natal. Juntos de nuevo y ya para siempre fijan su domicilio en Madrid, y en esta ciudad prepara el poeta varias antologías (*Expresión y reunión*, *País*, *Verso y prosa*, *Todos mis sonetos*, *Poesía con nombres*), reedita sus libros, algunos por primera vez en España, como *En castellano*, o la primera edición completa de *Que trata de España*. Y sigue creando nuevos poemas, los del póstumo *Hojas de Madrid*, que queda inconcluso, aunque adelanta veinticinco poemas en *Mientras* (1970) y varios más en cada una de las antologías citadas, en especial en *Expresión y reunión* (1969).

Durante estos años madrileños vuelve Blas de Otero a sus aficiones predilectas: la música, la lectura, el cine o pasear lentamente "ruando / como / un perro de la calle, / amigo de la calle, / camarada / de la calle". Es un hombre que gusta de la compañía de unos pocos amigos y de pequeñas reuniones alrededor de la mesa. No le apetecen los actos oficiales, pero nunca olvida los encuentros con su madre y sus dos hermanas en la casa de Bilbao. Recorre en cortos viajes las tierras de España, Portugal e Inglaterra y acompaña a su mujer, profesora de literatura, en los cursos de verano de Santander y San Sebastián. Participa en los grandes acontecimientos políticos y tiene la alegría de asistir a la llegada de la libertad —que tantas veces había inspirado su pluma— y de recitar sus poemas durante la campaña electoral que inauguró la democracia en España.

La muerte le llega por sorpresa en Majadahonda el veintinueve de junio de 1979, pocos meses después de haber cumplido sesenta y tres años. Una embolia pulmonar pone fin de súbito al combate que venía sosteniendo desde hacía un mes con sus bronquios enfermos.

LA OBRA POÉTICA

En la trayectoria poética de Blas de Otero podemos distinguir un periodo de formación y tres etapas básicas, en cada una de las cuales se dan suficientes características formales y de contenido como para considerarlas partes bien diferenciadas de su evolución. Pero hay que tener bien presente que en esta poesía hay un centro invariable de interés, el mismo que configura las filosofías del siglo XX: el hombre en su existir. Este vivir conflictivo está observado desde la experiencia lírica de la intimidad personal y desde la compartida existencia colectiva.

El **periodo de formación** comprende todo lo publicado hasta la aparición de su primer libro, *Ángel fieramente humano*; la primera etapa reúne los títulos de su poesía **existencial**; la segunda, los tres de poesía **histórica** (o social) y la tercera, la obra que denominamos de **meditación integradora** por la serenidad y melancolía de las prosas y los poemas póstumos.

La voz sometida (1935-1944)

A este periodo pertenecen los poemas de adolescencia y primera juventud en los que asoman las huellas de las sucesivas lecturas, sus inclinaciones literarias y sus preferencias estéticas, y aunque su originalidad creadora no está aún bien definida, estos poemas contienen símbolos y léxico que anticipan lo que constituirá su fórmula estilística, las señas personales de su creación. Es lugar común de la crítica afirmar que Blas de Otero se inicia a la poesía en la corriente religiosa de posguerra, pero ésta no es más que una verdad a medias. Sus primeros poemas, que van apareciendo desde 1935 en revistas y periódicos, abarcan diversos temas, entre ellos los religiosos y los amorosos; en esta poesía emplea técnicas procedentes del postsimbolismo, y en ella se aprecia, sobre todo, el influjo del gusto estético modernista juanramoniano.

En 1942 sus amigos del Grupo Alea recogen en un folleto los poemas recitados en honor de San Juan de la Cruz. Esta selección temática, que no estética, nunca fue considerada por Blas de Otero como su primer libro, pues muchos de los poemas que para entonces tenía escritos superaban en calidad los de ***Cántico espiritual***; por eso es sumamente importante el examen de los poemas conservados de aquella época para rastrear la auténtica dimensión de su poesía. Tradicionalmente viene considerándose esta obra como poesía de la unión mística al modo de San Juan, sin embargo, lo que más llama la atención en estos poemas es el intento de afirmarse el poeta frente al mundo, liberándose de las ataduras que le impiden manifestar su ser auténtico. Tras el código místico no hay relación amorosa, Dios aparece como lo Absoluto y son preocupaciones humanas lo que se pone de manifiesto, problemas de identidad. La primera parte es una invocación al Padre Dios ("Estoy llamando a Ti con este cántico / para que Tú respondas y me lleves"). Por dos únicos deseos clama el poeta, un remanso de paz (en Dios, en la amistad, en la muerte) y su voz de poeta. Todo el

Cántico espiritual es el grito de un hombre que lucha en su interior por su vocación y por resolver el dilema vocación-obligación. Ése es su cántico y por medio de él habla a Aquel que conoce "la verdadera configuración interna" de su ser y le pide ayuda para realizarla, porque si no "resultarías Tú —entonces— tan inicuo que irías contra tus propias obras". Pero *Cántico espiritual* no es aún un grito de duda ni desesperanza, sino de sometimiento y confianza en el Padre que llevará al hijo hacia la posesión de la palabra "sobre el barro que asienta mi garganta". El estilo preciso y recortado de *Cántico espiritual*, la condensación del pensamiento, revelan más bien la presencia de fray Luis de León que la de San Juan de la Cruz, aunque de este último proceden vocabulario, imágenes y estructuras, sobre todo de sus comentarios en prosa (símbolos como el "vuelo / salto" o "la llaga de amor" son evidentes). Para desvanecer cualquier asomo de dudas, Otero abre el folleto con una cita de *La subida al monte Carmelo*.

La rebelión del "ángel" (1945-1951)

Tras un paréntesis de dos años, a consecuencia de su crisis personal, Blas de Otero reanuda en 1947 su labor poética. Los once «Poemas para el hombre» (1948), primera muestra del futuro ***Ángel fieramente humano***, encuentran amplio eco en los círculos poéticos y en la crítica de Madrid. La edición del libro en 1950 revela una voz extraordinaria para expresar del modo más auténtico la poesía desarraigada que había encabezado Dámaso Alonso con *Hijos de la ira* en 1944. En los poemas desgarrados de Blas de Otero se debate el hombre de la posguerra viviendo la angustiada existencia de una humanidad en ruinas.

El poeta que grita en *Ángel fieramente humano* ya no está sometido sino que alza su rebeldía ante el dolor, en medio de la soledad. Es la crónica de una lucha dramática contra un poder implacable y sordo al lamento del ser humano.

Los temas del amor, de la condición mortal del hombre, de la angustia y de la soledad recorren todo el libro. En él se desarrolla una lucha feroz de amor y de rechazo entre sus dos protagonistas, Dios y el poeta. Este **Dios** es el representante del Poder, de la Lejanía y de la Ley, el Yahvé del Antiguo Testamento, un ser que aplasta y destruye, Señor del silencio y del desamor. El combate se traduce en la lengua poética a través de un léxico que evidencia la utilización de un código religioso, por medio del cual el poeta hace patente un "antes" y un "después" en su existencia, es decir, un cambio radical en la interpretación de la vida. Para ello utiliza las fórmulas litúrgicas de la tradición religiosa en la que se ha formado pero infundiéndoles un sentido nuevo, el de la subversión del hijo que asume su condición adulta y que, con el mismo lenguaje del padre, se rebela contra el poder que le aplasta y se adueña de su propia vida, sustituyendo el fin trascendente anterior por el destino terrenal. En una auténtica "vuelta a lo humano", los rezos, las fórmulas y los cantos religiosos funcionan en el texto oteriano como un texto paralelo con el que se establecen relaciones de incompatibilidad, ironía, parodia o simplemente cita refutada.

Las **citas bíblicas** —a las que acude desde el comienzo hasta el final de su obra— tienen en sus poemas una finalidad distinta. De allí se toman imágenes, una frase, la sombra de un personaje o la elasticidad del versículo. Estas referencias míticas (en la cultura española el Antiguo Testamento es nuestra mitología y el Nuevo nuestra doctrina) funcionarían como una *mise en abîme*, una reduplicación especular que reprodujera con valor paradigmático la cosmovisión del poeta. Al identificarlas con la propia tragedia, consigue que trasciendan a un plano mítico-religioso los acontecimientos humanos y con ello los sublima convirtiéndolos en verdades irrefutables. Esta sugestión se transmite tanto si el texto bíblico se utiliza en apoyo de la propia tesis como si es refutado.

Aunque la lucha trágica que describen estos poemas termine en la soledad y el aislamiento del poeta, el grito de rebeldía que encierra el título del libro lleva implícita una nota de solidaridad, la misma de la dedicatoria "a la inmensa mayoría". Éste es el hombre nuevo cuya voz será un grito de alerta en *Redoble de conciencia*, el libro que edita al año siguiente (Premio Boscán 1950).

Redoble de conciencia es una continuación del libro anterior, aunque más solidario, pues en él halla adecuado eco el impacto causado en el poeta por la Europa en ruinas de la segunda guerra mundial. La presencia de refugiados centroeuropeos en Bilbao

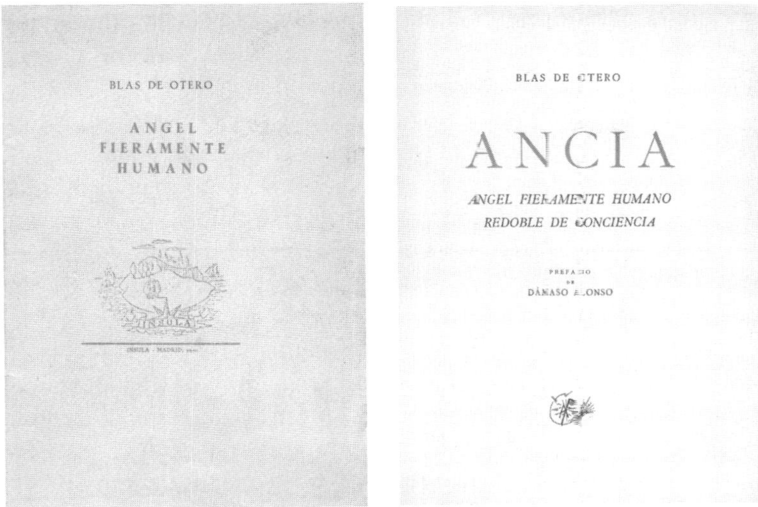

Primeras ediciones de Ángel fieramente humano *(1950) y de* Ancia *(1958).*

acercó a Blas de Otero la realidad aterradora de una humanidad a punto de ser destruida. "Tabla rasa" el mundo, millones de muertos en las trincheras, la propia inmolación se muestra poéticamente como tierra sobre la que edificar la paz.

La unidad temática y formal de *Ángel fieramente humano* y *Redoble de conciencia* se refuerza al publicar ambos libros en un nuevo conjunto, ***Ancia***, cuyo título encierra la primera sílaba de *Án*gel y la última de concien*cia*. Cuarenta y ocho poemas nuevos intercalados y la modificación del orden original obligan a una lectura distinta de los poemas primitivos. El poeta que en 1958 vuelve a leer sus viejos poemas es un hombre muy diferente al angustiado que se expresaba en los dos primeros libros. Ésta es la novedad, el sentido inaugural de *Ancia*.

Los poemas de cada uno de los grupos que estructuran *Ancia* siguen un orden cronológico de composición, dato que revela la intención de narrar una parte ya pasada de la propia vida, como una especie de mirada retrospectiva, un libro de memorias. Es significativo que el poema «Lo eterno» de *Ángel fieramente humano* varíe de título y se convierta en «La Tierra», o que «Cielo firme» sea aquí «Tierra firme», como si el poeta reafirmara el cambio que se ha producido del pasado al presente, olvidado ya de trascendencias y afincado en la realidad histórica y en la vida.

La primera parte del libro, dedicada al tema existencial, incluye 44 poemas, sonetos en su mayoría, y contrasta con una segunda sección cuyo tema nuclear es el amor. Pero los poemas incorporados dan una dimensión distinta al proceso amoroso. Dos prosas abren un camino de ternura y nostalgia, seguidos de otros dos poemas donde se canta la consumación del amor, el encuentro gozoso de los cuerpos, ya sin huellas de frustración.

La tercera parte del libro lo forman una serie de «Parábolas y decires» en la tradición gnómica de Sem Tob y Machado, breves composiciones epigramáticas donde se expresan agudos conceptos, ingeniosos o satíricos, pero de una extrema concisión y con cierto tinte vanguardista que los acerca a las greguerías de Ramón Gómez de la Serna. Renovada expresión para ver la realidad, donde el poeta muestra un peculiar humor socarrón, que atraviesa toda su obra ya desde *Redoble de conciencia* («Mundo») y que cumple aquí un saludable papel desmitificador.

El resto de los poemas siguen el camino histórico abierto en *Redoble de conciencia*. No se menciona España sino a través de una imagen que incluye el adjetivo "ibérico" ("bravo y solo sitio de un dios descamisadamente ibérico"), cerrando el libro con un llamamiento esperanzado y amoroso hacia la inmensa mayoría receptora y fuente de su poesía ("Oh inmensa / soledad. / Sálvame. / Háblame, escúchame, oh inmensa / mayoría.")

En *Ancia* predomina la **métrica** tradicional de rima consonántica, sobre todo el soneto, en raras ocasiones el alejandrino. Los poemas en verso libre desarrollan un metro más amplio, casi siempre versículos de tipo paralelístico de tradición hebraica, combinados con frecuencia con versos muy cortos («Crecida»). Pero donde Blas de Otero ejerce su poderoso genio de ruptura es precisamente en la estrofa más usada y abusada de la posguerra, el **soneto**. Un poeta como él, formado en el esteticismo de la "poesía pura" y con un conocimiento profundo de la poesía clásica (Garcilaso, fray Luis, Lope, Góngora y, sobre todo, Quevedo) utiliza una táctica de intromisión muy sutil para romper "desde dentro" el anquilosamiento de esta rígida estrofa en los años cuarenta. En *Historias fingidas y verdaderas* el propio poeta da cuenta de esta intención experimental: "El soneto, tan recogido él, tan cruzado de brazos. Pues alguien lo acantiló, lo precipitó por dentro, abombando sus límites". Lo consigue por acumulación de pausas y de acentos en un mismo verso, de numerosos encabalgamientos abruptos y de esquemas acentuales muy marcados, con todo lo cual disloca el ritmo equilibrado del endecasílabo y lo convierte en un verso más apto para encerrar la angustiada pasión del hombre del siglo XX que ha sobrevivido a dos guerras devastadoras, lo que en estos sonetos se expresa por oposiciones violentas y repeticiones obsesivas.

Este afán de encontrar nuevas formas es parte importantísima de su personalidad poética —como lo irá demostrando a lo largo de toda su obra— y una de las claves de su originalidad.

La poesía histórica o social (1952-1964)

Pido la paz y la palabra inaugura en 1955 el tema histórico (o social) en la poesía de Blas de Otero, tema que desarrollará también *En castellano* y *Que trata de España* (título, este último, con el que Blas de Otero englobará esta trilogía temática). Los dos primeros libros tienen en común no sólo el tema sino los dos poemas liminares, ambos de 1951 y con un comienzo similar: "Aquí tenéis, en canto y alma, al hombre / aquel que amó, vivió, murió por dentro / y un buen día bajó a la calle" (*Pido la paz y la palabra*); "Aquí tenéis mi voz / alzada contra el cielo de los dioses absurdos" (*En castellano*).

Es ésta, pues, la presentación del hombre que ha experimentado un cambio y del poeta que ha estrenado una voz distinta. El tema personal se funde con el tema histórico, pero los dos han de expresarse a través de la palabra; ése es el lugar del encuentro y el único medio de salvación para el poeta y el pueblo. Se sale de la tragedia personal para llegar a la colectiva, camino que parte de un deseo, dirigirse "*a* la inmensa mayoría", y llega a un acto, la inmersión "*en* la mayoría". Allí está el poeta, uno más en medio de todos.

El espacio se ha concretado y reducido a la España de los años cincuenta, donde ya no hay héroes ni luchas fratricidas sino la resaca de todo ello, el sueño escuálido de un pueblo que lame sus heridas mientras asiste al triunfo de los vencedores. Sin embargo, una luz y una esperanza pugnan por abrirse camino, y a ellas responde la poesía de ***Pido la paz y la palabra***.

Este hombre nacido y formado en el periodo de entreguerras pide la paz para una patria que sigue perpetuando el recuerdo de la guerra. Y, si antes se había debatido en el silencio y la oscuridad, ahora resurge a una nueva fe, una fe bien distinta conquistada a través de la experiencia ("Creo en el hombre. / He visto y he creído").

El libro se abre con la misma dedicatoria que *Ángel fieramente humano*, "a la inmensa mayoría". Algunos críticos vieron en esta fórmula un ataque frontal a Juan Ramón Jiménez, error que pronto advierte cualquier lector avisado de ambos poetas, por las numerosas relaciones textuales que Otero establece con Juan Ramón. Lo que Blas de Otero quiso expresar, tomando como ejemplo a su maestro, es la posible síntesis entre dos estéticas sólo opuestas en apariencia y que en realidad son una misma estética pero al servicio de dos éticas parcialmente distintas. Lo que añade Otero, frente a la teoría institucionista en que Juan Ramón apoya el valor educativo de la belleza, es el concepto dinámico de "mayoría" como creadora, además de receptora, de la poesía.

Consciente de que su dedicatoria había sido interpretada como un ataque al poeta de Moguer, aclara su intención en 1960 al reeditar *Ángel fieramente humano*, sustituyéndola por otra de Rubén Darío: "Yo no soy poeta 'de mayorías'; pero sé que, indefectiblemente, tengo que ir a ellas".

A nuevos temas, un nuevo lenguaje, un giro de la expresión por "eliminación de lo que se suele llamar retórica, y concretamente del abuso de la imagen y de la metáfora. Podría hablarse de una sencillez 'de vuelta', porque hay que distinguir la sencillez de un poeta adolescente y no desarrollado y la de aquel que con una obra consigue esa sencillez por eliminación de elementos", explica el propio poeta, evocando palabras de Juan Ramón. Mas, ¿cómo hablar *poéticamente* a un destinatario colectivo? Nada mejor que a

Para Juan Ramón, "la paz interior, metafísica, sensual [y] la paz ambiente, objetiva y propicia a todos los seres, está y debemos buscarla por la belleza y la verdad de la vida, en la poesía". Un ideal estético-ético que Blas de Otero hubiera suscrito.

través de la poesía 'colectiva' o tradicional. Aquella que nutre toda la literatura española y es al mismo tiempo cantada y escuchada entre las gentes humildes desde tiempos inmemoriales: nuestro Romancero y Cancionero tradicionales. "He puesto unos cantares del pueblo para estar seguro al menos de que hay algo bueno en este libro", escribió Augusto Ferrán en el siglo XIX, y Blas de Otero se apoya en esta cita para tomar ritmos populares del romance, sus asonancias, su metro, sus estribillos, la intensa aura poética que desprenden. No sonarán extraños a los oídos del pueblo estos versos que traen el eco de las antiguas canciones.

Desaparecen los sonetos que predominaban en *Ancia* y su crispación se atempera, convirtiéndose en melódicos versos donde se canta la belleza de las tierras de España y también el dolor de sus gentes. Predomina el verso libre de metro muy corto o con estructura de pie quebrado, el ritmo se apoya principalmente en la repetición, tanto fónica (aliteraciones, rimas internas, asonancias) como de pensamiento (paralelismos, anáforas, enumeraciones) y en esquemas trocaicos que producen un efecto sonoro de cantinela. Todo ello acerca esta poesía a las formas tradicionales, al tiempo que la dota de una esmerada estilización y de una concentración máxima.

Este proceso de reducción continúa en el libro siguiente, ***En castellano*** (1959), con poemas de gran condensación verbal. Reúne aquí los escritos desde 1955 hasta 1958; el libro no está estructurado en partes y acusa la larga "noche de piedra" de la palabra prohibida. El título procede de una cita de Menéndez Pidal sobre el habla de los antiguos castellanos, tan escueta y directa que parecen vascos. Porque hablar "en castellano" es decir lo que se siente de un modo desnudo y sin adulación, y en estos poemas se habla de España sin enmascarar el lenguaje, con la voz acusadora del poeta que se ha sentido desprovisto del derecho a la palabra. Esta palabra brota conmovida por la ausencia y el dolor de la patria, pero al mismo tiempo es cuidadosamente sometida a una decantación y a una sobriedad tal, que convierten el libro más político de Blas de Otero en el más innovador en la forma.

En castellano se organiza en varios ejes simbólicos a partir de la palabra *aire* y los verbos *salir* y *abrir* expresando el ahogo que cerca a una España convertida en "una sola horrorosa plaza de toros, / blanca de sol / comido poco a poco por un espantoso abanico / negro". Esa "obsesión de aire alegre y libre" llena de tensión poética el lenguaje, exprimido hasta sacar de la palabra y del ritmo su raíz más profunda. Pero *En castellano* no es en modo alguno un libro triste. Un tono irónico y jocoso suaviza la tragedia sin ocultarla y en ocasiones confiere un aire intrascendente a las más crueles realidades («Pato»).

Casi todo él está escrito en verso libre, excepto dos prosas y dos sonetos, pero lo que hace de *En castellano* un libro experimental es el ensayo de un nuevo ritmo que consiste esencialmente en fragmentar **el endecasílabo**, distribuyéndolo en dos o más versos. Se produce así un efecto muy parecido al de los encabalgamientos abruptos de la etapa existencial, una voz entrecortada por la violencia rítmica. El final de estos poemas, sin embargo, remansa la composición al cerrarla con la equilibrada andadura de un endecasílabo que ocupa todo el último verso.

Otro procedimiento de efecto rítmico sorprendente es la repetición trimembre de un mismo vocablo ("Ah, noche, y noche y noche en pecho y frente"). Inciden también en la ralentización del ritmo los neologismos por derivación adverbial o composición ("léridamente azul"), tan característicos del estilo oteriano.

Cualquier lector de poesía no ignora que en la posguerra española los poetas tuvieron que aguzar su ingenio para salvar la barrera de la censura. Blas de Otero, al defender que poesía y temática social no debían ser principios antagónicos, elabora todo tipo de estrategias textuales, de forma que el discurso señale un referente unívoco y origine al mismo tiempo una pluralidad de sentidos: de ese modo el lector queda sumergido en un espacio de percepción abierto que le obliga a implicarse en el proceso de la escritura y activa su capacidad creativa. Difícil equilibrio entre el decir y el callar, entre el recato y la osadía, aprovechando las posibilidades expresivas por medio de transgresiones o desviaciones de sentido, explícitas unas veces, indeterminadas otras, en un complejo contrapeso entre transparencia y opacidad.

El empleo de **técnicas vanguardistas** —como las alteraciones en la disposición tipográfica, la supresión de signos ortográficos o la fragmentación sintáctica— refuerza las posibilidades expresivas de su lenguaje poético. Porque la poesía oteriana, de tan cargado peso conceptual, no llegaría al grado de comunicación que el poeta busca si en ella no se combinaran, por un lado, la capacidad de selección y depuración de la materia verbal y, por otro, su capacidad de elaboración, creación e identificación.

Una de las técnicas que, de modo particular, caracterizan la poesía de Otero es la **intertextualidad**, es decir, la inserción en sus textos de palabras procedentes de otros textos. Cuando utiliza una cita ajena, menciona en ocasiones la fuente, que puede aparecer como epígrafe, con el nombre de su autor o sólo con sus iniciales. Es más frecuente, sin embargo, que entrelace la cita con sus propias palabras y omita el origen recurriendo a muy diversas modalidades de incorporación para que el propio texto converja con el de otros autores. Como puede comprobarse en las notas que acompañan a los poemas de esta antología, aparecen leves indicios en el nivel prosódico o léxico (semejanzas fónicas, rítmicas, marcas gráficas), puesto que no se intenta ocultar ni disfrazar la repercusión del texto ajeno, sino servirse de él para provocar un diálogo intertextual que enriquezca el texto propio con los antiguos significados procedentes del texto inductor.

Los procedimientos de intertextualidad se hacen patentes en la obra oteriana por distintos caminos: 1) Modificación o ruptura de una frase hecha, refrán o dicho popular, y 2) Alusión, parodia, cita de textos literarios cultos o de fuentes populares. *En castellano* acude con frecuencia al Cancionero y al Romancero, incluso en aspectos rítmicos, usando el octosílabo en las citas de origen tradicional o popular.

Estas incorporaciones textuales pueden presentarse de forma aislada o entrelazadas, a modo de un diálogo en la sombra entre distintos discursos asimilados y transformados. El texto oteriano resultante se carga de conceptos complejos, de valores simbólicos, en una forma condensada que revela un lento proceso de gestación. Esta sinfonía de voces ajenas es a menudo homenaje y señal de admiración hacia determinados escritores con los que comparte problemas de orden estético o filiación ideológica; en otras ocasiones, sin embargo, polemiza o critica el ideario de un determinado escritor. A veces, se trata solo de un juego de virtuosismo para que el poeta exhiba su capacidad creadora.

Con ***Que trata de España*** (1964) cierra Blas de Otero el ciclo de tema social, centrándolo en el espacio geográfico de la España de su tiempo. Si toda verdadera poesía brota de una emoción transformada por la imaginación poética, este libro tiene su origen en el sentimiento que provocan en el alma del poeta las experiencias compartidas con todo un pueblo:

> yo solo quiero cantar
> vuestras penas y alegrías,
> porque el mundo me ha enseñado
> que las vuestras son las mías.

Acaso podría hablarse de una épica lírica o de una lírica épica, pero cargando el acento sobre la lírica porque en este poemario tropezamos constantemente con los ensueños de la memoria y el dolor personal del poeta.

El libro se organiza en forma circular, el primero y el último de los poemas comienzan por la misma palabra, ESPAÑA, unidos también y resaltados por la tipografía. Dos sonetos sirven de dedicatoria, uno dirigido al lector ("Este es el libro. Ved. En vuestras manos tenéis / España"), donde identifica el hecho literario con el referente real, de tal manera que, al personificar el libro, puede dirigirse a él en el segundo soneto y solicitar su perdón por publicarlo fuera de la patria, a fin de evitar la censura.

Blas de Otero señala con claridad cuál es el objeto de su canto, no la España oficial de siniestra historia, sino la "soterrada patria", "la españa" (así, con minúscula, para rescatarla de la manipulación política) que alienta dentro de España, la eterna e intrahistórica que diría Miguel de Unamuno, constituida por sus gentes y el paisaje en que habitan.

La **estructura** temática, muy cuidada, divide los poemas en cinco partes: la primera, «El forzado», es una autobiografía nostálgica que rescata los paisajes y las figuras amadas de la infancia y de la juventud. También sus tristezas. "A golpes de palabra", el poeta intenta recobrar el tiempo y la patria perdidos, por eso la segunda parte se titula «La palabra», y en ella Blas de Otero vuelve al tema siempre presente en su obra, la reflexión sobre su oficio de poeta.

Apoyándose en la poesía más arcaica, aquella que tiene su origen en el canto y fue transmitida oralmente, abre el tercer apartado, «Cantares». Sobre él actúa el eco del Cancionero que reduce el poema y lo condensa en una aparente sencillez, un "esconder la forma" tras los elementos menos detectables de la poesía. De aquí la inclinación al paralelismo y a la aliteración fónica para, desde una técnica culta, dar una apariencia popular de gran intensidad lírica al canto de amor a la humanidad que encierra la poesía histórica de Blas de Otero. Humanidad que se concreta en el apartado cuarto en la «Geografía e historia» de España para adquirir una proyección universal en la sección quinta, «La verdad común». El apartado cuarto reúne algunos de los poemas más bellos sobre el tema de España. Con amorosa delectación toca el paisaje ("mi Vizcaya / de robles y nogales, / pinos y añosas hayas"), los nombres de los pueblos, la luz de sus atardeceres, el color de sus piedras ("Zamora era de oro, / Ávila de plata"), las plazas recónditas, la espadaña que habitan las cigüeñas. Estos poemas no describen la realidad sino la imagen interior de esta realidad, que nace del sentimiento de lo perdido al recordarlo en lejanos países. Y el paisaje se puebla con figuras, hijas de una historia desgraciada.

Buena parte de los poemas de *Que trata de España* están escritos durante sus viajes a los países del llamado socialismo real. El apartado quinto describe las experiencias allí vividas, "la verdad común", que para Blas de Otero es siempre la defensa de la justicia y la libertad. Este espacio universal abierto en su poesía tiene poco de doctrinario, pues en él se describen, como hemos señalado, los paisajes, la música o las danzas de esos países, o la muerte de poetas extranjeros de lectura entrañada (César Vallejo, Paul Éluard).

Importantes son asimismo los **aspectos formales** de este libro donde Blas de Otero, tras una larga experiencia creadora, emplea todas las formas antes ensayadas, renovándolas e intentando otras como el *collage*.

Las barreras entre la métrica tradicional y el verso libre casi desaparecen en estos poemas. La poesía tradicional está tan presente en *Que trata de España* que su influencia alcanza incluso a los sonetos, que a veces conservan solo la forma estrófica, convirtiéndose en romanceados al utilizar Otero rima asonante en los versos pares. Esta estrofa, en la que el poeta fue un verdadero maestro ya desde su primer libro, había casi desaparecido en *Pido la paz y la palabra* y en *En castellano*, pero vuelve a tener un peso muy importante en *Que trata de España*. En estos sonetos, sin embargo, se ha operado un cambio significativo: las innovaciones técnicas se intentan no desde dentro del propio endecasílabo —encrespando el ritmo con escansiones y encabalgamientos abruptos, como en la primera parte de su obra—, sino desbordando el soneto y dispersándolo hacia afuera con la incorporación de otros metros (dodecasílabos, alejandrinos, heptasílabos...); Otero llega a incluir un romancillo que desempeña la función de simple enlace, como en la poesía popular de tipo tradicional. En los últimos experimentos, el soneto alarga su metro hasta crear versículos de amplísima medida, tal y como anuncia el poeta: "hagamos que el soneto se extienda, respire como un mar sin riberas".

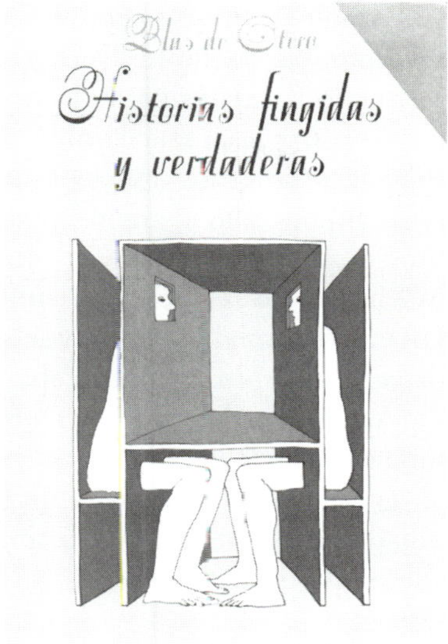

Primeras ediciones de Pido la paz y la palabra *(Cantalapiedra, 1955) e* Historias fingidas y verdaderas *(Alfaguara, 1970)*

Pero si Blas de Otero es un poeta de técnica depurada, sometida siempre a un proceso de experimentación, es también un atento receptor del lenguaje coloquial que, saltándose la norma, alcanza la máxima expresividad poética. "Palabra viva y de repente" con que la "gente dice cosas formidables, / que hacen temblar a la gramática. / ¡Cuánto del cortar la frase, / cuánta de la voz bordada!" Se produce así un trasvase lingüístico —y cultural— del pueblo al poeta, que revierte, en última instancia, y a través de la poesía, al propio pueblo del que la lengua es patrimonio.

Una meditación integradora (1965-1979)

El último periodo de la creación oteriana comprende *Historias fingidas y verdaderas* (1970) y los poemas escritos desde 1968 hasta su muerte en 1979. Compuso también varios textos en prosa bajo el título de *Nuevas historias fingidas y verdaderas* que fueron publicados en la revista *Trece de nieve* en 1972. En estos diez años edita varias antologías que tienen especial interés por razones que se expondrán más adelante. Es ésta una etapa de culminación creadora, buscando la expansión de la voz, bien al liberarse del metro en las prosas o por el ensanchamiento del versículo en *Hojas de Madrid*. Pero al estudiar los textos pronto se observa que esta liberación de la palabra es solo aparente, pues tanto la prosa como los versos libres están sometidos a un estrecho control formal que anticipa muchas de las técnicas experimentales de la década de los setenta. Un clima surrealista los envuelve, con asociaciones ilógicas y escapadas al absurdo. Tampoco abandona Blas de Otero la métrica tradicional y escribe en estos años abundantes sonetos con atrevidas modificaciones.

Lo nuevo e insólito para un lector de la obra oteriana es la serenidad que alienta en esta última etapa de creación, tanto cuando contempla las realidades de su propia vida, como la Historia colectiva.

En 1966, durante su estancia en La Habana, comienza Blas de Otero a escribir las prosas de ***Historias fingidas y verdaderas***. Quedan terminadas en abril de 1968, en el momento de su vuelta a España. En el libro recupera también tres textos de años anteriores, uno de los cuales, «Está lloviendo de memoria», data de 1949. No es fácil encasillar en un género estos textos. ¿Se trata de prosa o de poesía? El mismo poeta duda al clasificarlos, pero da la más acertada descripción: "tal vez se trata de relatos o ensayos condensados, acercándose otras veces a otro tipo de poemas".

Estas *historias* entre la realidad y el ensueño son tan *fingidas* como *verdaderas*. Son *historias* porque en ellas se narra (o más bien se medita sobre) la propia vida. Pero también *ensayos*, porque el poeta trata en ellos de estética, política, viajes... En ocasiones semejan *relatos*, a veces descriptivos, otras históricos. Y todo ello con un estilo apretado, sometido a refinado control hasta presentar una engañosa sencillez y espontaneidad. "Caminamos al azar, esto es lo que parece", insinúa burlonamente Blas de Otero en una de estas prosas. Porque el lector es arrastrado por el sabio ordenamiento de la entonación, cuidadosamente sopesada, para sorprenderse de pronto por las múltiples asociaciones que suscitan las palabras, los varios significados que escapan en el montaje sintáctico, las referencias intertextuales, el humor imprevisto. El texto no es tan inocente como parecía, se torna hermético, como un rostro que se muestra y se esconde, una imagen "que es más que lo expresado, o bien la única vía de conocimiento de algo que sin esa imagen nos quedaría para siempre vedado".

El título procede del *Quijote* (II, 62): "que las historias fingidas tanto tienen de buenas y de deleitables cuanto se llegan a la verdad o la semejanza della, y las verdaderas tanto son mejores cuanto son más verdaderas". Si la literatura crea desde la opacidad de la palabra una realidad más clarividente, Blas de Otero advierte en la poscita que en la España de 1970 aún existe una censura que obliga al escritor a eliminar, sustituir o enmendar sus textos, convirtiéndolos en "semifingidos" o "medio verdaderos".

Estas noventa y nueve prosas están divididas, con criterio temático, en tres partes: la primera es una **autobiografía** en tres planos (el poeta, su vida, su experiencia histórica), pero en un orden inverso al que presentaba este tema en *Que trata de España*; ahora comienza por el oficio de escritor, "la apuesta más arriesgada que puede hacerse, en ella se juega todo a una palabra, la única que escoge el poeta a cambio de su propia vida expresada". Vida, pues, transmutada en literatura, en la que el poeta descubre por entero lo primordial de su ser y existir, la creación poética.

Luego narra episodios de su vida: el mar, uniendo diversos momentos y ciudades; la lluvia como enlace de la memoria, viejos amores, recuerdos y amarguras casi olvidadas. Es la parte más emotiva del libro y también la más extensa, como si Blas de Otero, pasada la cumbre de los cincuenta años, quisiera afincarse en el pasado más que en el tiempo por venir. Las llamadas al absurdo, la técnica cinematográfica de los planos ensamblados y el *flash-back*, las enumeraciones ilógicas, enmascaran los referentes autobiográficos al modo de un "decir y callar".

Con mirada entre irónica y crítica repasa la **tierra** y la **historia españolas** y a continuación da noticia de la experiencia revolucionaria que el poeta ha vivido en **Cuba**. Son los textos más descriptivos y narrativos, y, en los segundos, se observa un cierto deje antillano pegado a su voz en el vocabulario y en ciertas expresiones coloquiales.

La tercera parte es la más **meditativa**. En medio de la soledad el poeta se siente cada vez más cansado de andar, de escribir, de luchar por la libertad. Pero sigue vagando por el mundo, arrastrando maletas, confortado por los libros amados de siempre, absorto en la contemplación de la belleza y en las propias desdichas. Una prosa-poema cierra el libro, no obstante, con una profesión de fe en la vida, en acción de gracias por todo lo ya vivido.

Blas de Otero declaró en varias entrevistas que *Historias fingidas y verdaderas* tiene su origen en la relectura de los *Pequeños poemas en prosa* de Baudelaire y de la obra de Rimbaud (posiblemente, las prosas de *Una temporada en el infierno*). Aparte de otros muchos ecos textuales de escritores españoles y extranjeros que podemos espigar en este libro, dos son las presencias que con más eficacia operan en la magistral prosa oteriana: en la dislocación lógica y en las imágenes insólitas y deslumbrantes, muy próximas a las técnicas surrealistas, está **Rimbaud**, pero el ritmo balanceado, la entonación armonizada y las apoyaturas acentuales para conseguir el equilibrio perfecto de la prosa lo ha aprendido de **fray Luis de León**, que suena en su garganta con voz "escueta y tangible". Esta prosa encierra numerosos metros tradicionales distribuidos con cuidado, aliteraciones sugerentes, paralelismos y enumeraciones propias del verso. Y, sin embargo, son prosa por la discontinuidad del procedimiento.

De nuevo un escritor pasea de forma obsesiva por estas páginas, el maestro al que queda asido tanto cuando lo afirma como cuando lo niega. Si hay una rosa en el valle de Orozco es la que **Juan Ramón** aconsejó no tocar en su limpia desnudez, "como un buen poema", añade el poeta bilbaíno. Un paso más y Blas de Otero reconoce en el poeta del esteticismo puro a un poeta comprometido que defiende el valor social de la belleza y en las prosas, juanramoniano es el deleitarse en el juego de las sonoridades, en el toque delicado del nombrar sugerente, en ese ir de la palabra a la cosa recreando la realidad en su sentido más profundo solo con nombrarla.

Cuando en 1968 vuelve Blas de Otero de La Habana y llega a Madrid gravemente enfermo, comienza a escribir a un ritmo acelerado, como aquel a quien se le acaba el tiempo e intenta detenerlo con el único medio a su alcance, la palabra. Durante diez años seguirá llenando con poemas las carpetas que llamó en un principio *Hojas de Madrid* y que fueron más tarde ampliándose con *La galerna*. En 1969 incluyó algunos de esos poemas en la antología *Expresión y reunión*; con veinticinco más formó el libro *Mientras* (1970), y en años sucesivos distribuyó algunos más en otras antologías (*País*, *Verso y prosa*, *Poesía con nombres*) y en varias revistas. Después de 1979, siguiendo la costumbre del poeta, se han publicado nuevos poemas en las reediciones de estas antologías y en revistas, principalmente en *Expresión y reunión* (Alianza, 1981), en la revista *El Urogallo* (1987) y en *Poemas de amor*. En el momento de su muerte aún no había estructurado los poemas de *Hojas de Madrid* en un libro independiente.

Los poemas publicados de ***Hojas de Madrid*** son de muy diversa factura. Predomina el verso libre, sobre todo el versículo en largas tiradas, con esquemas repetitivos vinculados con frecuencia a la anáfora («En par», «Lo fatal», «Morir en Bilbao») o paralelismos sintácticos muy cercanos a los "cantares de amigo" galaicoportugueses, pero con metro más amplio. Otro procedimiento rítmico mezcla en un mismo poema versos de medida muy dispar, desde el versículo al verso de una sola palabra («Siete»).

Resulta difícil reunir temáticamente los poemas de *Hojas de Madrid*, al no haberlo hecho el propio poeta en la organización de un libro; caso aparte es ***La galerna***, cuyos poemas giran en torno a la expresión de estados psíquicos depresivos simbolizados en la súbita tempestad norteña así denominada. Una peculiaridad interesante en muchas de estas composiciones —que en su día apuntó el poeta— es la mezcla de los temas colectivos y los personales, como si Blas de Otero no pudiera separar ya las facetas existencial e histórica de su obra anterior. Si allí alternaba en un mismo libro poemas líricos y sociales, dicha alternancia se produce aquí en el interior del propio poema. Así, en un poema amoroso la mujer es descrita con "fachada de guerrillera", en otro se alude a los prisioneros políticos de una lejana isla griega; del mismo modo, un texto que es básicamente una meditación filosófica tiene como fondo el abrazo "entre los espinos del cercado". Caso extremo de esta superposición de planos temáticos lo constituye «Alexander Nevsky», poema donde, en versos alternados, se van simultaneando dos universos, el acto amoroso y las escenas del héroe ruso suscitadas por la audición de la cantata de Prokofiev.

Inquietante es la fusión de la muerte y de la vida ("La vida tan parecida a la muerte en la misma proporción en que la muerte semeja y se hace y restalla vida"). El poeta se atrinchera en las dos únicas verdades ciertas, el vivir y el morir inevitable, pero ya sin la crispación de sus libros existenciales. La serenidad se ha adueñado de los versos por la aceptación plena y libre del crepúsculo de la existencia. Esto es lo conmovedor.

Pero en *Hojas de Madrid* abundan también los poemas tiernos y luminosos. Es la tenue voz de aquellos versos donde se canta la cotidianidad del amor. En voz baja, las palabras casi no se atreven a tocar el misterio del vivir compartido, la paz de la casa («La palmatoria de cobre», «Potestades»). La misma ternura rodea el recuerdo de los amores adolescentes en «Nadie».

Esta misma serenidad se extiende al tema histórico en una visión universal, el enfrentamiento de las dos sociedades que dividían por aquellos años el mundo, socialismo y capitalismo. El poeta parece contemplarlas con una mirada lúcida, rechazando con la misma contundencia la carrera armamentista, los "misiles de uno y otro lado".

Otro de los motivos recurrentes es la reflexión sobre el oficio de escritor. Blas de Otero incide una y otra vez en la función metapoética, el verso trata de la propia construcción del verso, penetrando con más sutileza aún en el espejo de niebla de las palabras.

El tema del amor

Los temas existencial e histórico están vinculados a etapas bien definidas de la biografía y la obra oterianas, y, en cada una de ellas, esos temas han sido estudiados en las páginas precedentes. Pero el sentimiento amoroso acompaña al hombre a lo largo de toda su vida y constituye un tema permanente en la poesía de Blas de Otero. Precisa, por esta razón, una consideración especial.

Cuando en 1987 seleccionó Carlos Sahagún los *Poemas de amor* de Blas de Otero, por primera vez se reunieron en un solo volu-

Bilbao, febrero de 1963, durante el noviazgo con Sabina de la Cruz.

men los poemas amorosos ya editados y numerosos inéditos. Solo entonces fue posible tomar conciencia de que el amor y la mujer tenían una dimensión muy importante en esta poesía, al tiempo que se observaban los numerosos matices de que aparece revestido el amor. Si en alguna ocasión se ha dicho que en la poesía de Blas de Otero faltaba la lírica amorosa o que tenía un tono "mariano", este repertorio de ciento tres poemas (y los que aún contenga la parte no editada de su obra) muestra el riesgo y el equívoco a que pueden conducir ciertas aproximaciones críticas a la obra literaria.

Un examen atento nos revela tres constantes en el tratamiento del amor: el marcado tono erótico en la descripción del cuerpo femenino, la ausencia de alusiones o imágenes directas de los órganos sexuales y la ensoñación del sentimiento amoroso que acompaña siempre a la descripción, llegando a impregnar de erotismo los lugares donde se vivió el episodio amoroso.

El amante, por otra parte, establece con la amada varios **tipos de relación** que provocan sentimientos distintos:

1) En un primer momento, el amante desea la plena posesión de la amada y, al quedar frustrado en su deseo, reacciona con la

más airada crispación y furia. Ese es el tono de la mayor parte de los poemas amorosos de la etapa existencial. Hasta ahora se había interpretado como una unión mística entre Dios y el alma la ambigua presencia de la mujer en estos poemas. Pero el sentido verdadero se desvela al advertir que no hay unión, que algo o "alguien" **impide la relación** comenzada. Lo que se opera en este lenguaje es una "vuelta a lo humano" de las imágenes religiosas a fin de describir, no la posesión, sino el *deseo* de la posesión, porque es esta condición de deseada lo que dota a la mujer de la inmensidad y de lo absoluto propio de la divinidad. Lo prueban las descripciones sobrecogedoras del cuerpo femenino metaforizadas en elementos espaciales de la inmensidad (mar, música, alas). El antagonista que interfiere la unión de los amantes se lexicaliza en la palabra "Dios", tal vez metáfora tras la que se esconde un poder social represor. La frustración llega, sí, pero no por el hastío de la unión carnal insatisfactoria, sino por la imposibilidad de realizar la unión deseada e impedida.

2) Una vez eliminado de los intereses poéticos de Otero el tema de la lucha con Dios, la mujer queda exenta y libre para constituirse en ser social y compañera del hombre; los poemas relatan ahora el **encuentro gozoso** de los amantes. Esta nueva dimensión gratificante del amor aparece en *Ancia* por primera vez y perdura en su obra posterior. En varios poemas de la última época el acto amoroso se transforma en una realización del arte y de la vida.

3) En ocasiones, la memoria rescata **figuras femeninas del pasado** y la ternura se enseñorea del lenguaje poético. Desde los primeros poemas de Blas de Otero llegan estos personajes femeninos (*Mademoiselle* Isabel, Jarroncito de porcelana, la hermana de la Monse) como una galería de retratos siempre vivos en el recuerdo. Delicados amores de la infancia o de la juventud, perdidos pero nunca olvidados; solo el tiempo es el culpable de esta pérdida, por eso la memoria recorre los momentos felices del pasado sin crispación ni rebeldía. En el poema «Parece que llueve» el poeta acepta resignadamente su falta de decisión en los años de juventud y, ante la nostalgia de lo que pudo ser y no ha sido, se lamenta "delicadamente", palabra mágica para evitar el dolor de la pérdida y la propia culpa.

Dos instantáneas del poeta, en sus últimos años.

4) En varios poemas de la etapa social Blas de Otero sale en defensa de **figuras femeninas extraídas de la marginación social**, en especial las mujeres prostituidas en una sociedad hipócrita. El poeta las presenta como víctimas inocentes de la injusticia social y las describe hermosas y puras, vengándolas con la ofrenda de su amor gratuito. El acto amoroso se llena de respeto y ternura y queda enaltecido por referencias a la mística de San Juan de la Cruz («Noches...» y «Lejos»).

5) En otra serie de poemas la mujer es deseada como **compañera**, en la expectación de la llegada o en la lucha por la utopía de una sociedad más justa. Esta nueva visión amorosa comienza en *En castellano*, sigue en los libros sucesivos y en las antologías *Esto no es un libro*, *Todos mis sonetos*, pero sobre todo en *Hojas de Madrid*. Estos poemas póstumos ofrecen las descripciones más eróticas de la poesía amorosa de Blas de Otero, pero también las más delicadas en la convivencia del amor cotidiano. A modo de un diario hogareño, reflejan la realidad del amor compartido en la sucesión de los días difíciles y dichosos que forman el entramado de la vida.

Las antologías

Blas de Otero publicó varias antologías desde muy temprano. *Cántico espiritual* sería la primera en 1942, seguida en 1952 de *Antología (y notas)*. En ésta incluye varios poemas de los libros existenciales ya publicados más otros del futuro *Pido la paz y la palabra*, rasgo este común a todas sus antologías. La anticipación en las antologías de poemas inéditos que luego se integrarán en libro independiente, es uno de los rasgos peculiares de Blas de Otero y de suma importancia para el estudio de la génesis textual, porque casi siempre ofrecen variantes respecto a la redacción definitiva.

Las antologías oterianas publicadas siguen, bien un criterio estético, ofreciendo una visión global de su trayectoria poética, o responden a razones temáticas, sea de contenido o de forma.

Blas de Otero publica sus antologías a petición de los editores, con frecuencia para paliar las dificultades económicas que ha de afrontar a causa de la censura. *Expresión y reunión* y *Verso y prosa* eran hasta ahora las únicas antologías no temáticas, a las que hay que añadir la presente de Vicens Vives, donde por primera vez se presentan los poemas anotados y comentados.

En la primera antología temática, *Cántico espiritual*, reúne los poemas de tema sanjuaniano; en *Esto no es un libro* aparecieron los que se refieren a alguna persona o aluden a algún nombre, con una intención que se refleja en un texto de Walt Whitman, que da título al libro: "esto no es un libro, quien vuelve sus páginas toca un hombre". Aprovecha esta edición de Puerto Rico para introducir los poemas eliminados por la censura en el libro que intentaba publicar por aquellas fechas, *Que trata de España*. Con base en esta antología, desechando alguno de sus poemas y añadiendo otros nuevos, edita en Madrid *Poesía con nombres* (1977).

País (1971), sobre el tema de España, lleva un buen estudio de José Luis Cano. *Todos mis sonetos* (1977) sigue un criterio formal de selección. Reúne los de sus libros anteriores, más numerosos sonetos que han ido "cayéndosele de las manos" durante los años en que escribía los poemas en verso libre de *Hojas de Madrid*. Muerto ya el poeta se editan los *Poemas de amor* (1987) ya aludidos.

ESTA EDICIÓN

Los poemas de esta antología proceden de aquellas ediciones con texto ya fijado por Sabina de la Cruz de acuerdo con la edición crítica de la *Obra Completa* de Blas de Otero que ha preparado para su próxima publicación. Las dificultades que los especialistas han advertido para una edición crítica de la obra de Blas de Otero, debido a la incesante elaboración a que sometía sus poemas sin darlos nunca por terminados, y las variantes que se observan en las reediciones y antologías que hizo en vida, han sido resueltas de acuerdo con las modernas directrices de la crítica textual, manejando manuscritos y contrastando todas las ediciones.

Los datos y las valoraciones sobre la vida del poeta y su obra, así como las notas a los poemas, se fundamentan en los muchos años de investigación sobre Blas de Otero al que las autoras de esta edición dedicaron sus respectivas tesis doctorales y un nutrido número de publicaciones, ponencias, cursos y ediciones. Esta edición se beneficia, en particular, de la edición crítica de la *Obra completa* de Otero ya aludida (Sabina de la Cruz) y de los estudios sobre la poética de Blas de Otero (Lucía Montejo).

Madrid-Arcentales, 1995.

SELECCIÓN BIBLIOGRÁFICA

Las siguientes ediciones han servido de base para la presente. Hemos de advertir, sin embargo, que aún persisten en ellas algunas variantes respecto al texto ya fijado en la edición crítica.

Ancia, Visor, Madrid, 1986.

Pido la paz y la palabra, Lumen, Barcelona, 1976.

En castellano, Lumen, Barcelona, 1982.

Esto no es un libro, Editorial Universidad de Puerto Rico, Río Piedras, 1963.

Que trata de España, Visor, Madrid, 1977.

Mientras, Javalambre, Zaragoza, 1970.

Expresión y reunión, Alianza Editorial, Madrid, 1983.

Historias fingidas y verdaderas, Alianza Editorial, Madrid, 1980.

Todos mis sonetos, Turner, Madrid, 1977.

Poemas de amor, Lumen, Barcelona, 1987.

Hemos recogido un breve repertorio bibliográfico que puede ampliarse con el que proporciona María Asunción Moral en *Al amor de Blas de Otero*. Para la biografía de Blas de Otero es conveniente acudir a la publicada en *Verso y prosa*, en *Al amor de Blas de Otero* y en *Teoría poética a través de la obra de Blas de Otero*. Al final de esta bibliografía el lector encontrará los números monográficos de revistas y Actas de Congresos, donde se reúnen trabajos de los principales especialistas en la obra oteriana.

ALARCOS LLORACH, Emilio, *La poesía de Blas de Otero*, Anaya, Salamanca, 1973^2.

ALEIXANDRE, Vicente, «Blas de Otero, entre los demás», en *Los encuentros*, Guadarrama, Madrid, 1958, pp. 219-224.

ALÍN, José María, «Blas de Otero y la poesía tradicional», en *Archivum*, XV, Oviedo, enero-diciembre, 1965, pp. 275-289.

ALONSO, Dámaso, «Poesía arraigada y poesía desarraigada», en *Poetas españoles contemporáneos*, Gredos, Madrid, 1952, pp. 345-358.

ASCUNCE ARRIETA, José Ángel, *Cómo leer a Blas de Otero*, Júcar, Madrid, 1990.

AZAOLA, José Miguel, «Retrato del grupo "Alea"», *Bilbao*, 80, feb. 1995, IX.

BARBOSA-TORRALBO, Carmen, *Poesía como diálogo. La voz de Blas de Otero y su recepción*, Madrid, Libertarias, 1994.

BARROW, Geoffrey Ridley, *The Satiric Vision of Blas de Otero*, Columbia, University of Missouri Press, 1988.

BOUSOÑO, Carlos, «Un ensayo de estilística explicativa. (Ruptura de un sistema formado por una frase hecha)», *Homenaje universitario a Dámaso Alonso*, Gredos, Madrid, 1970, pp. 69-84.

CANO, José Luis, *Poesía española del siglo XX. De Unamuno a Blas de Otero*, Guadarrama, Madrid, 1960.

COHEN, J.M., *Poetry of this Age (1908-1958)*, Arrow Books, Londres, 1959, pp. 238-253.

COTRAIT, René, «L'évolution idéologique de Blas de Otero», *Les Langues Néo-Latines*, julio, 1967, pp. 21-63.

CRUZ, Sabina de la, «Introducción» a Blas de Otero, *Expresión y reunión*, Alianza, Madrid, 1980, pp. 9-48.

—, «Introducción» a Blas de Otero, *Historias fingidas y verdaderas*, Alianza, Madrid, 1980, pp. 7-23.

—, «La erotización del espacio en los *Poemas de amor* de Blas de Otero», *Eros Literario*, Madrid, Universidad Complutense, 1989, pp. 323-340.

FAGES GIRONELLA, Xabier, «Blas de Otero: Digo vivir», en B. V. Jácome, A. Cardona y X. Fages, *Nuevas técnicas de análisis de textos*, Madrid, Bruño, 1980, pp. 515-542.

FERNÁNDEZ ALONSO, María del Rosario, «La poesía de Blas de Otero o el sentimiento de la muerte en carne viva», en *Una visión de la muerte en la lírica española*, Gredos, Madrid, 1971, pp. 348-358.

GALÁN, Joaquín, *El silencio imposible. Aproximación a la obra de Blas de Otero*, Planeta, Barcelona, 1995.

GARCÍA DE LA CONCHA, Víctor, *La poesía española de 1935 a 1975*, Cátedra, Madrid, 1987.

GARROTE, Gaspar, *Claves de la obra poética de Blas de Otero*, Madrid, Ciclo Editorial, 1989.

LÓPEZ BERNASOCCHI, A. y LÓPEZ DE ABIADA, J. Manuel, «Las figuras de repetición en la poesía de Blas de Otero. Sistema, construcción y condicionamiento», en *Entre la cruz y la espada. En torno a la literatura de posguerra. Homenaje a Eugenio G. de Nora*, Gredos, Madrid, 1984, pp. 211-253.

MARCILLY, Charles, «Blas de Otero, "Tañer"», en S. Saillard, C. Marcilly, A. Labertit, E. Cros, *Introduction à l'étude critique*, París, Lib. Armand Colin, 1972, pp. 140-144.

MARTIN-HERNÁNDEZ, Evelyne, « A la inmensa mayoría, *Les voix de l'absolu dans Blas de Otero*», en *Iris*, 4, Université Paul Valéry, Montpellier, 1981, pp. 121-131.

MAYORAL, Marina, «Blas de Otero, Canto primero», en *Poesía española contemporánea. Análisis de textos*, Gredos, Madrid, 1973, pp. 231-242.

MIRÓ, Emilio, «España, tierra y palabra en la poesía de Blas de Otero», en *Cuadernos Hispanoamericanos*, 356, Madrid, febrero, 1980, pp. 274-297.

MONTEJO GURRUCHAGA, Lucía, *Teoría poética a través de la obra de Blas de Otero*, Universidad Complutense, Madrid, 1988.

—, «La huella de Juan Ramón Jiménez en la obra de Blas de Otero», *Anuario de Letras*, vol. XXVIII, UNAM, México, 1990, pp. 307-325.

NEIRA, Julio, Introducción y notas a *Correspondencia sobre la edición de Pido la paz y la palabra* de Blas de Otero, Hiperión, Madrid, 1987.

NUÑEZ, Antonio, «Encuentro con Blas de Otero», en *Insula*, 259, junio 1969, 1, 3 y 4.

PAULINO AYUSO, José, «La proyección de fray Luis de León en la poesía española», *Fray Luis de León. IV Centenario (1591-1991). Actas del Congreso*, Ediciones Escurialenses, Madrid, 1992, pp. 307-342.

SALVADOR, Gregorio, «Cuarto tiempo de una metáfora. (En torno a un soneto de Blas de Otero)», en *Homenaje al profesor Alarcos García*, tomo II, Universidad de Valladolid, Valladolid, 1967, pp. 431-442.

SCARANO, Laura , «La "poesía abierta" de Blas de Otero. Hacia un nuevo concepto de escritura», *Letras de Deusto*, 24, nº 63, Bilbao, abril-junio 1994, pp. 217-228.

URCELAY, Lucía, «Una quiebra en la poesía religiosa de posguerra. El cántico "humano" de Blas de Otero», en *Cuadernos de la cultura*, Vitoria, 2, 1982, pp. 109-129.

VALENTE, Ángel, «César Vallejo, desde esta orilla», en *Las palabras de la tribu*, Siglo XXI, Madrid, 1971, pp. 140-160.

WRIGHT, Eleonor, *The Poetry of Protest under Franco*, Tamesis Books, London, 1986, pp. 92-109.

Números monográficos

Papeles de Son Armadans, LXXXV, CCLIV-CCLV, Palma de Mallorca, mayo-junio, 1977.

Peñalabra, 33, Santander, otoño de 1979.

Blas de Otero. Study of a Poet, ed. de Carlos Mellizo y Luise Salstad, University of Wyoming, Dep. of Modern and Classical Languages, Wyoming, 1980.

Al amor de Blas de Otero. Actas de las II Jornadas Internacionales de Literatura. Blas de Otero, ed. de José Ángel Ascunce Arrieta, Universidad de Deusto, San Sebastián, 1986.

Que trata de Blas de Otero, en *Zurgai*, número monográfico, Bilbao, noviembre, 1988.

POESÍA
ESCOGIDA

PRIMEROS POEMAS
(1936-1947)*

[1]

BALADA ALEGRE DE LA SONRISA

Con aquella sonrisa
abierta y luminosa
al sol de la mañana
(mediodía en el Parque),
le has devuelto tu paz a mi alma.

¡Qué doblar de campanas
azules en la niebla!
¡Qué de pájaros rubios
frente al sol cristalino
de la tarde amarilla!
¡Qué nueve mariposas de primaveras nuevas
se despertaron —¡oro!—,
cantando locamente por todos los oscuros rincones
de mi pecho...!

¡Qué estupendo milagro
de la nueva alegría,

* Recogemos aquí una muestra de la que podemos llamar prehistoria oteriana. Son algunas señales que emergen de ese conjunto de cientos de poemas que fueron quemados en un auténtico auto de fe en la primavera de 1944. Se trata de una muestra más que suficiente para demostrar que no hay vacío ni temático ni formal entre *Cántico espiritual* y *Ángel fieramente humano*.

bajo el sol de los solos —mediodía en el Parque—,
el de aquella sonrisa![1]

[2]

SIEMPRE

Amar, amarte siempre como un viento
ceñido a la cintura de la rosa;
amarte como un mar que ya rebosa
bordes del corazón y el pensamiento.

El litoral de Dios en movimiento
irrumpe en nuestra yerba silenciosa;
tu cuerpo, derrumbado en mariposa,
mantiene nuestro puro apartamiento.

Vivir, amar, vivir para los días
en que, yertos los corzos[1] sensitivos,
al hondo golpe del recuerdo santo

retornen las pasadas alegrías,
Lázaros del amor saliendo, vivos,
del muerto ayer en que me amaste tanto.[2]

1 *corzo*: 'mamífero rumiante de la familia de los cérvidos'. El animal simboliza, como la garza en la lírica popular, el amor.

1 Escrito en 1936, este poema refleja un sentimiento amoroso a distancia, contemplativo y embellecedor de la imagen femenina. Paisaje ideal de "campanas azules" y "tarde amarilla", de suave reposo y ambiente soñado que recuerda al Juan Ramón Jiménez de *Pastorales*.

2 Soneto de amor de 1940 en el que se refleja la atmósfera neogarcilasista de la década.

[3]

SEÑOR...

Señor, y si su carne no se fuera
debajo de la tierra; si sus manos
sembraran siempre cálidos veranos,
infinitas, constantes primaveras.

Si sus venas, hoy día verdaderas,
no fueran túnel de la muerte, vanos
caminos de la nada hacia lejanos
días sin luz, sin sangre. Si no fuera

un sueño esta verdad que contemplamos
reír, llorar, latir a nuestra puerta
golpeando las manos y las sienes.

Si no acabara nunca lo que amamos
y ella, tan viva hoy, no fuera muerta
que un día tú, Señor, a coger vienes...

[4]

RUPTURA

Es conmigo, Señor, calladamente,
con quien rompo: me rompo yo a mí mismo
bajo las olas de mis pensamientos
y la suave roca de mi corazón.
¡Ah! Todos: tú, mujer, la que más ame;
enemigos, hermanos, luchas, trances,
todos podéis venir. ¡Yo voy corriendo
y abierto, hacia vosotros, entregado!
¡Que no me acuerde ni de mi memoria!
¿Qué soy en esta isla de los hombres
sino un pedazo más, el más inútil,
sin el que todo, es cierto, seguiría?

Que no me acuerde de mis esperanzas.
Podéis dejarme lo que Vos queráis,
lo que los hombres quieran permitirme
y yo mismo consiga poseer.
Mi imagen: ese cielo que se rasga,
esa fuente que ofrenda todo el cuerpo,
el insecto minúsculo, el buey manso,
el llanto más pequeño de los niños.
Si sé que tú me lees, ojos que lloran,
si sé que tus espaldas se estremecen
cuando doy con el verso ineludible,
¿qué me importa el laurel, ni el hondo anónimo?
Sabed que nada es mío: ni esta mano
—acaso ni este lápiz— con que sueño
cuando escribo, debajo de la lluvia,
en mi cuarto, las noches eminentes.[3]

[5]

AMIGA DE LA LUZ

Para alumbrar el agua que yo siento
latir en mis entrañas redivivas[2],
y poderlas soltar, hacerlas vivas,
como corzo de Dios, manos del viento,

tiene que reposar mi pensamiento,
limpiarse de hojarascas sensitivas,
y entonces, sí, las aguas hoy cautivas
brotarán hacia el mar, como un lamento.

---

2 *redivivo*: resucitado, vuelto a la vida.

3 Apareció en 1941 en la revista *Albor* de Pamplona. Tanto el título como el estremecedor contenido reflejan la expresión de un dislocamiento entre su vocación poética y su realidad profesional. No hay resistencia alguna a las presiones externas, al contrario, como en una entrega de amor acepta un destino que solo él y Dios, su confidente, saben la destrucción que está operando en el centro mismo de su persona.

Lamento que me dé la voz de todo,
y todo, a su llamada, se recoja.
No esta voz muerta, espumear[3] de todo,

sino aquella final, timbrada y firme,
amiga de la luz y de la hoja
en el viento de Dios en que he de irme...[4]

[6]

SALUTACIÓN A NUESTRA SEÑORA

¡Oh perfección radiante de la rosa!
¡Oh blanca plenitud del mediodía!
La campana, a las doce, repetía
la anunciación del alba primorosa.

Se ajustaba el perfil de cada cosa
y dentro, puro, sin dolor, latía
el corazón del mundo en pleitesía[4]
de ala, de flor, de tenue mariposa.

El río de la paz pasó durable
bajo la exactitud de las montañas
donde humilde y radiante se bruñía[5].

Y bajo el cielo, tenso como un sable,
un Ángel puso luz en las entrañas
de fuego y de pureza, de María.[5]

---

3 *espumear*: formar o arrojar espuma.
4 *pleitesía*: muestra reverente de acatamiento a alguien.
5 *bruñir*: abrillantar, lustrar.

4 Pertenece a *Cántico espiritual* (1942). Apelación filial a Dios para que responda a los anhelos del hombre insatisfecho.

5 Apareció en *El correo español-El pueblo vasco* en agosto de 1942. Comienza con la alusión a la rosa de Juan Ramón Jiménez, tan presente en la poesía oteriana. Aparte de los aciertos formales, este soneto desprende una delicada ternura en la descripción de María según el cuadro de Murillo.

[7]

A la música

Te espero a ti, mujer, en este parque,
en esta habitación o bajo el cielo
o en esta Catedral, para sentirte
contra mi corazón, pura y violenta.
Música, mujer que espero como un sueño
potentísimo, audaz, pero que lleva
en el pecho una flor de almendro o leve
delicadeza para el cuerpo y alma.
¡Música, ven; traspasa todo
—cuatro días, el ruido, un imposible—,
todo lo que separa todavía
mis oídos y el alma, de tus ojos!
¡Música rota porque te entregaste
contra mi corazón, como una ola
o un llanto de mujer; música: golpe
de Dios, delicadeza de los ángeles!
Ahora estoy junto a ti; más, estoy dentro
y aun soy tú misma, en este instante
de horas, en que siento como vives,
como mueres en mí y otra vez vives.
Borracho de la música, ¿en qué puente
de qué nave o violín, sobre tu mar,
oh música, me meces, me atolondras
de estrellas que dan vueltas, de paisajes?
Ahora navego lentamente: nube.
Ahora eres viento, el fuerte viento
y total y dulcísimo del ansia
o de la posesión: viento y los árboles
que se inclinan, las aves que se mudan
de lugar en el alma, rapidísimas,
viento manso por fin, nuevo planeta,
amor, amor, el viento que nos hunde.
Y después, el recuerdo doloroso
—como una mujer que conseguimos—

cuando en la vida —tú lejana ya—
sólo persistes en el corazón.
Y, así, cuando el trabajo; cuando hablamos
forzadamente tristes; cuando el mundo
nos quiere retener, te recordamos
en la mitad de una conversación.
Y quedamos abstraídos, fervorosos
—oh cómo estás de nuevo en nuestros ojos—,
pensando en ti, mujer, música hermosa,
alma de Dios, tortura de los hombres.

[8]

PAISAJE

Árbol, inmenso árbol en mi frente,
arraigado sobre mi corazón
con todo el golpe —ramas— por el cielo.
Y tú, mujer, enhiesta, suspirando
—hacia arriba, hacia abajo— con los pájaros
del pecho inmenso, puro y delicado.
Tú delante, tú dentro del paisaje,
con los brazos caídos, resignada
al amor, que te asalta como un río.
Oh montaña detrás de tus cabellos,
amapola con luz junto a tu pie,
aves que rozan, sin tocar, tus manos.
Paisaje inmenso, dentro del que rompen,
lloran, cantan, tus manos y mis manos
separadas por aire, por deseos
de plenitud, purísimos, que atan.
Oh distensión de nuestros corazones
sobre el paisaje verde de las cinco,
junto al cerro lentísimo y callado.
Canta en este paisaje, dale música,
canta, mujer, tu forma y tu caricia,
canta, ave de Dios, sobre mi barro.

De pronto, un aire lleno de cien árboles,
chopos, encinas, olmos y otros árboles
desconocidos, rompen el cristal; voltean
tu cabellera, pugnan en tu pecho
y todo va a perderse, a conseguirse,
cuando en el cielo, malva, sin contorno,
nace la luna y me acaricias tú.
Y ya todo es silencio, sombra, estrella,
recuerdo de mis ojos en tus ojos,
y esta luna, esta luna que nos late
dentro del alma... Llama, en vilo, el aire.[6]

[9]

CATEDRAL

Elévate despacio, prisionera,
y, a la vez, disparada por tu anhelo,
sube calladamente desde el suelo,
como una gris y fija primavera.

Asciende lentamente, de manera
que sujetes y escapes con tu vuelo,
y, al fin, inusitada, vete al cielo,
quédate aquí, lejana y compañera.

Ya me estoy modelando a tu figura
—quédate aquí para aprender tu estilo—,
levanto torres, abro un ventanal.

Estate así, persiste entre la altura
y el suelo; vuela, sueña, reza en vilo,
piedra de Dios, hermosa catedral.[7]

---

6 Data de 1942 esta larga serie de endecasílabos blancos, de dominada belleza formal, donde se unen el paisaje y el amor de una mujer. Aquí está ya el poeta en plenitud, sin titubeos.

7 Segundo de los cuatro poemas que con el título «Poesía en Burgos» publicó la revista *Escorial* en el n° 34 (agosto 1943). Emocionado descubrimien-

[10]

PUBERTAD

Ese primer o beso o no se sabe
tan suave y secreto que te ha dado,
ese primer pechito a cada lado,
entusiasmado de poder ser ave.

Esa puerta plegada, y esa llave
de un recinto recién inaugurado,
ese pelo, ese velo, ese rosado
lazo que vuela por tu pelo, ingrave[6].

Nada son, sólo sirven de promesa,
de pretexto de ser lo que yo quiero:
un cuerpo entero que se abraza y besa.

Un cuerpo, una mujer, un mar ligero
que, sobre el pecho de las ansias, pesa
como un mar infinito y verdadero.[8]

---

6 *ingrave*: carente de peso, leve, ligero.

to del paisaje castellano, como en los noventayochistas, en la descripción de las torres catedralicias de Burgos destacándose contra el cielo. El poeta se ha encontrado a sí mismo y rechaza lo muerto y silencioso.

8 En San Sebastián nació en 1948 la revista *Egan*, suplemento trimestral de literatura del Boletín de la Real Sociedad Vascongada de Amigos del País. En su primer número aparecieron bajo el título «Poemas para el hombre» once poemas inéditos de Blas de Otero. De ellos, siete se integraron después en *Ángel fieramente humano*, uno en *Redoble de conciencia* y los otros tres (titulados «Poeta», «Pubertad» y «Sonata para un desnudo nostálgico») no los volverá a recoger en ningún libro ni antología hasta 1987 que aparecerán en *Poemas de amor*. La sensualidad que el poeta nos transmite en el retrato de esta mujer aún adolescente tiene como resultado un soneto intensamente lírico donde funciona la técnica tan modernista de lo íntimo y pequeño en los dos cuartetos en contraste con la densidad violenta de los tercetos. Los ecos y rimas sucesivas, la aliteración de sonidos fricativos, bilabiales y alveolares acerca este soneto a «*Mademoiselle* Isabel» (12).

ÁNGEL FIERAMENTE HUMANO (1950)*

[11]

LA TIERRA

Un mundo como un árbol desgajado.
Una generación desarraigada.
Unos hombres sin más destino que
apuntalar las ruinas.

Rompe el mar
en el mar, como un himen inmenso,
mecen los árboles el silencio verde,
las estrellas crepitan, yo las oigo.

Sólo el hombre está solo. Es que se sabe
vivo y mortal. Es que se siente huir
—ese río del tiempo hacia la muerte—.

Es que quiere quedar. Seguir siguiendo,
subir, a contra muerte[1], hasta lo eterno.

---

* Se publica *Ángel fieramente humano* en 1950 y la crítica señala su originalidad en el ambiente más bien monótono que ofrecía la joven poesía española de aquellos años. Dámaso Alonso proclamó esta «poesía desarraigada» como una de las tres o cuatro revelaciones de la lírica española de posguerra. El título está tomado literalmente de un soneto de amor gongorino que comienza: "Suspiros tristes, lágrimas cansadas", y en cuyo terceto final aparece el verso: "porque aquel ángel fieramente humano / no crea mi dolor, y así es mi fruto / llorar sin premio y suspirar en vano".

1 *a contra muerte*: neologismo creado por el autor a partir de *a contracorriente.*

Le da miedo mirar. Cierra los ojos
para dormir el sueño de los vivos.

Pero la muerte, desde dentro, ve.
Pero la muerte, desde dentro, vela.
Pero la muerte, desde dentro, mata.

...El mar —la mar—, como un himen inmenso,
los árboles moviendo el verde aire,
la nieve en llamas de la luz en vilo...[1]

[12]

MADEMOISELLE ISABEL

Mademoiselle Isabel, rubia y francesa,
con un mirlo debajo de la piel,
no sé si aquél o ésa, oh *mademoiselle*
Isabel, canta en él o si él en ésa.

Princesa de mi infancia: tú, princesa
promesa, con dos senos de clavel;
yo, *le livre, le crayon, le... le...*, oh Isabel
Isabel..., tu jardín tiembla en la mesa.

De noche, te alisabas los cabellos,
yo me dormía, meditando en ellos
y en tu cuerpo de rosa: mariposa

rosa y blanca, velada con un velo.
Volada para siempre de mi rosa
—*mademoiselle* Isabel— y de mi cielo.[2]

---

1 En *Ángel fieramente humano* llevaba el título «*Lo eterno*», que en *Ancia* cambia por «*La Tierra*». El nuevo título da la significación del poema: la permanencia de la Naturaleza frente a la fugacidad de la existencia humana acechada por la muerte. La Tierra es personificada como madre *virgen*, y por tanto, impenetrable para el hombre ("himen inmenso").

2 Personaje real, una señorita vasco-francesa que cuidaba de los niños, figura familiar en la burguesía acomodada de aquella época. Aparecerá reiterada-

[13]

«...Tántalo en fugitiva fuente de oro.»
F. de Quevedo

Cuerpo de la mujer, río de oro
donde, hundidos los brazos, recibimos
un relámpago azul, unos racimos
de luz rasgada en un frondor[2] de oro.

Cuerpo de la mujer o mar de oro
donde, amando las manos, no sabemos,
si los senos son olas, si son remos
los brazos, si son alas solas de oro...

Cuerpo de la mujer, fuente de llanto
donde, después de tanta luz, de tanto
tacto sutil, de Tántalo es la pena.

Suena la soledad de Dios. Sentimos
la soledad de dos. Y una cadena
que no suena, ancla en Dios almas y limos[3].[3]

---

2 *frondor*: neologismo de Otero que equivale a 'frondosidad'.
3 *limo*: lodo, cieno.

mente en los poemas convertida ya en figura literaria. Desde la apelación del título, Otero invoca una felicidad perdida, una emoción que sólo la memoria puede revivir. Se describe al personaje femenino por medio de un mirlo, pájaro símbolo de las ilusiones, metáfora de acústica belleza que homologa cualidades corporales y espirituales. La relación entre el niño y la señorita es un estallido emocional que revela el erotismo infantil y se traduce, en el nivel fónico, en un tartamudeo silábico y en la reiteración, a lo largo del poema, de las sílabas o fonemas que componen el nombre de *Isabel* (*isa*, o *sa* y *bel*, o *el*). La difuminación y el alejamiento gradual del personaje son recursos de la imaginación creadora de gran expresividad. Es uno de sus poemas más conocidos y uno de los preferidos del poeta.

3 La cita procede de Quevedo, del final del soneto «Afectos varios de su corazón fluctuando en las ondas de los cabellos de Lisi». Tántalo fue condenado a padecer hambre y sed perpetuas, estando metido en el agua y teniendo frutas a su alcance. En este poema el objeto amoroso tampoco puede conseguirse plenamente, y de ahí procede la frustración y la pena.

[14]

UN RELÁMPAGO APENAS

Besas como si fueses a comerme.
Besas besos de mar, a dentelladas.
Las manos en mis sienes y abismadas
nuestras miradas. Yo, sin lucha, inerme,

me declaro vencido, si vencerme
es ver en ti mis manos maniatadas.
Besas besos de Dios. A bocanadas
bebes mi vida. Sorbes. Sin dolerme,

tiras de mi raíz, subes mi muerte
a flor de labio. Y luego, mimadora,
la brizas y la rozas con tu beso.

Oh Dios, oh Dios, oh Dios, si para verte
bastara un beso, un beso que se llora
después, porque, ¡oh, por qué!, no basta eso.

[15]

CIEGAMENTE

Porque quiero tu cuerpo ciegamente.
Porque deseo tu belleza plena.
Porque busco ese horror, esa cadena
mortal, que arrastra inconsolablemente.

Inconsolablemente. Diente a diente,
voy bebiendo tu amor, tu noche llena.
Diente a diente, Señor, y vena a vena
vas sorbiendo mi muerte. Lentamente.

Porque quiero tu cuerpo y lo persigo
a través de la sangre y de la nada.
Porque busco tu noche toda entera.

Porque quiero morir, vivir contigo
esta horrible tristeza enamorada
que abrazarás, oh Dios, cuando yo muera.[4]

[16]

SUMIDA SED

Cuando te vi, oh cuerpo en flor desnudo,
creí ya verle a Dios en carne viva.
No sé qué luz, de dentro, de quién, iba
naciendo, iba envolviendo tu desnudo

amoroso, oh aire, oh mar desnudo.
Una brisa vibrante, fugitiva,
ibas fluyendo, un agua compasiva,
tierna, tomada entre un frondor desnudo.

Te veía, sentía y te bebía,
solo, sediento, con palpar de ciego,
hambriento, sí, ¿de quién?, de Dios sería.

Hambre mortal de Dios, hambriento hasta
la saciedad, bebiendo sed, y, luego,
sintiendo, ¡por qué, oh Dios!, que eso no basta.[5]

---

4 Es frecuente que Blas de Otero organice el poema en torno a un adverbio en *-mente*. En una poesía de gran concentración expresiva, un vocablo tan largo consigue que la significación poética de su radical (Alarcos, 1973²) se prolongue resonando a través de la materia casi vacía del *-mente*. El *tempo* queda paralizado por esta obsesiva repetición y la de las frases adverbiales de tipo iterativo, "diente a diente", "vena a vena".

5 En *Ángel fieramente humano* se titulaba «Luego», que cambió a «Sumida sed» en *Ancia*. A partir de la forma adverbial "en flor", que describe el cuerpo de una muchacha, se construyen una serie de relaciones semánticas que tienen por base la naturaleza y el cuerpo femenino. Se configura así una imagen visionaria donde el plano real humano adquiere propiedades extraordinarias e inusitadas: "flor", "luz", "mar", "brisa", "frondor" se trasladan al desnudo y lo tiñen no sólo de su grandiosidad sino también de la propiedad generadora de vida de la naturaleza.

[17]

VÉRTIGO

Desolación y vértigo se juntan.
Parece que nos vamos a caer,
que nos ahogan por dentro. Nos sentimos
solos, y nuestra sombra en la pared
no es nuestra, es una sombra que no sabe,
que no puede acordarse de quién es.
Desolación y vértigo se agolpan
en el pecho, se escurren como un pez,
parece que patina nuestra sangre,
sentimos que vacilan nuestros pies.

El aire viene lleno de recuerdos
y nos duele en el alma su vaivén,
divisamos azules mares, dentro
de la niebla infinita del ayer.
Desolación y vértigo se meten
por los ojos y no nos dejan ver.
Un pañuelo en el viento anda perdido,
viene y va, como un trozo de papel,
y lo lavan tus manos con las lágrimas
que nuestros ojos han vertido en él.

Desolación y vértigo se juntan.
Parece que nos vamos a caer,
que nos ahogan por dentro. Nos quedamos
mirando fijamente a la pared,
no podemos llorar y se nos queda
el llanto amontonado, de través,
nos tapamos los ojos con las manos,
apretamos los dedos en la sien,
sentimos que nos llaman desde lejos,
no sabemos de dónde, para qué...

[18]

HOMBRE

Luchando, cuerpo a cuerpo, con la muerte,
al borde del abismo, estoy clamando
a Dios. Y su silencio, retumbando,
ahoga mi voz en el vacío inerte.

Oh Dios. Si he de morir, quiero tenerte
despierto. Y, noche a noche, no sé cuándo
oirás mi voz. Oh Dios. Estoy hablando
solo. Arañando sombras para verte.

Alzo la mano, y tú me la cercenas.
Abro los ojos: me los sajas[4] vivos.
Sed tengo, y sal se vuelven tus arenas.

Esto es ser hombre: horror a manos llenas.
Ser —y no ser— eternos, fugitivos.
¡Ángel con grandes alas de cadenas![6]

[19]

CANTO PRIMERO

Definitivamente, cantaré para el hombre.
Algún día —*después*—, alguna noche,
me oirán. Hoy van —vamos— sin rumbo,
sordos de sed, famélicos de oscuro.

---

4 *cercenar*: amputar, mutilar; *sajar*: cortar en la carne viva.

6 Uno de los poemas más significativos de *Ángel fieramente humano*. Su último verso se considera paradigma de la condición trágica del hombre, que se debate entre dos opuestos: sus ansias de eternidad ("ángel") y la humana condición de "ser para la muerte". Cuantos intentos de liberación, de amor, inicia el hombre, son fatalmente reprimidos. Es un girar vertiginoso del querer y no poder, una sensación de parálisis. Este enfrentamiento entre Creador y su criatura procede del Antiguo Testamento y de los *Comentarios en prosa* de San Juan de la Cruz (véase la Introducción). Adviértase en el v. 13, asimismo, una alusión al famoso monólogo de *Hamlet* (III, i, 56-91).

Yo os traigo un alba, hermanos. Surto[5] un agua,
eterna no, parada ante la casa.
Salid a ver. Venid, bebed. Dejadme
que os unja[6] de agua y luz, bajo la carne.

De golpe, han muerto veintitrés millones
de cuerpos. Sobre Dios saltan de golpe
—sorda, sola trinchera de la muerte—
con el alma en la mano, entre los dientes

el ansia. Sin saber por qué, mataban;
muerte son, sólo muerte. Entre alambradas
de infinito, sin sangre. Son hermanos
nuestros. Vengadlos, sin piedad, vengadlos!

Solo está el hombre. ¿Es esto lo que os hace
gemir? Oh si supieseis que es bastante.
Si supieseis bastaros, ensamblaros.
Si supierais ser hombres, sólo humanos.

¿Os da miedo, verdad? Sé que es más cómodo
esperar que Otro —¿quién?— cualquiera, Otro,
os ayude a ser. Soy. Luego es bastante
ser, si procuro ser quien soy. ¡Quién sabe

si hay más! En cambio, hay menos: sois sentinas[7]
de hipocresía. ¡Oh, sed, salid al día!
No sigáis siendo bestias disfrazadas
de ansia de Dios. Con ser hombres os basta.[7]

---

5 *surtir*: proveer de algo.

6 *unjir*: signar con óleo sagrado a una persona para consagrarla.

7 *sentina*: lugar lleno de inmundicias.

7 Se enuncia que desde ahora hablar y cantar "para el hombre" será el auténtico "Canto primero" del poeta, su verdadera vida. Por ello destierra los miedos existenciales y las soluciones metafísicas. Este nuevo proyecto vital marca un cambio en la expresión con fórmulas como la ruptura de una frase hecha, a veces jugando con el doble sentido que proporciona la pausa versal cuando rompe el sintagma con un encabalgamiento. Así se describen los muertos de una guerra con términos propios de la lucha ("el arma

[20]

CRECIDA

Con la sangre hasta la cintura, algunas veces
con la sangre hasta el borde de la boca,
voy
avanzando
lentamente, con la sangre hasta el borde de los labios
algunas veces,
voy
avanzando sobre este viejo suelo, sobre
la tierra hundida en sangre,
voy
avanzando lentamente, hundiendo los brazos
en sangre,
algunas
veces tragando sangre,
voy sobre Europa
como en la proa de un barco desmantelado
que hace sangre,
voy
mirando, algunas veces,
al cielo
bajo,
que refleja
la luz de la sangre roja derramada,
avanzo
muy
penosamente, hundidos los brazos en espesa
sangre,
es

en la mano", "con el arma entre los dientes", "muerte entre alambradas"), pero, alterando el sentido de la frase esperada, es el alma lo que se lleva en la mano (v. 12), es el ansia lo que sostienen los dientes (vv. 12-13), y las alambradas no son de espino sino de infinito (vv. 14-15). Se da, así, la intersección de dos planos con una «técnica de fundido» ya usada por Rimbaud y que Otero va a utilizar prolijamente en sus prosas de 1970.

como una esperma roja represada,
mis pies
pisan sangre de hombres vivos
muertos,
cortados de repente, heridos súbitos,
niños
con el pequeño corazón volcado, voy
sumido en sangre
salida,
algunas veces
sube hasta los ojos y no me deja ver,
no
veo más que sangre,
siempre
sangre,
sobre Europa no hay más que
sangre.

Traigo una rosa en sangre entre las manos
ensangrentadas. Porque es que no hay más
que sangre,

y una horrorosa sed
dando gritos en medio de la sangre.

[21]

ESTOS SONETOS

Estos sonetos son las que yo entrego
plumas de luz al aire en desvarío;
cárceles de mi sueño; ardiente río
donde la angustia de ser hombre anego.

Lenguas de Dios, preguntas son de fuego
que nadie supo responder. Vacío
silencio. Yerto mar. Soneto mío,
que así acompañas mi palpar de ciego.

Manos de Dios hundidas en mi muerte.
Carne son donde el alma se hace llanto.
Verte un momento, oh Dios, después no verte.

Llambria y cantil[8] de soledad. Quebranto
del ansia, ciega luz. Quiero tenerte,
y no sé dónde estás. Por eso canto.

[22]

PODEROSO SILENCIO

Oh, cállate, Señor, calla tu boca
cerrada, no me digas tu palabra
de silencio; oh Señor, tu voz se abra,
estalle como un mar, como una roca

gigante. Ay, tu silencio vuelve loca
al alma: ella ve el mar, mas nunca el abra[9]
abierta; ve el cantil, y allí se labra
una espuma de fe que no se toca.

¡Poderoso silencio, poderoso
silencio! Sube el mar hasta ya ahogarnos
en su terrible estruendo silencioso.

¡Poderoso silencio con quien lucho
a voz en grito: grita hasta arrancarnos
la lengua, mudo Dios al que yo escucho![8]

8 *llambria*: peñasco muy inclinado y difícil de pasar; *cantil*: acantilado.
9 *abra*: entrante del mar, que forma un abrigo natural para los barcos.

8 Oposiciones contundentes para expresar el silencio del Padre que rechaza a su criatura, el hombre, precipitándolo en el vacío, la Nada, la muerte. Frente al silencio del Poderoso, el hijo es un puro grito de llamada, sin respuesta pero no sin rebeldía. Esa misma rebeldía la había expresado Unamuno en *El Cristo de Velázquez* ("Tú que callas, ¡oh Cristo!, para oírnos, / oye de nuestros pechos los sollozos") o en «Salmo I» de *Poesías* ("Yo te llamé, grité, lloré afligido, / te di mil voces; / llamé y no abriste").

[23]

TÚ, QUE HIERES

Arrebatadamente te persigo.
Arrebatadamente, desgarrando
mi soledad mortal, te voy llamando
a golpes de silencio. Ven, te digo

como un muerto furioso. Ven. Conmigo
has de morir. Contigo estoy creando
mi eternidad. (De qué. De quién.) De cuando
arrebatadamente esté contigo.

Y sigo, muerto, en pie. Pero te llamo
a golpes de agonía. Ven. No quieres.
Y sigo, muerto, en pie. Pero te amo

a besos de ansiedad y de agonía.
No quieres. Tú, que vives. Tú, que hieres
arrebatadamente el ansia mía.

[24]

LA TIERRA

De tierra y mar, de fuego y sombra pura,
esta rosa redonda, reclinada
en el espacio, rosa volteada
por las manos de Dios, ¡cómo procura

sostenernos en pie y en hermosura
de cielo abierto, oh inmortalizada
luz de la muerte hiriendo nuestra nada!
La Tierra: girasol, poma[10] madura.

---

10 *poma*: manzana.

Pero viene un mal viento, un golpe frío
de las manos de Dios, y nos derriba.
Y el hombre, que era un árbol, ya es un río.

Un río echado, sin rumor, vacío,
mientras la Tierra sigue a la deriva,
oh Capitán, mi Capitán, Dios mío![9]

9 Otero ha dado una nueva forma a la metáfora tradicional mar=muerte, río=vida (abocada a la muerte). Esta forma, eficaz e íntimamente turbadora, muestra un río que no es vida sino muerte, ni fluye hacia el mar. Parado en un inmenso ataúd (la Tierra) va a la deriva por "el espacio", por la Nada. El espacio misterioso sustituye ahora al ambiguo peligro del mar. De allí "viene un mal viento", la muerte, "golpe frío de las manos de Dios". Dios en este poema se nos presenta como el destructor, sordo al grito de los hombres que piden al "Capitán" dirección y rumbo. En el último verso del soneto hallamos un eco del primer verso de la «Elegía al Presidente Lincoln», de Walt Whitman.

REDOBLE DE CONCIENCIA (1951)*

[25]

Es a la inmensa mayoría, fronda[1]
de turbias frentes y sufrientes pechos,
a los que luchan contra Dios, deshechos
de un solo golpe en su tiniebla honda.

A ti, y a ti, y a ti, tapia redonda
de un sol con sed, famélicos barbechos,
a todos, oh sí, a todos van, derechos,
estos poemas hechos carne y ronda.

Oídlos cual al mar. Muerden la mano
de quien la pasa por su hirviente lomo.
Restalla[2] al margen su bramar cercano

* En 1951 se publica *Redoble de conciencia*, obra con la que Otero había ganado el año anterior en Barcelona el recién creado premio Boscán, otorgado por el Instituto de Estudios Hispánicos, que lo edita en 1951. La mayor parte de los poemas están escritos entre 1949 y 1950. Lleva como epígrafe una cita de Isaías "...quasi mare fervens" ('mas los impíos son como el mar agitado'), y otra cita de Aubrey F.G. Bell para explicar el significado de tantos signos de muerte como se encuentran en estos poemas: "Bajo todas las invocaciones a la muerte..., se pone el acento sobre el valor y precio de la vida".

1 *fronda*: follaje, espesura.
2 *restallar*: chascar, producir un sonido seco en el aire, como hace un látigo al sacudirlo.

y se derrumban como un mar de plomo.
¡Ay, ese ángel fieramente humano
corre a salvaros, y no sabe cómo![1]

[26]

BASTA

Imagine mi horror por un momento
que Dios, el solo vivo, no existiera,
o que, existiendo, sólo consistiera
en tierra, en agua, en fuego, en sombra, en viento.

Y que la muerte, oh estremecimiento,
fuese el hueco sin luz de una escalera,
un colosal vacío que se hundiera
en un silencio desolado, liento[3].

Entonces ¿para qué vivir, oh hijos
de madre, a qué vidrieras, crucifijos
y todo lo demás? Basta la muerte.

Basta. Termina, oh Dios, de malmatarnos[4].
O si no, déjanos precipitarnos
sobre Ti —ronco río que revierte.[2]

---

3 *liento*: húmedo.

4 *malmatarnos*: sobre *malvivir*, crea Otero *malmatar*: Dios nos quita la vida y la posibilidad de otra en el más allá, además de hacernos sufrir con la duda.

1 Este es el primer poema que Blas de Otero dedica a esa inmensa mayoría a la que ofrecía su libro. Es uno de los más queridos por él porque reaparece en las distintas antologías aunque con diferentes títulos: «Estos poemas», «1947-1950», «Cántico». Deja atrás las angustias existenciales y sale en busca de los otros hombres, sus hermanos, llevándoles como signo de salvación lo único de que disponía: sus versos, su "cántico". Obsérvese la ruptura del cliché *carne y hueso* (v. 8), cuyo segundo término es sustituido por "ronda", precisamente, 'canto popular', es decir, sus poemas, con los que él intenta dirigirse al pueblo.

2 Ante la visión de la muerte —o de Dios— como un "colosal vacío" o "un silencio desolado", el hombre se rebela y desecha sus creencias religiosas

[27]

MUERTE EN EL MAR

Si caídos al mar, nos agarrasen
de los pies y estirasen, tercas, de ellos
unas manos no humanas, como aquellos
pulpos viscosos que a la piel se asen...

Ah, si morir lo mismo fuese: echasen
nuestros cuerpos a Dios, desnudos, bellos,
y sus manos, horribles, nuestros cuellos
hiñesen[5] sin piedad, y nos ahogasen...

Salva, ¡oh Yavé!, mi muerte de la muerte.
Ancléame en tu mar, no me desames,
Amor más que inmortal. Que pueda verte.

Te toque, oh Luz huidiza, con las manos.
No seas como el agua, y te derrames
para siempre, Agua y Sed de los humanos.

[28]

DÉJAME

Me haces daño, Señor. Quita tu mano
de encima. Déjame con mi vacío,
déjame. Para abismo, con el mío
tengo bastante. Oh Dios, si eres humano,

5 *heñir*: sobar la masa con los puños; amasar.

("a qué vidrieras, crucifijos"), pues bastante castigo es la muerte. Mas si ésta no es (v. 13) lo que el poeta "imagina" (v. 1), surge entonces la esperanza de "precipitarse" en Dios como un "ronco río que revierte", genial inversión de la imagen del río que conduce a la muerte y que no es sino una variante del v. 12 del poema 11: "subir, a contra muerte, hasta lo eterno". Por otra parte, el v. 4, eco de aquel otro famoso de Góngora ("en tierra, en humo, en polvo, en sombra, en nada"), alude aquí a los elementos que configuran la materia en la antigua filosofía griega.

compadécete ya, quita esa mano
de encima. No me sirve. Me da frío
y miedo. Si eres Dios, yo soy tan mío
como tú. Y a soberbio, yo te gano.

Déjame. ¡Si pudiese yo matarte,
como haces tú, como haces tú! Nos coges
con las dos manos, nos ahogas. Matas

no se sabe por qué. Quiero cortarte
las manos. Esas manos que son trojes[6]
del hambre, y de los hombres que arrebatas.[3]

[29]

A PUNTO DE CAER

Nada es tan necesario al hombre como un trozo de mar
y un margen de esperanza más allá de la muerte,
es todo lo que necesito, y acaso un par de alas
abiertas en el capítulo primero de la carne.

No sé cómo decirlo, con qué cara
cambiarme por un ángel de los de antes de la tierra,
se me han roto los brazos de tanto darles cuerda,
decidme qué haré ahora, decidme qué hora es y si aun
hay tiempo,
es preciso que suba a cambiarme, que me arrepienta
sin perder una lágrima,
una sólo, una lágrima huérfana,

6 *troje*: lugar donde se almacenan cereales; granero.

3 El título original, «Déjame», tuvo que ser cambiado por razones de censura a «Lástima» al publicarse *Redoble de conciencia* en 1951. Se recupera el título primitivo en la antología *Expresión y reunión* en 1969. La queja, que comienza blandamente ("me haces daño, Señor"), termina en rebeldía ante un Dios no sólo torturador y opresor sino algo más espantoso, un Dios incomprensible y absurdo: "Matas / no se sabe por qué".

por favor, decidme qué hora es la de las lágrimas,
sobre todo la de las lágrimas sin más ni más que llanto
y llanto todavía y para siempre.

Nada es tan necesario al hombre como un par de lágrimas
a punto de caer en la desesperación.[4]

[30]

EL CLAUSTRO DE LAS SOMBRAS

«...to the antique order of the dead.»
(Francis Thompson)

En este momento, tengo treinta y tres años encima de la mesa del despacho
y un pequeño residuo de meses sobre el cenicero de plata.
He preguntado a mis hermanas si saben quién es este hombre
que viene, entre mi hombro y mi hombro, a donde yo vengo,
y vuelve
el rostro si yo lo torno...

Siento frío, y no sé qué ponerme por dentro
de la muerte, qué trozo de tierra es el mío,
qué noche es la noche de echarme a morir,
qué latigo verde me heñirá bajo el mar.

A veces me acomete un largo vértigo
y quisiera ser nada más un humoso lego[7] en la orden antigua de los muertos,

---

7 *lego*: fraile que no opta a las sagradas órdenes.

4 Téngase en cuenta la ruptura del esquema lingüístico "de los de antes de la guerra", suplantando el segundo elemento esperado por "de la tierra" (v. 6), con lo que se añade una connotación de hecatombe bíblica (los ángeles rebeldes destruidos) a la catástrofe posbélica que aplasta al hombre hasta el "punto de caer" (v. 13).

servirles el silencio con mis propias manos
y meditar en un rincón del claustro de las sombras…

Del claustro de las sombras, allí
donde los sueños exaltan sus luces cándidas, humosas.[5]

[31]

BRISA SUMIDA[6]

Esa tierra con luz es cielo mío.
Alba de Dios, estremecidamente
subirá por mi sangre. Y un relente[8]
de llama, me dará tu escalofrío.

Puente de dos columnas, y yo río.
Tú, río derrumbado, y yo su puente
abrazando, cercando su corriente
de luz, de amor, de sangre en desvarío.

Ahora, brisa en la brisa. Seda suave.
Ahora, puerta plegada, frágil llave.
Muro de luz. Leve, sellado, ileso.

Luego, fronda de Dios y sima mía.
Ahora. Luego. Por tanto. Sí, por eso
deseada y sin sombra todavía.

8 *relente*: humedad que se nota en la atmósfera al refrescarse ésta en las noches serenas. Se trata de una referencia a la noche de amor.

5 El epígrafe, reproducido en el v. 12 de Otero, pertenece a la estrofa final del himno «An Anthem of Earth» del poeta victoriano Francis Thompson (1859-1907). En medio de la soledad, Blas de Otero, como el poeta inglés, sintió el acoso de Dios pesando sobre sus hombros.

6 El título en *Redoble de conciencia* era «Cuerpo tuyo», que cambia en *Ancia* por «Brisa sumida».

[32]

SOMBRAS LE AVISARON[7]

Cada beso que doy, como un zarpazo
en el vacío, es carne olfateada
de Dios, hambre de Dios, sed abrasada
en la trenzada hoguera de un abrazo.

Me pego a ti, me tiendo en tu regazo
como un náufrago atroz que gime y nada,
trago trozos de mar y agua rosada:
senos las olas son, suave el bandazo.

Se te quiebran los ojos y la vida.
Lloras sangre de Dios por una herida
que hace nacer, para el amor, la muerte.

Y es inútil soñar que nos unimos.
Es locura creer que pueda verte,
oh Dios, abriendo, entre la sombra, limos.

[33]

NI ÉL NI TÚ

A martillazos de cristal, el pecho
espera que el dolor le alumbre un llanto
de música esperanza. Y mientras tanto,
silbo en silencio, contemplando el techo.

Sábanas son el mar, navío el lecho,
sedas hinchadas a favor de espanto,

---

7 El título procede del tercer acto de *El Caballero de Olmedo*, de Lope de Vega: "Sombras le avisaron / que no saliese". El peligro que acecha —misterioso y mortal— al Caballero de Olmedo llega en sucesivos avisos, presagio del mal fin que tendrá lo que se desea, como en el soneto de Otero.

y para qué cambiar: si me levanto
surco la misma sed que si me echo.

Silba en silencio. Sin salir de casa,
silba a los cuatro vientos del olvido,
a ver si vuelve Dios. A ver qué pasa.

Qué va a pasar. Silencio a martillazos.
Un navío en el mar, y otro perdido
que iba y venía al puerto de mis brazos.

[34]

QUE CADA UNO APORTE LO QUE SEPA

Acontece querer a una persona,
a un sapito, por favor, no lo piséis,
también a un continente como Europa,
continuamente
hendido, herido a quemarropa,
y, simultáneamente, a voz en grito,
otras palabras nos estorban,
tales como «armisticio», «teatro»,
«suspensión de hostilidades», «todo era una broma», y otras.

Pero la gente
lo cree así, y cuelga colgaduras
y echa por la ventana banderas y una alfombra,
como si fuera verdad,
como (se suele decir) si tal cosa...

Ocurre, lo he visto con mis propios medios.
Durante veinte años la brisa iba viento en popa,
y se volvieron a ver sombreros de primavera
y parecía que iba a volar la rosa.

En 1939 llamaron a misa a los pobres hombres.
Se desinflaron unas cuantas bombas

y por la noche hubo fuegos japoneses en la bahía.
Estábamos —otra vez— en otra.

Después oí hablar en la habitación de al lado.
(Una mujer desgañitada, loca.)
Lo demás, lo aprendisteis directamente.
Sabíamos de sobra.[8]

[35]

PLAÑID ASÍ

Están multiplicando las niñas en alta voz,
yo por ti, tú por mí, los dos
por los que ya no pueden ni con el alma,
cantan las niñas en alta voz
a ver si consiguen que de una vez las oiga Dios.

Yo por ti, tú por mí, todos
por una tierra en paz y una patria mejor.
Las niñas de las escuelas públicas ponen el grito en el cielo,
pero parece que el cielo no quiere nada con los pobres,
no lo puedo creer. Debe de haber algún error
en el multiplicando o en el multiplicador.

Las que tengan trenzas, que se las suelten,
las que traigan braguitas, que se las bajen rápidamente,
y las que no tengan otra cosa que un pequeño caracol,
que lo saquen al sol,
y todas a la vez entonen en alta voz

8 En el poema encontramos varios referentes históricos: "los felices veinte" (v. 16) entre ambas guerras mundiales. El clima de distensión termina con una visión del infortunio mundial: final de la guerra civil española (v. 19) y el comienzo de la segunda guerra mundial (vv. 20-22). Los tratados políticos no impiden el dolor: el grito de una sola mujer simboliza el horror de la guerra.

yo por ti, tú por mí, los dos
por todos los que sufren en la tierra sin que les haga caso
Dios.[9]

[36]

MUNDO

Cuando San Agustín escribía sus *Soliloquios*.
Cuando el último soldado alemán se desmoronaba de asco
y de impotencia.
Cuando las guerras púnicas
y las mujeres abofeteadas en el descansillo de una escalera,
entonces,

cuando San Agustín escribía *La Ciudad de Dios* con una
mano
y con la otra tomaba notas a fin de combatir las herejías,
precisamente entonces,
cuando ser prisionero de guerra no significaba la muerte,
sino la casualidad de encontrarse vivo,
cuando las pérfidas mujeres inviolables se dedicaban a
reparar las constelaciones deterioradas
y los encendedores automáticos desfallecían de póstuma
ternura,

---

9 Es un poema de solidaridad con los más débiles, representados por esas "niñas de las escuelas públicas", es decir, esas niñas pobres que a veces no tenían trenzas ni siquiera braguitas, pero cuyas voces unidas podrían conseguir que el mundo fuera mejor. El lenguaje infantil puesto de relieve en el "yo por ti, tú por mí" de la tabla de multiplicar crea el ambiente de indefensión con el que contrasta duramente la indiferencia de un Dios silencioso. Al ámbito infantil y popular pertenece también la cancioncilla "Caracol miricol / saca los cuernos / y vete al sol". La moralina de la posguerra que imponía estrictas reglas al vestir femenino, incluso en las niñas, recibe la crítica llena de humor del poeta, exaltando frente a la sórdida ley encubridora, la limpia inocencia de las niñas. Sobre "la modestia en el vestir" se publicaron por entonces varias pastorales (véase *Boletín oficial del Obispado de Vitoria*, 13, 16 junio 1945) que hallaron amplio eco en la prensa bilbaína.

entonces, ya lo he dicho,
San Agustín andaba corrigiendo las pruebas de su *Enchiridion ad Laurentium*
y los soldados alemanes se orinaban encima de los niños recién bombardeados.

Triste, triste es el mundo,
como una muchacha huérfana de padre a quien los salteadores de abrazos sujetan contra un muro.
Muchas veces hemos pretendido que la soledad de los hombres se llenase de lágrimas.
Muchas veces, infinitas veces hemos dejado de dar la mano
y no hemos conseguido otra cosa que unas cuantas arenillas pertinazmente intercaladas entre los dientes.

Oh si San Agustín se hubiese enterado de que la diplomacia europea
andaba comprometida con artistas de *variétés* de muy dudosa reputación,
y que el ejército norteamericano acostumbraba recibir paquetes donde la más ligera falta de ortografía
era aclamada como venturoso presagio de la libertad de los pueblos oprimidos por el endoluminismo.

Voy a llorar de tanta pierna rota
y de tanto cansancio que se advierte en los poetas menores de dieciocho años.

Nunca se ha conocido un desastre igual.
Hasta las Hermanas de la Caridad hablan de crisis
y se escriben gruesos volúmenes sobre la decadencia del jabón de afeitar entre los esquimales.

Decid adónde vamos a parar con tanta angustia
y tanto dolor de padres desconocidos entre sí.

Cuando San Agustín se entere de que los teléfonos automáticos han dejado de funcionar
y de que las tarifas contra incendios se han ocultado

tímidamente en la cabellera de las muchachitas rubias,
ah entonces, cuando San Agustín lo sepa todo
un gran rayo descenderá sobre la tierra y en un abrir y
cerrar de ojos nos volveremos todos idiotas.[10]

[37]

AREN EN PAZ

Pensé poner mi corazón, con una cinta
morada, encima de la montaña más alta del mundo,
para que, al levantar la frente al cielo, los hombres
viesen su dolor hecho carne, humanado.

Pensé mutilarme ambas manos, desmantelarme
yo mismo mis dos manos, y asentarlas
sobre la losa de una casa en ruinas:
así orarían por los desolados.

Después, como un cadáver puesto en pie
de guerra, clamaría por los campos
la paz del hombre, el hambre de Dios vivo,
la represada sed de libertad.

---

10 Crítica acerba y lúcida de la guerra mundial y de sus protagonistas (incluso de los liberadores soldados americanos). Detrás de la palabra "endoluminismo" podría pensarse que se esconde "comunismo", pero el poema se compuso en 1949, fecha en la que Blas de Otero no tenía relación con esta ideología. Se trata de una seudofilosofía de la iluminación interior. Las alusiones a las obras de San Agustín (354-430) parecen reflejar lo anacrónico de la especulación teológica o intelectual cuando en el mundo se producen hechos tan trágicos. La evolución política del poeta parte, pues, de una actitud pacifista derivada de la crítica de la situación postbélica europea. Obsérvense los componentes surrealistas de los vv. 10 y 11: misteriosas y poéticas alusiones a los campos de concentración nazis, los hornos crematorios y las SS femeninas dedicadas a confeccionar lámparas con la piel tatuada de los prisioneros judíos. Asociaciones insólitas se encuentran también en los vv. 31 al 34, junto con ciertos toques de humor negro en los vv. 20 a 23.

Noches y días suben a mis labios
—ellos, en són de sol; ellas, de blanco—,
detrás acude la esperanza con
una cinta amarilla entre las manos.

Miradme bien, y ved que estoy dispuesto
para la muerte. Queden estos hombres.
Asome el sol. Desnazca sobre el mundo
la noche. Echadme tierra. Arad en paz.

[38]

DIGO VIVIR

Porque vivir se ha puesto al rojo vivo.
(Siempre la sangre, oh Dios, fue colorada.)
Digo vivir, vivir como si nada
hubiese de quedar de lo que escribo.

Porque escribir es viento fugitivo,
y publicar, columna arrinconada.
Digo vivir, vivir a pulso; airada-
mente morir, citar desde el estribo[9].

Vuelvo a la vida con mi muerte al hombro,
abominando cuanto he escrito: escombro
del hombre aquel que fui cuando callaba.

Ahora vuelvo a mi ser, torno a mi obra
más inmortal: aquella fiesta brava
del vivir y el morir. Lo demás sobra.[11]

---

9 *citar desde el estribo*: situado el torero en el *estribo* ('especie de escalón en el lado interior de la barrera'), llamar al toro para que embista. Se trata de un lance muy peligroso. Véase poemas 158 y 168.

11 El tono combativo y vital de este poema contrasta con los desesperados de la primera parte de este libro; es la cristalización activa del deseo de escapar de un ambiente sofocante para "vivir a pulso; airada- / mente morir".

ANCIA
(1958)*

[39]

ENCUESTA

Quiero encontrar, ando buscando la causa del sufrimiento.
La causa a secas del sufrimiento a veces
mojado en sangre, en lágrimas, y en seco
muchas más. La causa de las causas de las cosas
horribles que nos pasan a los hombres.
No a Juan de Yepes, a Blas de Otero, a Leon
Bloy, a César Vallejo, no, no busco eso,
qué va, ando buscando únicamente
la causa del sufrimiento
(del sufrimiento a secas),
la causa a secas del sufrimiento a veces...
Y siempre vuelta a empezar.

Me pregunto quién goza con que suframos los hombres.
Quién se afeita a favor del viento de la angustia.
Qué sucede en la sección de Inmortalidad
cuando según todas las pruebas nos morimos para siempre.

---

* Este extraño título no es otra cosa que la abreviatura formada por la primera sílaba de *Ángel fieramente humano* y la última de *Redoble de conciencia*. En este volumen funde el poeta ambos libros y añade 48 poemas inéditos, cambiando varios títulos y el orden de los poemas. El libro reúne todos los poemas de tema existencial (1947-1954).

Sabemos poco en materia de sufrimiento.
Estamos muy orgullosos con nuestro orgullo,
pero si yo les arguyo con el sufrimiento no saben qué decirme.

Mire usted en la guía telefónica,
o en la Biblia, es fácil que allí encuentre algo.
Y agarro la biblia telefónica,
y agarro
con las dos manos la *Guía de pecadores...*[1], y se caen al suelo todos los platos.

Desde los siete años
oyendo lo mismo a todas horas, cielo santo
santo, santo, como de Dios al fin obra maestra![2]

Pero, del sufrimiento, como el primer día:
mudos y flagelados a doble columna. Es horrible.[3]

[40]

RELATO

Recuerdo. No recuerdo. El viento. El mar.
Un hombre al borde del cantil. El viento.
El mar desamarrando olas horribles.
Un hombre al borde de un cantil. Recuerdo.

---

1 Obra de meditación ascética de Fray Luis de Granada que desde su publicación (1556) gozó de gran difusión como devocionario cristiano.

2 En este verso aparece una doble referencia irónica: junto a la oración "Santo, santo, santo es el Señor..." que se reza antes de la consagración, hay aquí una alusión a unos versos de Miguel de los Santos Álvarez, famosos por citarlos Espronceda como epígrafe de su «Canto a Teresa»: "Bueno es el mundo, ¡bueno! ¡bueno! ¡bueno! / Como de Dios al fin obra maestra".

3 En los vv. 6 y 7 se mencionan varios escritores unidos al nombre del propio poeta por el común dolor. Las personalidades torturadas y rebeldes atraen la atención de Otero: el dulce, y sin embargo encarcelado, Juan de Yepes —San Juan de la Cruz—, Leon Bloy, austero y torturado, el humanísimo Vallejo. Obsérvese la ironía de "agarro la biblia telefónica".

No recuerdo. Los brazos
alzados hacia un cielo ceniciento.
El viento. El golpe de las olas
contra las rocas.
Un hombre al borde
de la muerte.
El mar.
El cielo, mudo. Ceniciento. El cielo.
Recuerdo. Oigo las olas.
El viento. Entre las sienes. No recuerdo.
Un hombre
al borde de un cantil, gritando. Abriendo
y cerrando los brazos.
Un hombre ciego.
Recuerdo. Alzó la frente. Un viento frío
le azotó el alma. No recuerdo. Veo
el mar.
Nado por dentro.
Avanzo
hacia una luz, hacia una luz. No veo.
Escucho
un silencio de yelo.
Y braceo, braceo hacia la luz,
y tropiezo,
y braceo, y emerjo bajo el sol
¡oh júbilo!, y avanzo… Y no recuerdo
más. Esto es todo cuanto sé. Sabedlo.

[41]

VENUS

Así, disimulante en istmo y luna
iluminada, casi de oro y nieve;
entredormida y desmayando, leve,
los dedos bellos entre otra y una

columna unidas, sin asir ninguna
(tal, una mano a capitel se atreve),
así Giorgione te soñó... Si mueve
el pincel, es que peina o es que acuna.

Istmo divino, delicada isla,
Isis, oasis de disueltos oros,
sable de seda que se evade, aísla.

Y, al fondo, en un fingido paraíso,
si mudas frondas, cielo y luz canoros[1]
que con los ojos, suavemente, aliso.[4]

[42]

OTRA HISTORIA DE NIÑOS PARA HOMBRES

Vivía en aquella ciudad un jarroncito de porcelana que se llamaba Olivia. Como tenía los pechitos a medio crecer, olía a jacinto y a tequieromucho juntamente. Iba al mismo colegio que yo, así que nos hicimos novios. ¿Dije que se llamaba Olivia? Se llamaba Mariví, y sus pechitos olían a rosas de pitiminí. Yo me llamaba igual que ahora, pero mi nombre no había crecido tanto en la fama, y mi muchachita podía pronunciarlo sin ponerse de puntillas. Que yo la vi.

Siempre era abril o estaba a punto de serlo. Yo la esperaba a la salida de clase, solía vestir una blusilla de seda, no sé, y se cogía los cabellos azules con un lazo encendido, alrededor del cual, sin caerse, corrían mis ojos. ¿Dije que se llamaba Mariví? Sí, así se llamaba, viento y mar y vi... En llegando junto a mí, le decía:
—Tequieromucho, pitiminí. Nos íbamos a un jardín grande,

1 *canoro*: melodioso, sonoro.

4 Giorgione, pintor veneciano del siglo XVI. Isis era una diosa egipcia que personificaba la fuerza fecundadora de la naturaleza y que se identificaba a veces con la luna y con Venus. El hipérbaton, las paronomasias, las aliteraciones, emparejan este soneto con «*Mademoiselle* Isabel» en la descripción de la figura femenina entresoñada y lejana.

que estaba subiendo por aquella calle, a mano derecha según se subiera y a la izquierda según se bajara. Jugábamos a prendas, por ejemplo, pero siempre había el peligro de que a ella le tocase mi mano en el tequieromucho y se lo rompiese. Sin querer pero que se le rompiese. ¿He dicho que tenía los cabellos azules? Eran azules hasta la raíz, casi celestes (el cielo encima, no era más sutil). Sentadita como una silla de muñecas, cantaba aquello de *La niña que está en la bamba...*, por hacerme rabiar; pero en seguida íbamos a lo nuestro, dejándonos de coplas. ¿Dije que se llamaba jarroncito de porcelana?

Vivía en aquella ciudad donde perdí a mi padre y a mi hermano José Ramón, no sé cómo decirlo, dan ganas de acabar de una vez.[5]

[43]

LA MONSE

¿Te acuerdas, dime, de aquella pulserita, económica y todo, que te regalé al borde del río una mañana de azul maravilloso?

(La Monse se entretenía tejiendo y destejiendo flores amarillas, algo más allá, en el aulagar, y no veía el tejemaneje que nos traíamos los dos.)

Silbaba la brisa entre tus labios y los míos, y los besos se iban por el aire, separados por un breve espacio de suspiros...

(La Monse seguía con sus flores amarillas, aulagándose[2] cada vez más, cada vez más, hasta perderse de vista...)

2 *aulagándose*: neologismo por derivación del nombre *aulaga* ('planta de pequeñas flores amarillas muy abundante en el campo'). Paronomasia entre *alejarse* y *aulagarse*, con lo cual la contaminación del gerundio expresa al mismo tiempo dos significados: 'perderse a lo lejos cogiendo aulagas'.

5 "Jarroncito de porcelana" es el nombre que da el poeta a la niña con quien jugaba a novios en su colegio. Al final de la prosa, la muerte de los dos varones de la familia llena de tristeza el recuerdo.

Dijiste: «Dentro del vestido tiembla un ramo de oro, desnudo».

(Huido, se oía el rebullir del río, ese ruido exquisito del agua entre los guijos…)

Vino la Monse, y se sentó a tus pies. (Traía todas las aulagas del mundo en los brazos.)

Dije: «Amante, ¿quién te manda tener una hermana pequeña? ¿No te bastaba con la pulserita…?»[6]

[44]

LÁMINAS

Me estás haciendo llorar con tu recuerdo.
Me sube hasta los ojos,
duda, vacila, y cae
como una infanta de la almena al foso.

Porque recuerdo que tenías diecisiete años,
y todos de oro.
Y los pechitos te temblaban
como las hojas del chopo.

Y las sandalias que te ponías en la primavera,
pececitos rojos.
Y la cinta de
tu combinación, en corro.

Me estás hiriendo con unas alas tan frágiles.
¿Quién ha roto la brisa,

6 En Bilbao, "amante" es un apelativo cariñoso usado en el habla coloquial y sin el matiz de relación sexual que puede tener en castellano. La idílica escena de los jóvenes custodiados por la hermanita de la novia impide todo lo que no sean las sobresaltadas aproximaciones de un amor primerizo.

esta seda del aire, en el recuerdo,
quién la deshila?

Porque pregunto, y nadie me responde,
por una cosa que fue mía,
y estoy arrancando días y noches
de mi vida,

para que no me hagan llorar más
unas láminas[3] amarillas
en las que tú, una mañana de primavera,
apareciste, con las sandalias de niña.

[45]

DIJE

Dije: Mi soledad es como un árbol
alto, de oro y de dolor, tan puro
que apenas puede sostenerse en aire,
ay, si un aire le hollase[4] allá en lo último...

Dijiste: Trenza tu dolor al mío,
como una larga cabellera en júbilo;
hunde tus sueños en mi sangre; inclina
tu sed de Dios. Mi reino es de este mundo[7].

Dije: Mujer, mi mal no tiene origen;
sufro, no sé por qué. De esto hace mucho...
Apenas puedo con mis pies, si un hilo,
ay, si un hilo me asiese así, de súbito.

Tú, pensativamente: El tiempo es plata
de amor, entre mis brazos y los tuyos.

3 *láminas*: viejas fotografías.

4 *hollar*: maltratar, humillar, pisar.

7 Inversión de la famosa respuesta de Jesucristo a Pilato en la Biblia: "Mi reino no es de este mundo" (San Juan, 18, 36).

Abre tu soledad. Deja que el llanto
suceda y suene como un llanto músico.

Dije: Como las rosas, has sabido
como las rosas asomarte al muro
de mi dolor. Tan rosamente, el aire,
ay, el aire rozó jamás el mundo…

[46]

TARDE ES, AMOR

Volví la frente: estabas. Estuviste
esperándome siempre.
Detrás de una palabra
maravillosa, *siempre*.

Abres y cierras, suave, el cielo.
Como esperándote, amanece.
Cedes la luz, mueves la brisa
de los atardeceres.

Volví la vida; vi que estabas
tejiendo, destejiendo siempre.
Silenciosa, tejiendo
(*tarde es, Amor, ya tarde y peligroso*)
y destejiendo nieve…[8]

8 El título y el v. 12 proceden de un soneto del Conde de Villamediana que Blas de Otero utiliza para apoyar la idea de que la espera, el paso irreversible del tiempo, convierte en "nieve" los viejos amores. Se alude al personaje de Penélope, la esposa fiel que espera la vuelta de Ulises mientras teje y desteje la labor para que no se acabe, y librarse así del asedio de sus pretendientes. Pero este poema pone en duda que tan larga espera conserve intacto el antiguo sentimiento.

[47]

PARÁBOLA DEL HIJO PRÓDIGO

Torna, por la comida, el hijo pródigo.

[48]

ESE SUSURRO RÁPIDO

No
importa que se rompa. No lloréis
por mí, llorad por vosotras mismas.

...Suavemente, las niñas abren sus piernas
al borde de la acera y orinan suavemente.
Yo escucho, al pasar, un dulcísimo susurro
y contemplo, algunas veces, cómo desciende temblando...

Me gustan las niñas una barbaridad.
Su manera de decir «mamá, quiero mear».
Me recuerda los años invisibles
atravesados por un arroyo de cintas y colores.

Ahora que está lloviendo, yo bien quisiera, niñas
del mundo entero, veros orinar todas juntas,
formando una fila infinita de templados surtidores
fluyendo del corazón de todas las niñas que orinan en la
calle.[9]

---

9 Hemos señalado en poemas anteriores la presencia tan frecuente en la obra oteriana de distintos procedimientos de intertextualidad. Recurre, alude o cita discursos ajenos que inserta dentro de su propio texto y que somete a diversas manipulaciones. El comienzo de este poema tiene como referente una paráfrasis evangélica. En el Nuevo Testamento Jesucristo consuela a las mujeres llorosas de Jerusalén: «Volviéndose Jesús a ellas, les dijo: "Hijas de Jerusalén, no lloréis por mí, sino llorad más bien sobre vosotras mismas y sobre vuestros hijos"» (Lc 23, 28) y el poeta la reproduce con le-

[49]

LO FEO

Nada hay más antiestético que dos sapos desnudos
ni nada más valiente ni libre que los días
el pie de los toreros los pesados escudos
y el cumplimiento exacto de algunas profecías

Nada hay más horroroso que amarse por debajo
ni nada más completo que un surtidor caliente
un ángel que se aplica silencioso al trabajo
y un fabuloso cine lleno de amor y gente

Nada hay más detestable que el té de los amigos
ni nada más dichoso señores que las hojas
el aire que las briza[5] los soñolientos trigos
y acaso acaso las amapolas rojas

Nada hay tan vergonzante tan lleno de tristeza
como un jardín cerrado después de los ponientes
en cada puerta un hombre cuando el amor empieza
a hacer precisas ciertas medidas deprimentes

En cambio las estrellas son blancas como un libro
y fuertes los muchachos que van a los talleres
málaga bella málaga y sin embargo libro
una batalla pálida de sueños y mujeres

---

5 *brizar*: mover con vaivén; acunar.

ves diferencias. El otro paratexto es también de una de las presencias poéticas más activadoras en este periodo de creación, la de César Vallejo, que en *España, aparta de mí este cáliz* dice: "Niños del mundo, / si cae España..." El poema se desarrolla en dos espacios temporales: el *pasado* feliz de "los años invisibles" de la infancia, donde los ojos del niño-poeta contemplan una tierna escena (estrofas 2 y 3), y el *presente* de un mundo roto por la guerra. ¿Qué esperanza enjugará ese llanto? El hombre-poeta confía a los seres más frágiles e inocentes, las niñas, la inmensa tarea de la fraternidad y de la paz (estrofas 1 y 4). Compárese con «Plañid así» (35), ambos de 1950 y relacionados por las imágenes y el destinatario.

El sol el as de oros lo feo me horroriza
como si fuese un ángel de pantalones cortos
desnudas las muñecas y los ojos de tiza
extrayendo raíces de todos los abortos[10]

---

10 Serie de asociaciones insólitas que van en Otero por el camino de la irracionalidad controlada y que, aunque encerradas en una de las más tradicionales formas métricas, apuntan a la técnica de composición surrealista en la falta de puntuación. En la última estrofa hay una doble significación del sintagma "extraer raíces", abarcador de dos campos semánticos: el de la operación matemática y el que llevaría a la contemplación de un ángel de espada conminante que destruyera el germen de la vida, hiciera abortos de seres; por eso es tan repelente esa imagen de un ángel-niño ("de pantalones cortos") jugando con la raíz misma de la vida, con tanta indiferencia como crueldad. Utilizando el contraste de técnicas tradicionales y postsurrealistas, el poeta hace una crítica dura y entristecida a una sociedad también formada de contrastes: la hipocresía, la represión del amor, y frente a ella la belleza limpia de las estrellas, el libro, los "soñolientos trigos". Si hay antiestéticos "sapos desnudos", también son "fuertes los muchachos que van a los talleres".

PIDO LA PAZ Y LA PALABRA (1955)*

[50]

A LA INMENSA MAYORÍA

Aquí tenéis, en canto y alma, al hombre
aquel que amó, vivió, murió por dentro
y un buen día bajó a la calle: entonces
comprendió: y rompió todos sus versos.

Así es, así fue. Salió una noche
echando espuma por los ojos, ebrio
de amor, huyendo sin saber adónde:
adonde el aire no apestase a muerto.

Tiendas de paz, brizados pabellones,
eran sus brazos, como llama al viento;
olas de sangre contra el pecho, enormes
olas de odio, ved, por todo el cuerpo.

¡Aquí! ¡Llegad! ¡Ay! Ángeles atroces
en vuelo horizontal cruzan el cielo;
horribles peces de metal recorren
las espaldas del mar, de puerto a puerto.

* Publicado en 1955, incluye poemas escritos entre 1951 a 1954, excepto cuatro que son anteriores. En la portada de la primera edición aparece la palabra “poema”, en singular, bajo el título del libro, como si todo él fuera una unidad, una sola petición. El primer poema, «A la inmensa mayoría», ya indica que éste es el libro que marca el paso definitivo del “yo” al “nosotros”.

Yo doy todos mis versos por un hombre
en paz. Aquí tenéis, en carne y hueso,
mi última voluntad. Bilbao, a once
de abril, cincuenta y uno.

Blas de Otero[1]

[51]

EN EL PRINCIPIO

Si he perdido la vida, el tiempo, todo
lo que tiré, como un anillo, al agua,
si he perdido la voz en la maleza,
me queda la palabra.

Si he sufrido la sed, el hambre, todo
lo que era mío y resultó ser nada,
si he segado las sombras en silencio,
me queda la palabra.

Si abrí los labios para ver el rostro
puro y terrible de mi patria,
si abrí los labios hasta desgarrármelos,
me queda la palabra.[2]

1 Escrito un año antes de salir por primera vez de España. Las imágenes bélicas (vv. 13-16) se refieren a la segunda guerra mundial, y presentan a un hombre en el momento de dar un viraje a su vida: saliendo de la muerte interior baja "a la calle" al encuentro de los demás hombres. Rompe con la expresión y el contenido de sus versos anteriores para elegir como nuevo tema el de "la inmensa mayoría". Compruébese, una vez más, el efecto de la ruptura de las frases hechas en el v. 1 ("en canto y alma").

2 El título procede del evangelio de San Juan (1,1): "En el principio existía el Verbo". Si Dios es el poseedor de la palabra creadora, el poeta hace también de la palabra el principio y motor de su vida. Si esta palabra se pone al servicio de sus hermanos los hombres, por ella merecería la pena perder incluso la vida.

[52]

SOBRE ESTA PIEDRA EDIFICARÉ

Testigo soy de ti, tierra en los ojos,
patria aprendida, línea de mis párpados,
lóbrega[1] letra que le entró con sangre
a la caligrafía de mis labios.[3]

Y digo el gesto tuyo, doy detalles
del rostro, los regalo
amargamente al viento en estas hojas.
Oh piedra hendida[2]. Tú. Piedra de escándalo.

Retrocedida España,
agua sin vaso, cuando hay agua; vaso
sin agua, cuando hay sed. *«Dios, qué buen*
vassallo,
si oviesse buen…»
Silencio.[4]

---

1 *lóbrega*: sombría, tenebrosa.

2 *hendida*: 'partida, dividida en dos partes'. Se refiere a los dos bandos de la guerra civil española.

3 Modificación del sentido de la frase hecha "la letra con sangre entra", reflejo de una pedagogía tradicional basada en el autoritarismo y la violencia que sirve a Otero para enmarcar su protesta en un contexto político asfixiante. Otra leve modificación de la frase hecha se da en "piedra de escándalo" (v. 8), literalmente, 'motivo u origen de escándalo'.

4 El título procede del Evangelio según San Mateo (16,18). Si Jesucristo edifica una Iglesia sobre la humilde persona del pescador Pedro, el poeta hará de la realidad de la España de los cincuenta la piedra base de su poesía, porque en ella, aunque oculta, está la fuerza del pueblo. Ésa es la razón de la cita del *Cantar de Mío Cid* con que cierra el poema, sin terminarlo ("¡Dios, qué buen vassallo! ¡Si oviesse buen Señor!", v. 20). La palabra "silencio" sirve para que el lector comprenda que la censura prohíbe nombrar al "Señor" causante de los males de la patria.

[53]

HIJA DE YAGO

Aquí, proa de Europa preñadamente en punta;
aquí, talón sangrante del bárbaro Occidente;
áspid[3] en piedra viva, que el mar dispersa y junta;
pánica Iberia, silo del sol, haza[4] crujiente.

Tremor[5] de muerte, eterno tremor encarnecido,
ávidamente orzaba[6] la proa hacia otra vida,
en tanto que el talón, en tierra entrometido,
pisaba, horrible, el rostro de América adormida.

¡Santiago, y cierra, España! Derrostran[7] con las uñas
y con los dientes rezan a un Dios de infierno en ristre[8],
encielan[9] a sus muertos, entierran las pezuñas
en la más ardua historia que la Historia registre.

Alángeles[10] y arcángeles se juntan contra el hombre.
Y el hambre hace su presa, los túmulos[11] su agosto.
Tres años: y cien caños de sangre abel, sin nombre...
(Insoportablemente terrible es su arregosto[12].)

---

3 *áspid*: víbora muy venenosa. En un texto antiguo del siglo VI, basado en la *Ora Maritima* del poeta latino Avieno (siglo IV), se denomina a España *Ophiussa* ('país de serpientes'). Es uno de los nombres primitivos que en los libros de historia se da a España, junto a Iberia o Hispania.

4 *silo*: granero; *haza*: porción de tierra de cultivo.

5 *tremor*: temblor.

6 *orzar*: dirigir la proa hacia la parte de donde viene el viento.

7 *derrostrar*: destrozar el rostro.

8 *[lanza en] ristre*: afianzar la lanza debajo del brazo para acometer.

9 *encielar*: sobre el molde de *enterrar*; si éste es 'meter bajo tierra', aquél será 'meter en el cielo', a la fuerza, a sus muertos.

10 *alángeles*: neologismo por *falanges*, para burlar la censura. Es una denuncia de las dos columnas que sostuvieron la "cruzada" de la guerra civil española —la Iglesia y la Falange— en las que se apoyó la nueva sociedad franquista.

11 *túmulo*: sepultura.

12 *arregosto*: hábito, costumbre.

Madre y maestra mía, triste, espaciosa España.
He aquí a tu hijo. Úngenos, madre. Haz
habitable tu ámbito. Respirable tu extraña
paz. Para el hombre. Paz. Para el aire. Madre, paz.[5]

[54]

ESPEJO DE ESPAÑA

Ávila.
Toledo.
Lágrimas
de piedra, ardiendo
en la cara
del cielo.
Alba
de Tormes. Cierro
los ojos. Pasa
un agua en silencio.
Lenta, ancha
como el tiempo.
El Toboso. Criptana.
Veo
una mancha,
lejos.
Lanza
y rocín, en sueños,

5 Historia triste y desmesurada la de España, hecha de glorias y de muertos, espacio donde es necesaria la paz para seguir viviendo. "Yago" es el nombre medieval del apóstol Santiago, símbolo de los ejércitos en pie de guerra, cuyo grito evoca el poeta en el v. 9. En el v. 17 ha encontrado el profesor Alarcos un triple préstamo de César Vallejo, de Rubén Darío y de Fray Luis de León: «ecos, uno del peruano por sustitución del "Padre y maestro mágico" del nicaragüense, y otro por dislocación del "A toda la espaciosa y triste España" del agustino, pasado por la interpretación noventayochista».

avanzan.
Oh espejo
de España.
Yermo
yelmo. *Bajada*
del Pozo Amargo.
                                        Cierro
los labios
de la patria.

[55]

ACEÑAS[13]

Me pongo la palabra en plena boca
y digo: Compañeros. Es hermoso
oír las sílabas que os nombran,
hoy que estoy (dilo en voz muy baja) solo.

...Es hermoso oír la ronda
de las letras, en torno
a la palabra abrazadora: C-o-m-p-a-
ñ-e-r-o-s[6]. Es como un sol sonoro.

El Duero. Las aceñas de Zamora.
El cielo luminosamente rojo.
Compañeros. Escribo de memoria
lo que tuve delante de los ojos.

---

13 *aceña*: molino harinero de agua situado dentro del cauce de un río.

6 Nótese la expresividad gráfica que consigue el poeta uniendo con guiones la palabra que designa la unión ("compañeros"), cuyo calor humano recuerda en medio de la íntima soledad.

[56]

MUY LEJOS

Unas mujeres, tristes y pintadas,
sonreían a todas las carteras,
y ellos, analfabetos y magnánimos,
las miraban por dentro, hacia las medias.

Oh cuánta sed, cuánto mendigo en faldas
de soledad. Ciudad llena de iglesias
y casas públicas, donde el hombre es harto
y el hambre se reparte a manos llenas.

Bendecida ciudad llena de manchas,
plagada de adulterios e indulgencias;
ciudad donde las almas son de barro
y el barro embarra todas las estrellas.

Laboriosa ciudad, salmo de fábricas
donde el hombre maldice, mientras rezan
los presidentes de Consejo: oh altos
hornos, infiernos hondos en la niebla.

Las tres y cinco de la madrugada.
Puertas, puertas y puertas. Y más puertas.
Junto al Nervión un hombre está meando.
Pasan dos guardias en sus bicicletas.

Y voy mirando escaparates. *Paca
y Luz. Hijos de tal.* Medias de seda.
Devocionarios. Más devocionarios.
Libros de misa. Tules. Velos. Velas.

Y novenitas de la Inmaculada.
Arriba, es el jolgorio de las piernas
trenzadas. Oh ese barrio del escándalo…
Pero duermen tranquilas las doncellas.

Y voy silbando por la calle. Nada
me importas tú, ciudad donde naciera.
Ciudad donde, muy lejos, muy lejano,
se escucha el mar, la mar de Dios, inmensa.[7]

[57]

EN EL CORAZÓN Y EN LOS OJOS

Todos los nombres que llevé en las manos,
en la boca, en los ojos, hoy se juntan
en el papel, parece que estoy viendo
su voz, tocando
su música...

San Martín de los Herreros.

Oigo un agua, pronuncio
con la memoria húmeda.

Plaza de Santa María
la Nueva.

Una
paloma en la espadaña[14].

Inhiesta.

Pura
palabra, hiriendo el cielo.

Villaralbo.

---

14 *espadaña*: campanario de una sola pared en la que están abiertos los huecos para las campanas.

7 Poema referido a Bilbao, su ciudad natal, en el que fustiga a una sociedad hipócrita, guardadora de las apariencias. Sobre su ciudad escribirá numerosos poemas, el último de ellos «Bilbao» (177), donde hay muchas referencias a éste.

El aire
se desnuda…

Salas de los Infantes.
Olmedo.

…se juntan
en el papel, parece que estoy viendo

Soria, ciudad castellana
¡tan bella! bajo la luna.[8]

[58]

POSICIÓN

Amo a Walt Whitman por su barba enorme
y por su hermoso verso dilatado.
Estoy de acuerdo con su voz, conforme
con su gran corazón desparramado.

Escucho a Nietzsche. Por las noches leo
un trozo vivo de Sils-Maria. Suena
a mar en sombra. Mas ¡qué buen mareo,
qué sombra tan espléndida, tan llena!

Huyo del hombre que vendió su hombría
y sueña con un dios que arrime el hombro
a la muerte. Sin Dios, él no podría
aupar un cielo sobre tanto escombro.

---

8 Peculiar descripción de la tierra de España apoyándose en la eufonía de los nombres de los pueblos y en la visión esencial del paisaje. El poema, que contiene ecos de Fray Luis en los vv. 17-18, se cierra con unos versos de Antonio Machado que pertenecen a la sección VI de «Campos de Soria», de *Campos de Castilla*. Blas de Otero incluye a Machado entre los poetas de palabra indeleble cuyo hondo y escueto verso ha marcado, junto a otros, el camino de su obra.

Pobres mortales. Tristes inmortales.
España, patria despeinada en llanto.
Ríos con llanto. Lágrimas caudales[15].
Este es el sitio donde sufro. Y canto.[9]

[59]

LEÓN DE NOCHE

(en voz alta)

Vuelve la cara, Ludwig van Beethoven,
dime qué ven, qué viento entra en tus ojos,
Ludwig; qué sombras van o vienen, van
Beethoven; qué viento vano, incógnito,
barre la nada... Dime
qué escuchas, qué chascado mar
roe la ruina de tu oído sordo;
vuelve, vuelve la cara, Ludwig, gira
la máscara de polvo,
dime qué luces
ungen tu sueño de cenizas húmedas;
vuelve la cara, capitán del fondo
de la muerte: tú, Ludwig van Beethoven,
león de noche, capitel sonoro![10]

15 *caudal*: caudalosa, abundante.

9 A Blas de Otero le interesa el poeta norteamericano Walt Whitman por la renovación métrica, pero también por su encendida defensa de la libertad y por sus profundas convicciones democráticas. Alude además a la obra de Nietzsche, *La genealogía de la moral*, escrita en Sils-Maria en 1887.

10 Las aliteraciones, el movimiento de los sintagmas encabalgados, la integración del nombre de Beethoven en la misma música de la palabra, todo hace de éste un poema eufónico, sinfónico.

[60]

YO SOY AQUÉL QUE AYER NO MÁS DECÍA...[11]

Dicen que estamos en el antedía,
yo diría: no sé ni dónde estamos.
Ramos de sombra por los pies, y ramos
de sombra en el balcón de la agonía.

Madera dulce de la luz: estría
triste del día que se va. Nos vamos.
Más que lavar el alba, sombreamos
el abanico de la noche fría.

Prefiero fabricar un alba bella
para mí solo. Para ti: de todos,
de todos modos no contéis con ella.

Otros vendrán. Verán lo que no vimos.
Yo ya ni sé, con sombra hasta los codos,
por qué nacemos, para qué vivimos.

[61]

JUICIO FINAL

Yo, pecador, artista del pecado,
comido por el ansia hasta los tuétanos,
yo, tropel de esperanza y de fracasos.
estatua del dolor, firma del viento.

Yo, pecador, en fin, desesperado
de sombras y de sueños: me confieso
que soy un hombre en situación de hablaros
de la vida. Pequé. No me arrepiento.

11 El título procede del primer poema de *Cantos de vida y esperanza*, de Rubén Darío.

Nací para narrar con estos labios
que barrerá la muerte un día de éstos,
espléndidas caídas en picado
del bello avión aquel de carne y hueso.

Alas arriba disparó los brazos,
alardeando de tan alto invento;
plumas de níquel: escribid despacio.
Helas aquí, hincadas en el suelo.

Este es mi sitio. Mi terreno. Campo
de aterrizaje de mis ansias. Cielo
al revés. Es mi sitio y no lo cambio
por ninguno. Caí. No me arrepiento.

Ímpetus nuevos nacerán, más altos.
Llegaré por mis pies —¿para qué os quiero?—
a la patria del hombre: al cielo raso
de sombras ésas y de sueños ésos.[12]

[62]

... porque la mayor locura que puede hacer un hombre en esta vida es dejarse morir, sin más ni más...

SANCHO.

(*Quijote,* II, cap. 74.)

1

Me llamarán, nos llamarán a todos.
Tú, y tú, y yo, nos turnaremos,
en tornos de cristal, ante la muerte.
Y te expondrán, nos expondremos todos
a ser trizados ¡zas! por una bala.

12 En la época en que se compone este poema, 1951, se va consolidando el cambio vital e ideológico de Otero. Esta etapa de transición da lugar a la utilización de fórmulas religiosas, pero insertadas ya en un contexto que no corresponde. En este poema, las fórmulas del "Confiteor Deo" para acercarse al sacramento de la confesión son empleadas con un sentido contrario al que expresan: "Pequé. No me arrepiento".

Bien lo sabéis. Vendrán
por ti, por ti, por mí, por todos.
Y también
por ti.
(Aquí
no se salva ni dios. Lo asesinaron.)

Escrito está. Tu nombre está ya listo,
temblando en un papel. Aquel que dice:
abel, abel, abel... o yo, tú, él...

2

Pero tú, Sancho Pueblo,
pronuncias anchas sílabas,
permanentes palabras que no lleva el viento...

[63]

BIOTZ-BEGIETAN

Ahora
voy a contar la historia de mi vida
en un abecedario ceniciento.
El país de los ricos rodeando mi cintura

y todo lo demás. Escribo y callo.
Yo nací de repente, no recuerdo
si era sol o era lluvia o era jueves.
Manos de lana me enredaran, madre.

Madeja arrebatada de tus brazos
blancos, hoy me contemplo como un ciego,
oigo tus pasos en la niebla, vienen
a enhebrarme la vida destrozada

Aquellos hombres me abrasaron, hablo
del hielo aquel de luto atormentado,
la derrota del niño y su caligrafía
triste, trémula flor desfigurada.

Madre, no me mandes más a coger miedo
y frío ante un pupitre con estampas.
Tú enciendes la verdad como una lágrima,
dame la mano, guárdame
en tu armario de luna y de manteles.

Esto es Madrid, me han dicho unas mujeres
arrodilladas en sus delantales,
éste es el sitio
donde enterraron un gran ramo verde
y donde está mi sangre reclinada.

Días de hambre, escándalos de hambre,
misteriosas sandalias
aliándose a las sombras del romero
y el laurel asesino. Escribo y callo.

Aquí junté la letra a la palabra,
la palabra al papel.
Y esto es París,
me dijeron los ángeles, la gente
lo repetía, esto es París. Peut-être,
allí sufrí las iras del espíritu

y tomé ejemplo de la torre Eiffel.

Esta es la historia de mi vida,
dije, y tampoco era. Escribo y callo.[13]

---

13 El título procede de un libro de poemas en lengua vasca, *Biotz-begietan* ('En el corazón y en los ojos') de Xabier de Lizardi. La vida, nuestra historia, está compuesta de lo visto y lo amado, éste es el significado del título de Lizardi en el poema de Blas de Otero. "Escribo y callo" indica que se cuenta la verdad aunque sólo una parte, para velar los íntimos pesares en el primer caso, o por imposición de la censura en el segundo. Estamos ante uno de sus poemas autobiográficos. Imágenes de Bilbao, donde nace el poeta en una clase social acomodada. Desgajamiento de la protección maternal y alusión a los dos años en el colegio de jesuitas de Indauchu. Traslado del domicilio familiar a Madrid hasta 1932. En este periodo nace la esperanza de la Segunda República española y mueren su hermano mayor y su padre. Preparación del golpe militar que terminaría con la guerra civil de

[64]

UN VASO EN LA BRISA

Calvario como el mío pocos he visto. Ven,
asómate a esta ventana.
Para qué voy a escribir lo que ha ocurrido.
El tiempo todo lo aclara.

Para qué hablar de este hombre cuando hay tantos que
esperan
(españahogándose[16]) un poco de luz, nada
más, un vaso de luz
que apague la sed de sus almas.

Lo mejor será que me someta a la tempestad,
todo tiene su término, mañana
por la mañana hará sol
y podré salir al campo. Mientras el río pasa.

No esperéis que me dé por vencido
Es mucho lo que tengo apostado a esa carta.
Malditos sean los que se ensañaron
en mi silencio con sus palabras.

Yo ofrezco mi vida a los dioses
que habitan el país de la esperanza
y me inclino a la tierra y acepto
la brisa que agita levemente esta página...

---

16 *españahogándose*: neologismo por composición de nombre más verbo: 'ahogarse en una España sin libertad'.

1936; el poeta denuncia la unión de la Iglesia ("misteriosas sandalias", v. 28) con una parte del ejército ("laurel asesino", v. 30) en el levantamiento. En su adolescencia madrileña empieza a escribir sus primeros poemas. Viaja a París en 1952. Préstese atención a la organización métrica del poema, que abandona la medida endecasilábica en los momentos cruciales del relato.

[65]

hoy no tengo una almena
que pueda decir que es mía.

(De un romance viejo.)

Ni una palabra
brotará en mis labios
que no sea
verdad.
Ni una sílaba,
que no sea
necesaria.
Viví
para ver
el árbol
de las palabras, di
testimonio
del hombre, hoja a hoja.
Quemé las naves
del viento.
Destruí
los sueños, planté
palabras
vivas.
Ni una sola
sometí: desenterré
silencio, a pleno sol.
Mis días
están contados,
uno,
dos,
cuatro
libros borraron el olvido,
y paro de contar.
Oh campo,
oh monte, oh río

Darro: borradme
vivo.
Alzad,
cimas azules de mi patria,
la voz.
Hoy no tengo una almena
que pueda decir que es mía.
Oh aire,
oh mar perdidos.
Romped
contra mi verso, resonad
libres.[14]

[66]

Árboles abolidos,
volveréis a brillar
al sol. Olmos sonoros, altos
álamos, lentas encinas,
olivo
en paz,
árboles de una patria árida y triste,
entrad
a pie desnudo en el arroyo claro,
fuente serena de la libertad.[15]

14 Declaración ética y estética de un poeta que, tras desenmascarar la ficción de la fe religiosa ("Destruí / los sueños [...] Mis días / están contados") pule ahora su palabra al servicio de la libertad de su pueblo. El epígrafe, por otra parte, procede del «Romance del rey Don Rodrigo» y en los vv. 30-31 se parafrasea un verso de la «Oda a la vida retirada» de Fray Luis ("¡Oh monte, oh fuente, oh río!").

15 En el verso final se glosa una cancioncilla popular para jugar al corro: "arroyo claro, fuente serena / quién te lava el pañuelo / saber quisiera". Citas y ecos textuales del Cancionero y del Romancero aparecerán en toda su obra desde *Pido la paz y la palabra.*

[67]

LO TRAIGO ANDADO

Pueblos, ríos de España, acudid
al papel, andad
en voz baja bajo la pluma; álamos,
no os mováis de la orilla
de mi mano...

Monte
Aragón, cúpula pura, danos
la paz.

Morella, uña mellada.

Peñafiel. Fuensaldaña.

Esla. Guadalquivir. Viva Sevilla.

Lo traigo andado;
cara como la suya
no la he encontrado.[16]

[68]

FIDELIDAD

Creo en el hombre. He visto
espaldas astilladas a trallazos[17],
almas cegadas avanzando a brincos
(españas a caballo
del dolor y del hambre). Y he creído.

---

17 *trallazo*: latigazo.

16 Poema compuesto fuera de España, en medio de la nostalgia y de la ausencia. Los versos van recuperando los lugares perdidos hasta que la emoción se derrama en un "Viva Sevilla" enlazado con la copla del *cante jondo*, recogida por García Lorca.

Creo en la paz. He visto
altas estrellas, llameantes ámbitos
amanecientes, incendiando ríos
hondos, caudal humano
hacia otra luz: he visto y he creído.

Creo en ti, patria. Digo
lo que he visto: relámpagos
de rabia, amor en frío, y un cuchillo
chillando, haciéndose pedazos
de pan: aunque hoy hay sólo sombra, he visto
y he creído.

EN CASTELLANO
(1959)*

[69]

PROPIEDAD DE LA PALABRA

Esta
es mi casa.
Propiedad
de la palabra.

Abro
si digo *rambla de cataluña* *sol*
la ventana.

Esta
es mi patria.
Horadar
dormida piedra, hasta encontrar españa.[1]

---

* Este libro, tras innumerables problemas de censura, tuvo que ser publicado en París, en edición bilingüe y con el título *Parler clair*. La primera edición en español la lleva a cabo la Universidad Autónoma de México en 1960, y en España tendrá que esperar hasta 1977 (editorial Lumen de Barcelona).

1 En el v. 6 el doble espacio blanco ante "sol" reproduce gráficamente el abrir de la ventana, como símbolo de libertad. La Rambla de Cataluña es una de las calles céntricas más populares de Barcelona, donde Blas de Otero residió entre 1956 y 1959. En el verso final escribe "españa" con minúscula para referirse a la auténtica, la de todo el pueblo, desmitificando el uso que el poder político hacía del nombre de "España".

[70]

TERUEL — YONNE

España despeñada;
la Francia con los campos bien peinados.
España miserable;
Francia, abanico un poco cartesiano.[2]

[71]

FUERA

Terrible, hermosa España,
estoy contigo, a contrapirineo[1].[3]

[72]

LA VA BUSCANDO

«...España sobre todas es adelantada et más que todas preciada por lealtad. ¡Ay España!, non ha lengua nin ingenio que pueda contar tu bien.

Pues este reino tan noble... fue derramado et astragado en una arremesa por desaveniencia de los de la tierra que tornaron sus espadas en sí mismos unos contra otros...; et perdieron í todos, ca todas las ciudades de España fueron presas...»

ALFONSO X EL SABIO, *Primera Crónica General de España.*

Dos espumas frente a frente.
Una verde y otra negra.
Lo que la verde pujaba[2],

1 *contrapirineo*: neologismo para expresar la frontera hispano-francesa.
2 *pujar*: intentar salir.

2 Descripción del viaje a través del Pirineo, desde Teruel hasta el departamento francés del Yonne. Nótese el juego paronomásico "despeñada / peinados" y la probable alusión en el v. 3 a un verso famosísimo de Machado: "Castilla miserable, ayer dominadora" («A orillas del Duero»).
3 Adviértase la oposición de las dos caras de la patria: la dolorosa, la amarga, y la enamorada expresión "hermosa".

lo remejía[3] la negra.
La verde reverdecía.
Rompe, furiosa, la negra.

Dos Españas frente a frente.

Al tiempo del guerrear,
al tiempo del guerrear,
se perdió la verdadera.

Aquí yace
media España.
Murió de la otra media.[4]

[73]

TAÑER

Escucho,
estoy oyendo

el reloj de la cárcel
de León.

La campana de la Audiencia
de Soria.

Filo de la madrugada.

---

3 *remejer*: volver a meter, evitar que surja.

4 El poema termina con unas palabras de Mariano José de Larra en el «Día de Difuntos de 1836», premonitoria afirmación de otro 36, el del comienzo de la guerra civil española. Se articula sobre el ritmo de una cancioncilla infantil de corro que cuenta la aventura de una niña perdida por ir a merendar a la alameda: "al tiempo del merendar (bis) / se perdió la más pequeña (bis) / la mayor la va buscando (bis) / calle arriba, calle abajo..." La trasposición imaginaria de estas dos Españas utiliza una palabra que empieza con las mismas letras que el referente real: "*esp*umas" "*Esp*añas". La visión telúrica engrandece y desmesura el enfrentamiento.

...oyendo
tañer
España.[5]

[74]

COPLA DEL RÍO

Recuerde el alma dormida
el río que con paso casi humano,
enfurecido de aridarse[4] en vano,
desembocó en la vida.

Ésta es, así era el sitio, el agua
que ni varió de limpia ni de río,
hoy como ayer, ayer como fontana
y hoy como nunca de galán crecido.

Y pues vos, claro varón, tanta esperanza
y aún más, y mayor fe que don Rodrigo
Manrique hoy acodáis[5] hacia el mañana,
andad en paz
apacentando el trigo...[6]

---

4 *aridar*: neologismo a partir de *árido.*

5 *acodar*: 'enterrar la rama de una planta, sin separarla de ésta, para que eche raíces y se produzca una nueva'. Aquí tiene el sentido de 'preparar el presente para que fructifique en el futuro'.

5 El silencio trae el recuerdo de los poetas que sufrieron por España: Quevedo, que estuvo preso en San Marcos de León, y Machado, de quien se reproducen, en los vv. 5-6, dos de la sección VI de «Campos de Soria». Quevedo y Machado son el sonido esperanzador de la patria lejana.

6 En el v. 9 recoge los vv. 433-434 de las *Coplas* de Jorge Manrique a la muerte de su padre ("e pues vos, claro varón"), pero además va eligiendo el léxico que necesita de otros versos de las *Coplas* para establecer un paralelismo entre aquéllas y su poema. Con ello trata de afirmar poéticamente su trayectoria humana y literaria, incorruptible en su propósito de lucha y esperanza. El v. 7, por otra parte, evoca un verso de la rima LVI becqueriana: "Hoy como ayer, mañana como hoy".

[75]

LETRA

... y dándole una lanzada en el aspa,
la volvió el viento con tanta furia...
Quijote, I, 8.

Por más que el aspa le voltee
y españa le derrote
y cornee,
poderoso caballero
es don Quijote.

Por más que el aire se lo cuente
al viento, y no lo crea
y la aviente[6],
muy airosa criatura
es Dulcinea.[7]

[76]

NO SALGAS, PALOMA, AL CAMPO

Sé muchas cosas y otras que me callo.
Cómo decir españa, patria,
libre.
España
libre. (Violentas
carcajadas.)

Anda
jaleo, jaleo.
No dejan ver lo que escribo,
porque escribo lo que veo.

6 *aventar*: echar al viento lo que encuentra en su camino; aquí, 'echar, hacer desaparecer'.

7 En el molde de la letrilla de Quevedo, "Poderoso caballero es Don Dinero", se enaltece el quijotismo y la realización del ideal.

Sé que Castilla
es ancha.
Cómo decir azul, ayer,
morada.
Ayer.
Mañana.

Anda jaleo,
jaleo.
...lo que veo con los ojos
de la juventud y el pueblo.[8]

[77]

SOLEDAD TENGO DE TI

La casa.
Tiempo perdido. Pésame, dios mío.
Miradla,
álamo alto, torturante olivo.
Ayer pintada,
hoy amarilla
lámpara en la penumbra del camino.
No pasa
nadie. El río
ordena las hojas rápida
mente. Tiempo perdido.
Agua
pasada por las armas del
olvido.

---

8 El título y los versos en cursiva proceden de la canción tradicional «Anda jaleo, jaleo», recogida y armonizada por Federico García Lorca, y muy popular durante la II República, a la que se alude en uno de los colores de su bandera ("morada") frente al "azul" de los falangistas; en estos últimos tiene su origen el grito ("España, una, grande y libre") sobre el que Otero ironiza en los vv. 2-5. El poema es una burlona diatriba contra la censura.

Abrid
cauce a la esperanza,
ceda
el postigo,
golpeen
las ventanas,
entre la luz con un cuchillo
brillante, ¡ay de mi España![9]

[78]

PATRIA APRENDIDA

Ruido
de ayer. Y nunca mañanamos.[10]
Estaba escrito.
Ruido hecho polvo, volverá a ser árbol.
El aire
es limpio. Suena
en la aceña el río.
Oh patria
sin presente.
Oh pensativo y grávido
pasado.
Pueblo mío,
los que te dicen bienaventurado,
ésos son los que te engañan.[11]

---

9 El título procede del estribillo tradicional "Soledad tengo de ti / tierra mía do nací". El último verso se inspira en el grito del moro que perdió su ciudad en el «Romance de la conquista de Alhama» ("¡Ay de mi Alhama!") con el que Blas de Otero declara su dolor por la patria sufriente. La "casa pintada", como símbolo de la esperanza en un mañana mejor, recuerda la «Canción última» del libro *El hombre acecha*, de Miguel Hernández, cuyo último verso dice justamente: "Dejadme la esperanza".

10 Sobre el verso "Siempre mañana y nunca mañanamos", del soneto de Lope «Cánsase el poeta de la dilación de su esperanza», se insiste en la necesidad de cambiar el rumbo de la Historia.

11 Estos versos son traducción literal del texto latino "Popule meus, qui te

Oh tierra
hermosa, merecedora de
ancho camino.

[79]

AIRE LIBRE

Si algo me gusta, es vivir.
Ver mi cuerpo en la calle,
hablar contigo como un camarada,
mirar escaparates
y, sobre todo, sonreír de lejos
a los árboles...

También me gustan los camiones grises
y muchísimo más los elefantes.
Besar tus pechos,
echarme en tu regazo y despeinarte,
tragar agua de mar como cerveza
amarga, espumeante.

Todo lo que sea salir
de casa, estornudar de tarde en tarde,
escupir contra el cielo de los tundras
y las medallas de los similares,
salir
de esta espaciosa y triste cárcel,
aligerar los ríos y los soles,
salir, salir al aire libre, al aire.[12]

---

beatum dicunt ipsi te decipiunt", que se encuentran solamente en el texto de Isaías de la Biblia Vulgatam Clementinam.

12 Los "tundras" es una velada alusión a los 'curas', y los "similares", una referencia a los 'militares'. Este enmascaramiento, fonéticamente emparentado con los referentes a los que alude, fue un modo de burlar a la censura. No lo consiguió, y el libro fue prohibido.

[80]

ANCHAS SÍLABAS

Que mi pie te despierte, sombra a sombra
he bajado hasta el fondo de la patria.
Hoja a hoja, hasta dar con la raíz
amarga de mi patria.

Que mi fe te levante, sima a sima
he salido a la luz de la esperanza.
Hombro a hombro, hasta ver un pueblo en pie
de paz, izando un alba.

Que mi voz brille libre, letra a letra
restregué contra el aire las palabras.
Ah las palabras. Alguien
heló los labios —bajo el sol— de España.

[81]

PLUMA QUE CANTE

Sin embargo,
el aire (esta obsesión de aire alegre y libre)
entra en el libro, abre las páginas, mueve
el verso diecisiete, silba entre sus sílabas,
y si supierais cómo me ahogo en la O,
es como si España toda fuese una sola horrorosa plaza
de toros,[13]
blanca de sol
comido poco a poco por un espantoso abanico
negro.

(Sin embargo,
se mueve
algo en el aire,[14] mira aquel álamo…)

13 La grafía de la letra *o* imita el redondel de la plaza de toros.

14 Alusión a la frase atribuida a Galileo (1564-1642), "Y, sin embargo, se mueve", tras haber sido obligado a abjurar de la doctrina copernicana.

[82]

RUANDO[7]

Ciudades
que vi, viví, rondando calle y plazas,
cimiento y ramo alegre
—Madrid Bilbao París o Barcelona—
del edificio de mi fe
vivida,
gente
cruzada, fondo de las tiendas,
portales, todo
lo que arrastré con lluvia o sol o viento,
ruando
como
        un perro de la calle,
amigo de la calle,
camarada
            de la calle.

[83]

el pecho del amor muy lastimado.

J. de la C.

Noches
dibujando el mapa
de la sed,
yo amo,
lucho
por la cima de sol,
el pecho
de Laura,
no

7 *ruar*: callejear.

me sepulte su sombra,
su cabello
abatido,
yo aparto,
destrozo
cuanto ciega la luz,
el centro
del mediodía,
léridamente[8] azul, aunque es de noche.[15]

[84]

...en esta vida...
Quijote, II, 74

Quiero
salvarme. Patria entre alambradas,
no podrán con nosotros.
Tierra
donde arranqué a vivir, quiero
salvarme,
antes que el mar me arranque de raíz.

Libro
rayado por el Miño,
inscrito está mi quiero en tinta verde
salvarme, y con la mano

izquierda, libre y maniatada
España.

---

8 *léridamente*: neologismo; convierte en un adverbio en *-mente* el nombre de la ciudad de Lérida para intensificar la luminosidad del azul oscuro.

15 El verso del epígrafe pertenece a un poema de Juan de la Cruz que comienza "Un pastorcillo solo está penando". El último verso del poema de Otero recoge el estribillo de otro de San Juan ("Que bien sé yo la fonte que mana y corre, / aunque es de noche»). Otero "vuelve a lo humano" estos versos procedentes de la mística para describir una noche de amor.

[85]

CARTAS Y POEMAS A NAZIM HIKMET[16]

Puesto que tú me has conmovido,
en este tiempo en que es tan difícil la ternura,
y tu palabra se abre como la puerta de tu celda
frente al Mármara,
rasgo el papel y, de hermano a hermano, hablo contigo
(acaban de sonar
las nueve de la noche)
de cosas que no existen: Dios
está escuchando detrás de la puerta
de tu celda,
cedida por amor al hombre: Nazim Hikmet,
quédate con nosotros.

Que tu palabra entre entre las rejas de esta vieja cárcel
alzada sobre el Cantábrico,
que golpee en España
como una espada en el campo de Dumlupinar,
que los ríos la rueden hacia Levante y por Andalucía se
extienda
como un mantel de tela pobre y cálida,
sobre la mesa de la miseria madre.

Te ruego te quedes con nosotros,
es todo lo que podemos ofrecerte: diecinueve años
perdidos,
peor que perdidos, gastados,
más que gastados, rotos

16 Dedica este poema en 1958 al poeta turco Nazim Hikmet, cuya poesía incorpora los recursos populares y el folklore de su tierra en una lucha contra la injusticia y la opresión. Una de las características de su poesía que más interesaba a Blas de Otero era la sabia mezcla en un mismo poema de los temas personales y los colectivos. Los vv. 6 y 7 son cita literal de «Cartas y poemas», de Nazim Hikmet. En el v. 16 otro poema de Nazim atrae el nombre de "Dumlupinar"; en los vv. 18 y 19 hay otro verso del poeta, y en los vv. 28 y 29 se cita literalmente su poema «Nieva en la noche».

dentro del alma:
ten
misericordia de mi espuria[9] España.

Nunca oíste mi nombre ni lo has de oír, acaso,
estamos separados por mares, por montañas, por mi
maldito encierro,
voluntario a fuerza de amor,
soy sólo poeta, pero en serio,
sufrí como cualquiera, menos
que muchos que no escriben porque no saben, otros
que no hablan porque no pueden, muertos
de miedo o de hambre
(aquí decimos *A falta de pan, buenas son tortas,* se cumplió)

pero habla, escribe tú, Nazim Hikmet,
cuenta por ahí lo que te he dicho, háblanos
del viento del Este y la verdad del día,
aquí entre sombras te suplico, escúchanos.[17]

[86]

PALABRAS REUNIDAS PARA ANTONIO MACHADO

Un corazón solitario
no es un corazón.
A. M.

Si me atreviera
a hablarte, a responderte,
pero no soy,
solo,
nadie.

9 *espurio*: contrahecho o adulterado, que degenera de su origen verdadero.

17 Uso irónico del refrán "A falta de pan, buenas son tortas" ('conformarse con lo que se tiene a falta de cosa mejor') pero, en este contexto, "tortas" equivale a 'bofetadas'. Deshecho el cliché de la lengua, toma de nuevo naturaleza el primitivo significado de cada uno de los elementos que lo componen.

Entonces,
cierro las manos, llamo a tus raíces,
estoy
oyendo el lento ayer:
el romancero
y el cancionero popular; el recio
son de Jorge Manrique;
la palabra cabal
de fray Luis; el chasquido
de Quevedo;
de pronto,
toco la tierra que borró tus brazos,
el mar
donde amarró la nave que pronto ha de volver.

Ahora,
removidos los surcos (el primero
es llamado Gonzalo de Berceo),
pronuncio
unas pocas palabras verdaderas.

Aquellas
con que pedí la paz y la palabra:

> *Árboles abolidos,*
> *volveréis a brillar*
> *al sol. Olmos sonoros, altos*
> *álamos, lentas encinas,*
> *olivo*
> *en paz,*
> *árboles de una patria árida y triste*
> *entrad*
> *a pie desnudo en el arroyo claro,*
> *fuente serena de la libertad.*

Silencio.

Sevilla está llorando. Soria
se puso seria. Baeza

alza al cielo las hoces (los olivos
recuerdan una brisa granadamente[10] triste).
El mar
se derrama hacia Francia, te reclama,
quiere, queremos
tenerte, convivirte,
compartirte
como el pan.[18]

[87]

POEMA SIN PALABRAS

Palabras para ti. No las pronuncies.
Cierra
los labios.
Como cierras el puño, abriendo el aire.

No quiero
palabras. Espuma
contra el cantil radiante
de la realidad.
Tú.

---

10 *granadamente*: creación de un adverbio a partir del nombre de Granada.

18 Después de reunir con su palabra todas las raíces literarias de los grandes escritores españoles, y apoyado en diversas citas machadianas —la que utiliza como epígrafe, otra en el v. 19 que corresponde a «Retrato», de *Campos de Castilla*, otra en los vv. 21-22, tomada del poema CL, y otra en el v. 24 que procede del último verso del poema LXXXVIII de *Galerías*—, reproduce su poema «Árboles abolidos» (66), para unirse al concierto de las voces que se acercan a Machado. En el v. 41, la Andalucía de Baeza le trae el eco de la voz de Federico García Lorca, asesinado en Granada, insertando el último verso del poema «Alma ausente», del *Llanto por Ignacio Sánchez Mejías*: "Y recuerdo una brisa triste por los olivos". Pero Blas de Otero, que no ha nombrado directamente a Lorca, desvía ligeramente el verso lorquiano y hace a los olivos protagonistas del recuerdo en sustitución del "yo" (García Lorca), que ya no puede recordar, e introduce una referencia locativa, creando un adverbio de modo a partir del nombre de Granada.

El cabello
luminoso.
Roja bandera herida por el alba.
Cuando
me miras, no hay palabras.

El mundo
tiembla un instante.

Y sé que es bello combatir unidos.[19]

[88]

GUERNICA

Picasso

Aquí estoy
frente a ti Tibidabo
hablando viendo
la tierra que me faltaba para escribir «mi patria
es también europa y poderosa»
asomo el torso y se me dora
paso sorbiendo roma olivo entro
por el Arc de Bará
de repente remonto todo transido[11] el hondo
Ebro
a brazazos retorno arribo a ti
Vizcaya
árbol que llevo y amo desde la raíz
y un día fue arruinado bajo el cielo

Ved aquí las señales
esparcid los vestigios
el grito la ira
gimiente

11 *transido*: afectado por emoción intensísima.

19 Otero hace del silencio un discurso más elocuente que la misma palabra.

con el barabay[12]
el toro cabreado directamente oíd
ira escarnio ni dios
oh nunca nunca
oh quiero quiero que no se traspapelen
el cuello bajo la piedra
la leche en pleno rostro el dedo
de este niño
oh nunca ved aquí
la luz equilibrando el árbol
de la vida.[20]

[89]

Coral a Nicolai Vaptzarov

La soledad se abre hambrientamente,
ah todo alrededor es hombre y fronda
de hombro arraigado en la raíz más honda:
la tierra, firme, descieladamente.

Ah noche, y noche y noche en pecho y frente,
tapia del mar, barrido a la redonda
por ola y ola y ola en ronda y ronda
azul y blanca: roja de repente.

Todos los nombres que llevé en las manos
—César, Nazim, Antonio, Vladimiro,
Paul, Gabriel, Pablo, Nicolás, Miguel,

12 *barabay*: 'jaleo'. Expresión tomada de la zarzuela *Doña Francisquita*.

20 El título primitivo era «Caniguer», anagrama que escondía el nombre prohibido de la ciudad vasca bombardeada y destruida por la aviación alemana el 26 de abril de 1937. Dedica el poema a Picasso que inmortalizó la hecatombe en su famoso cuadro («Guernica») en homenaje al heroísmo de todos los combatientes de la República. Obsérvese el desorden que introducen los encabalgamientos y la falta de puntuación, imitando la composición caótica de la pintura. El Tibidabo es un monte a espaldas de Barcelona, y el Arc de Bará un arco de triunfo romano situado cerca de Tarragona.

Aragon, Rafael y Mao—, humanos
mástiles, fulgen[13], suenan como un tiro
único, abierto en paz sobre el papel.[21]

[90]

LECCIÓN DE CASTELLANO

Papel para los hombres No
quiero
hilo seda
papeles antifaz: sólo
la realidad de cara el sol
de frente

Así
los días   ateridos[14]
años
atrás noches atrás
                    pero sonaron
los pasos siempre roturaron[15]
las horas
y entré en el pueblo y me acogió tu pecho

A ti   quién   mi palabra
a ti amapola el grito de la tierra
compartida
A ti castilla   violeta
tela cálido mantel
amarillo

Y que el Duero perdure en tus cabellos.

---

13 *fulgir*: brillar, resplandecer.
14 *aterido*: temblando de frío.
15 *roturar*: arar por primera vez las tierras eriales para ponerlas en cultivo.
21 El poema es un homenaje al poeta búlgaro fusilado en Sofía en el año 1942 por defender la libertad.

QUE TRATA DE ESPAÑA (1964)*

[91]

ESPAÑA,
patria de piedra y sol y líneas
de lluvia liviana
(orvallo, sirimiri[1], de Galicia,
Asturias, Vascongadas:
mi imborrable lluvia en cursiva),
desesperada
España, camisa
limpia de mi esperanza
y mi palabra viva,
estéril, paridora[2], rama
agraz[3] y raíz
del pueblo: sola y soterraña[4]
y decisiva
patria.[1]

---

* Este libro abarca los poemas escritos por Blas de Otero desde 1959 a 1963, muchos de ellos fuera de España. Se publican tres ediciones casi simultáneas; de la primera (Barcelona, 1964) la censura eliminó más de un tercio de los poemas. La segunda se publicó en París y la tercera en La Habana.

1 *orvallo* y *sirimiri*: lluvia fina y persistente en Galicia y País Vasco respectivamente.

2 *paridora*: hembra muy fecunda; aquí, 'la que da vida'.

3 *agraz*: sin madurar.

4 *soterraña*: hundida en la tierra, profunda.

1 En el primer verso, el nombre de España lo escribe con letra mayúscula para resaltar al protagonista del poema, la patria contradictoria, a la que des-

[92]

El mar
alrededor de España,
verde
Cantábrico,
azul Mediterráneo,
mar aitana de Cádiz,
olas lindando
con la desdicha,
mi verso
se queja al duro son
del remo y de la cadena,
mar niña
de la Concha,
amarga mar de Málaga,
borrad
los años fratricidas,
unid
en una sola ola
las soledades de los españoles.[2]

---

cribe en medio del dolor presente pero con la esperanza puesta en el empuje decisivo del pueblo. La imagen de la lluvia cayendo en diagonal dio el título («Cursiva») a la primera edición del poema en la revista *Norte-Sur* (mayo 1962).

2 España contemplada desde los mares que la rodean convirtiéndola en una unidad geopolítica. El poeta alza este destino común como un emblema contra la guerra civil. El mar de Cádiz es adjetivado con el nombre de Aitana, la hija de Rafael Alberti, en homenaje al poeta gaditano exiliado de España al terminar la contienda. Los vv. 10-11 parafrasean dos versos del romance de Góngora que comienza «Amarrado al duro banco / de una galera turquesca», en los que un cautivo español, al pasar frente a las costas de España, "se quejaba al ronco son / del remo y de la cadena".

[93]

POR VENIR

Madre y madrastra mía,
España miserable
y hermosa. Si repaso
con los ojos tu ayer, salta la sangre
fratricida, el desdén
idiota ante la ciencia,
el progreso.
Silencio,
laderas de la sierra
Aitana[5],
rumor del Duero rodeándome,
márgenes lentas del Carrión,
bella y doliente patria,
mis años
por ti fueron quemándose, mi incierta
adolescencia, mi grave juventud,
la madurez andante de mis horas,
toda
mi vida o muerte en ti fue derramada
a fin de que tus días
por venir
rasguen la sombra que abatió tu rostro.

[94]

LEJOS

Cuánto Bilbao en la memoria. Días
colegiales. Atardeceres grises,
lluviosos. Reprimidas alegrías,
furtivo cine, cacahuey, anises.

5 La sierra Aitana se encuentra en la provincia de Alicante.

Alta terraza, procesión de jueves
santo, de viernes santo, santo, santo.
Por Pagasarri las últimas nieves
y por Archanda[6] helechos hechos llanto.

Vieja Bilbao, antigua plaza Nueva,
Barrencalle Barrena, soportales
junto al Nervión: mi villa despiadada

y beata. (La virgen de la Cueva
que llueva, llueva, llueva.) Barrizales
del alma niña y tierna y destrozada.[3]

[95]

OROZCO

El valle
se tendía al pie del Gorbea,
daba la vuelta alrededor
de Santa Marina[7],
ascendía
hacia Barambio, doblaba
hasta la línea del ferrocarril
en Llodio,
valle delineado por la lluvia
incesante, liviana,

6 Pagasarri y Archanda son dos de los montes que rodean Bilbao, y el Nervión es el río o ría de Bilbao que desemboca en el mar Cantábrico.

7 Gorbea y Santa Marina son dos montes del País Vasco, al pie de los cuales se extiende Orozco.

3 Nota característica de la poesía oteriana es el rememorar los años de la infancia entristecidos por la represión colegial religiosa. A medias entre el rechazo y el amor, su ciudad sigue llamándole con fuerza cuando está lejos de ella (de aquí el título), y la recuerda nombrando sus calles, la procesión contemplada desde la terraza de su casa paterna. La lluvia marca el paisaje urbano a través de una canción infantil en los vv. 12-13.

dando molde, en el lodo,
a las lentas ruedas de las carretas
tiradas por rojos bueyes,
tras la blusa negra o rayada
del aldeano con boina,
pequeña patria mía,
cielo de nata
sobre los verdes helechos,
la hirsuta[8] zarzamora,
el grave roble, los castaños
de fruncida sombra,
las rápidas laderas de pinares.

He aquí el puente
junto a la plaza del Ayuntamiento;
piedras del río
que mis pies treceañeros
traspusieron, frontón
en que tendí, diariamente, los músculos
de muchacho,
aires de mis campos
y son del tamboril,
atardeceres
en las tradicionales romerías
de Ibarra, Murueta,
Luyando[9], mediodía
en el huerto
de la abuela,
luz de agosto irisando[10] los cerezos,
pintando los manzanos, puliendo
el fresco peral,
patria mía pequeña,

8 *hirsuta*: cubierta de púas.
9 Todas las localidades mencionadas son pueblos de la zona rural vasca, cercanos a Orozco.
10 *irisar*: iluminar con los reflejos del arco iris.

escribo junto al Kremlin,
retengo las lágrimas y, por todo
lo que he sufrido y vivido,
soy feliz.[4]

[96]

1923

Llueve en Bilbao y llueve, llueve, llueve
livianamente, emborronando el aire,
las oscuras fachadas y las débiles
lomas de Archanda, mansamente llueve

sobre mi infancia colegial e inerme
(jugando con los chicos de la calle
reconcentrada y tímidamente).
Por Pagasarri trepan los pinares.

Llueve en la noche triste de noviembre,
el viento roza y moja los cristales,
y, entresoñando, escucho... Llueve, llueve

en mi villa de olvido memorable
—*mademoiselle* Isabel—, pálida frente
de niño absorto entre los soportales...[5]

---

4 Desde la primera edición en libro (Barcelona, RM, 1964) este poema iba precedido de dos citas en euskera, la primera de Etxepare (1545) y la segunda del libro *Biotz-Begietan* (1932) de Lizardi (véase n. 13 en el poema 63). En los dos textos vascos se exalta la lengua y la personalidad de la tierra vasca. En Orozco están las raíces de Blas de Otero por línea materna y en su poesía aparece siempre como un lugar idílico, sin la nota de amargura que surge cuando nombra a Bilbao. Compuesto, como el anterior, durante un viaje por la antigua Unión Soviética.

5 La lluvia funciona como enlace o desencadenante del recuerdo. La infancia y Bilbao atraen las figuras amadas (*mademoiselle* Isabel, véase n. 2, poema 12), salvándolas del olvido ("olvido memorable").

[97]

Madrid, divinamente
suenas, alegres días
de la confusa adolescencia,
frío cielo lindando con las cimas
del Guadarrama,
mañanas escolares, rauda huida
al Retiro[11], risas
de jarroncito de porcelana,
tarde
de toros en la roja plaza vieja,
des-
pués me iría y a ver la verbena
en San Antonio o San Isidro,
ruido de Navidad en las aceras
cerca
de la Plaza Mayor,
rotos recuerdos
de mil novecientos veintisiete,
treinta,
pueblo derramado aquel 14
de abril, alegre,
puro, heroico Madrid, cuna y sepulcro
de mi revuelta adolescencia.[6]

---

11 Jardines del Buen Retiro, el parque urbano más importante de Madrid.

6 En Madrid vivió el poeta su adolescencia (de los once a los quince años). El recuerdo no tiene las connotaciones de tristeza de su ciudad natal. Primeras experiencias de libertad y amor ("jarroncito de porcelana", n. 5, poema 42), los toros, afición que le venía de familia, y las fiestas populares que transmite en los vv. 11-13 citando literalmente un pasaje de la zarzuela *La verbena de la Paloma*. El 14 de abril fue el día de la proclamación de la Segunda República en 1931, y se describe la alegría popular que el propio poeta presenció de niño junto a su padre.

[98]

Amo el Nervión. Recuerdo
en París en Georgia en Leningrado
en Shanghai sus muelles
grávidos[12] de mercancías y de barcos,
sus ocres ondas, las gaviotas grises,
los altos hornos negros, encarnados,
donde el hombre maldice
cuanto rezan indignos dignatarios,
miro el Nervión, escucho
los vientos racheados,
paso la página de la dársena
de Erandio[13],
manos nudosas de los marineros,
enormes pies descalzos,
casi
picassianos,
entro en una taberna, pido un tinto,
tacto el mostrador morado,
huele el aire húmedo a lagar[14],
salgo
al muelle llueve
                    llueve
llueve, el Nervión navega hacia el Cantábrico...

[99]

IMPRESO PRISIONERO

He aquí
mis libros: cuánto tiempo impreso,
prisionero entre líneas. Cántico

---

12 *grávido*: lleno, colmado.
13 Refugio artificial de la ría de Bilbao, para carga y descarga de los barcos.
14 *lagar*: recipiente donde se pisa la uva para obtener el mosto que, después de un proceso de decantación, dará el vino.

espiritual, tiempo agraz y hondo
y duradero como el Duero,
soterrado
en mis años azules de Palencia,
torre de San Miguel hiriendo el cielo,
vestido verde de la Monse,
noches de agosto de mil novecientos
cuarenta y uno.

Oíd
el verso
de Góngora: «suspiros tristes,
lágrimas cansadas», terco,
rabioso ángel fieramente humano,
llamando al arma, desalmando[15] el cuerpo
a golpes de pasión o de conciencia.

Veo
pasar el Sena, palpo el aire gris
que se enreda en los puentes.
Vuelvo
a la espaciosa y ardua España,
entro
en la mina comida por el hambre,
camino
Tierra de Campos,
torno
a mi villa de hierro al rojo. Pido
la paz y la palabra, cerceno
imágenes, retórica
de árbol frondoso o seco,
hablo
para la inmensa mayoría, pueblo
roto y quemado bajo el sol,
hambriento, analfabeto

15 *desalmando*: aquí, 'despojar de interpretaciones metafísicas la experiencia humana'.

en su sabiduría milenaria,
«español
de pura bestia», hospitalario y bueno
como el pan que le falta
y el aire que no sabe lo que ocurre.

¡Ira de Dios,
espanto de los siglos venideros!
Hablo
en español y entiéndese en francés.
¡Oh qué genial trabucamiento[16]
del diablo!
¿Hablar en castellano? Se prohíbe.
Buscar españa en el desierto
de diecinueve cegadores años.
Silencio.
Y más silencio. Y voluntad de vida
a contra dictadura y contra tiempo.[7]

[100]

ESPAÑAHOGÁNDOSE

Cuando pienso
en el mar   es decir
la vida que uno ha envuelto desenvuelto

---

16 *trabucamiento*: confusión del habla.

7 El poeta declara que su vida está encerrada en sus libros y, al tiempo que va recordándola, nombra los títulos de su obra en cada momento de su pasado (para "la Monse", véase poema 43). De Góngora tomó el título de *Ángel fieramente humano*. "Golpes [...] de conciencia" por *Redoble de conciencia*. *Pido la paz y la palabra* surge de su conocimiento directo de la realidad, esos "españoles de pura bestia", citando a César Vallejo. En los vv. 49-53, con cierto humor negro, denuncia a los censores que prohibieron repetidamente la publicación de *En castellano*, obligándole a editarlo en Francia con nombre francés, *Parler clair*. El juego paronomásico del v. 5 recuerda otro del poema de Claudio Rodríguez «Al ruido del Duero» que dice así: "tú, río de mi tierra, tú, río Duradero", a orillas del cual se cimentó en el verano de 1954 la amistad entre ambos poetas.

como
o l a s
sonoras
y sucedió que abril abrió sus árboles
y yo callejeaba iba venía
bajo la torre de San Miguel
o más lejos
bajaba
las descarnadas calles de Toledo
pero es el mar
quien me lleva y deslleva[17] en sus manos
el mar desmemoriado
dónde estoy son las márgenes
del Esla[18] los esbeltos álamos
amarillos que menea el aire
no sé oigo las olas
de Orio Guetaria
Elanchove[19] las anchas
olas rabiosas
es decir la vida que uno hace
y deshace
cielos
hundidos días como diamante
una
guitarra en el Perchel de noche
la playa rayada de fusiles
frente a Torrijos y sus compañeros.[8]

---

17 *deslleva*: 'traer', neologismo creado con el verbo *llevar* y un afijo negativo.

18 Río que nace en los montes Cantábricos y desemboca en el Duero cerca de Zamora.

19 Puertos vascos en el mar Cantábrico.

8 Búsqueda de aquellos lugares en que vivió experiencias memorables. El mar inalterable consigue hacer durable lo más huidizo, el tiempo. Y vuelve el pasado durante una noche en el puerto del Perchel de Málaga, en cuya playa fueron fusilados por sus ideas liberales el general Torrijos y sus compañeros en 1831.

[101]

Patria
perdida,
recobrada
a golpes de silencio,
plaza
de la estación, en Córdoba,
blanco muro
de Aldea del Rey,
todo
perdido
en la lucha,
día a día
recobrado
a golpes de palabra.

[102]

CARTILLA (POÉTICA)

La poesía tiene sus derechos.
Lo sé.
Soy el primero en sudar tinta[20]
delante del papel.

La poesía crea las palabras.
Lo sé.
Esto es verdad y sigue siéndolo
diciéndola al revés.

La poesía exige ser sinceros.
Lo sé.

20 Otero recupera el valor literal de la segunda parte de la locución: la *tinta*, por metonimia, alude al 'escribir' y *sudar* conserva el valor de 'trabajoso'; con ello afirma que es un poeta muy preocupado por la forma.

Le pido a Dios que me perdone
y a todo dios, excúsenme.

La poesía atañe a lo esencial
del ser.
No lo repitan tantas veces,
repito que lo sé.

Ahora viene el pero.

La poesía tiene sus deberes.
Igual que un colegial.
Entre ella y yo hay un contrato
social.

Ah las palabras más maravillosas,
«rosa», «poema», «mar»,
son *m* pura y otras letras:
o, a...

Si hay un alma sincera, que se guarde
(en el almario) su cantar.
¿Cantos de vida y esperanza
serán?

Pero yo no he venido a ver el cielo,
te advierto. Lo esencial
es la existencia; la conciencia
de estar
en esta clase o en la otra.

Es un deber elemental.[9]

---

9 En el título se adelanta el ideario estético: escribir con la mayor perfección y profundidad posibles, pero comprometiendo su palabra con la realidad social ("un contrato / social", en alusión a la obra de Rousseau). Sin este fin ético, la poesía no sería sino hermosos sonidos vacíos, no un "canto de vida y esperanza" como quería Rubén Darío en su libro del mismo título. El poeta deja de lado los temas existenciales, guarda su alma en el "almario" y no admite más "conciencia" que la "de estar / en esta clase o en la

[103]

PALABRA VIVA Y DE REPENTE

Me gustan las palabras de la gente.
Parece que se tocan, que se palpan.
Los libros, no; las páginas se mueven
como fantasmas.

Pero mi gente dice cosas formidables,
que hacen temblar a la gramática.
¡Cuánto del cortar la frase,
cuánta de la voz bordada[21]!

Da vergüenza encender una cerilla,
quiero decir un verso en una página,
ante estos hombres de anchas sílabas,
que almuerzan con pedazos de palabras.

Recuerdo que, una tarde,
en la estación de Almadén, una anciana
sentenció, despacio: «—Sí, sí; pero el cielo y el infierno
está aquí.» Y lo clavó

con esa *n* que faltaba.[10]

---

21 *la voz bordada*: hablar adornado, embellecido.

otra". Ésta ha de ser la poética de todo escritor, su "cartilla elemental". El mismo tema aparece en varios poemas, entre ellos el 109 («Voz del mar, voz del libro»).

10 Expresividad del habla popular que, saliéndose de la norma de la lengua, consigue extraordinarios efectos poéticos. Otero comprendió desde *Pido la paz y la palabra* el manantial de belleza que en ella se encerraba, tanto en las fuentes literarias conservadas por el pueblo (cancionero y romancero) como en los coloquialismos, y así lo reconoce en el poema «Aquí hay verbena olorosa» (112).

[104]

NO QUIERO QUE LE TAPEN LA CARA CON PAÑUELOS

Escribo; luego existo. Y, como existo
en España, de España y de su gente
escribo. Luego soy, lógicamente,
de los que arman la de dios es cristo.

¡Escribir lo que ve!, ¡habrase visto!,
exclaman los hipócritas de enfrente.
¿No ha de haber un espíritu valiente?,
contesto.
¿Nunca se ha de decir lo que se siente?,
insisto.

No. No dejan ver lo que escribo
porque escribo lo que veo.
Yo me senté en el estribo.

Y escribí sobre la arena:
¡Oh blanco muro de España!
¡Oh negro toro de pena![11]

[105]

NADANDO Y ESCRIBIENDO EN DIAGONAL

Escribir en España es hablar por no callar
lo que ocurre en la calle, es decir, a medias palabras
catedrales enteras de sencillas verdades

11 El escritor debe ser testigo de su tiempo y denunciar la injusticia, aunque esta actitud sea peligrosa para él. En la primera estrofa, parafraseando la famosa frase de Descartes, razona con su misma lógica. La cita de García Lorca en el título (un verso de «Llanto por Ignacio Sánchez Mejías») y, en los vv. 7 y 9, dos interrogaciones procedentes de Quevedo («Epístola censoria al Conde-Duque de Olivares») avalan la labor crítica del poeta, que se autocita en los vv. 11-12 (véase poema 76, vv. 9-10).

olvidadas o calladas y sufridas a fondo,
escribir es sonreír con un puñal hincado en el cuello,
palabras que se abren como verjas enmohecidas
de cementerio, álbumes
de familia española: el niño,
la madre, y el porvenir que te espera
si no cambias las canicas de colores,
las estampinas[22] y los sellos falsos,
y aprendes a escribir torcido
y a caminar derecho hasta el umbral iluminado,
dulces álbumes que algún día te amargarán la vida
si no los guardas en el fondo del mar
donde están las llaves de las desiertas playas amarillas,
yo recuerdo la niñez como un cadáver de niño junto a la orilla,
ahora ya es tarde y temo que las palabras no sirvan
para salvar el pasado por más que braceen incansablemente
hacia otra orilla donde la brisa no derribe los toldos de
colores.[12]

[106]

¿YO ENTRE ÁLAMOS Y RÍOS?

Estate tranquilo. No importa que sientas frío
en el alma. Debes estar tranquilo,
y dormir. Y por la mañana te levantas temprano y te vas a
ver el río,
debes mirarlo sin prisa, dejarlo pasar, sin preocuparte lo
más mínimo
de que el tiempo pase, como si fueras un niño
horriblemente maltratado por la vida; pero no importa,
siempre hay un sitio

---

22 *estampinas*: cromos o santos para pegar en un álbum.

12 En un lenguaje hermético lleno de alusiones a la infancia, se afronta el íntimo desgarramiento que toda elección vocacional comporta. "Escribir en Madrid es llorar", dijo Larra, y cerrarse los caminos fáciles arrojando las llaves al fondo del mar, como en la canción infantil.

tranquilo, con algún álamo que tiembla si silba un pajarillo
y tú le ves entre las leves hojas, dichoso, felicísimo,
ahora mismo le estás viendo silbar, saltar, volar por el aire
limpio,
apenas sientes el rumor del río
y... por qué lloras, si es verdad lo que te he dicho,
anda, ve a dormir, y mañana iremos a ver de verdad el río
y a dudar de que soñaste con él, mi pobre amigo...[13]

[107]

NOTICIAS DE TODO EL MUNDO

A los 47 años de mi edad,
da miedo decirlo, soy sólo un poeta español
(dan miedo los años, lo de poeta, y España)
de mediados del siglo XX. Esto es todo.
¿Dinero? Cariño es lo que yo quiero,
dice la copla. ¿Aplausos? Sí, pero no me entero.
¿Salud? Lo suficiente. ¿Fama?
Mala. Pero mucha lana.
Da miedo pensarlo, pero apenas me leen
los analfabetos, ni los obreros, ni los
niños.
Pero ya me leerán. Ahora estoy aprendiendo
a escribir, cambié de clase,
necesitaría una máquina de hacer versos,
perdón, unos versos para la máquina
y un buen jornal para el maquinista,
y, sobre todo, paz,
necesito paz para seguir luchando
contra el miedo,
para brindar en medio de la plaza

13 Poema dialógico de la intimidad y del ensueño. Esta cuerda lírica persevera en todos los libros, incluso en los más sociales. El poeta se desdobla para consolar a la parte más dolorida de su propia personalidad.

y abrir el porvenir de par en par,
para plantar un árbol
en medio del miedo,
para decir «buenos días» sin engañar a nadie,
«buenos días, cartero» y que me entregue una carta
en blanco, de la que vuele una paloma.[14]

[108]

DADME UNA CINTA PARA ATAR EL TIEMPO

Con palabras se pide el pan, un beso,
y en silencio se besa y se recuerda
el primer beso que rozó aquel pétalo
en el jardín de nuestra adolescencia.

Las palabras son tristes. Tienen miedo
a quedarse en palabras o en promesas
que lleva el aire como un beso muerto:
pobres palabras que el olvido entierra.

Dadme una cinta para atar el tiempo.
Una palabra que no se me pierda
entre un olvido y un recuerdo.

Quiero que el aire no se mueva y venga
un mal viento que arrastre por el suelo
años de luz, palabras bellas...[15]

---

14 En los vv. 7–8 el refrán "mala fama, pero mucha lana" encierra un desplante irónico ('si hablan mal de ti, algo bueno tendrás'). Aquí se lo ha manipulado con un interrogatorio ficticio para dar cuenta de su ser personal y social. Si "ha cambiado de clase" eligiendo la defensa de los humildes, el poeta, que procedía de la clase burguesa, debe sufrir el descrédito entre los suyos, la "mala fama". En los últimos versos se defiende la paz íntima que necesita el poeta para poder escribir "sin engañar a nadie".

15 Bello soneto en rima asonante, en el que se intenta evitar la acción demoledora del tiempo. El último verso es un eneasílabo que prolonga en los puntos suspensivos el anhelo de duración.

[109]

VOZ DEL MAR, VOZ DEL LIBRO

Si me pongo a escribir, en qué termina
una mano que empieza en uno mismo,
cómo se llama hablar desde una silla
a un muro muy lejano o al vacío.

Le llamaremos pluma a la deriva,
mar que bastante tiene con su ritmo
de trabajo manual: la poesía
(es divina, repican las campanas;
es un lujo, replican los martillos.

Y yo, sentado en una silla, sílaba
a sílaba, les silbo en los oídos
que sí, que estoy tallando una sortija
...para sus manos o las de sus hijos.

Si me pongo a pensar, salta a la vista
que el mar es como un libro
abierto por la inmensa mayoría
de las olas: yo leo en él, y escribo.

A veces, me parece que la orilla
está tan lejos, que no la diviso.
Será porque mi pluma está torcida;
será porque un mal viento cerró el libro.

Yo le ayudo (mi ayuda siempre es mínima:
por eso insisto tanto y me repito)
a levantar las olas entre las líneas
que el mar alzó desde su mudo abismo.

Si me pongo a gritar, es que el mar grita
desde hace siglos algo tan sencillo
como «¡Me pesan mucho los navíos!
¿Quién me ayuda a quitármelos de encima?»

Voz del mar, voz del libro.
Así se termina
una mano que empieza en uno mismo,
un silencio que el mar impone y dicta.[16]

[110]

ESTRIBILLO TRADICIONAL

Soledad tengo de ti,
tierra mía, aquí y allí.

Si aquí, siento que me falta
el aire, que apenas puedo
mover la pluma por miedo
al gato, que siempre salta
donde más se piensa. ¿Ves
qué manía tan funesta
esta
de no pensar con los pies?

Pues si allí, siento que el suelo
me falta, que puedo apenas
remover plumas ajenas,
se me va el pájaro al cielo;
es
lo que yo digo: Ya ves,
tierra mía, allí y aquí,
soledad tengo de ti.[17]

---

16 Se plantea de forma original el problema de "para quién se escribe". En el v. 16, el lema "la inmensa mayoría" es, sorprendentemente, de olas no de lectores. Pero estas olas abren el libro-mar, simbolizando en él no sólo a los destinatarios de su poesía sino a los auténticos autores, de los que Blas de Otero toma la palabra. Una vez labrada poéticamente se la devuelve, si no a ellos, acaso a sus hijos cuando consigan "quitarse de encima los navíos" que impiden crear una sociedad más igualitaria y feliz.

17 Glosa del estribillo tradicional contenido en los dos primeros versos ("Soledad tengo de ti / tierra mía do nací"), procedente de la *Recopilación de so-*

[111]

PASO EL RÍO PASO EL PUENTE

Mi segunda palabra se abre
y cierra
en tus manos
se evade a los olivos donde tú
vareabas[23] curvabas
la pequeña cintura
desplegabas las redes
como una verónica[24]
                                        en la cubierta
de las naves de Huelva
vaya palabra gallarda
rodea
la delicada sombra de tu muslo
orna[25] la curva
mínima de la nuca
acaso
asoma en la mirada
buscando el amor y la libertad
déjala
vamos al río a ver reír el agua
que pasa siempre y no acaba
que pasa siempre y no engaña
hermosa

---

23 *varear*: derribar del árbol, con golpes y movimientos de la vara, las olivas.

24 *verónica*: lance de la corrida de toros donde el lidiador, esperando al toro, revolea el capote alrededor de la cintura dando una vuelta completa sobre sí mismo.

25 *orna*: adorna.

netos y villancicos, a quatro y cinco de Juan Vásquez. Juego conceptista con el doble significado de *pluma* (de pájaro o de escribir) para mostrar la tragedia del escritor de la posguerra: en España, el peligro de la censura; fuera de España, la añoranza de la tierra propia y de la lengua.

palabra que se abre
y cierra en tus brazos.[18]

[112]

AQUÍ HAY VERBENA OLOROSA

Lo que quiero.
Puedo hacer lo que quiero con la pluma
y el papel. Pero prefiero
hacer un verso vivo y verdadero,
y ¡allá él! Lo que queda en el tintero
es un mar de palabras: todo espuma.

Voy al fondo.
Voy al fondo dejando bien cuidada
la ropa. Soy formal.
Pero con qué facilidad la escondo,
musa vestida y desnudada,
prendiendo y desatándote la cinta
de tu delantal, mi vida.

Venid, y vamos todos
al pueblo, lo que quiero es que aprendamos
a hablar como las propias rosas: ellos
nombran de varios modos
los pájaros, los árboles. Vámonos
a coger rosas, nombres bellos,
pues que tan claro hablan ellos,
vamos a coger rosas,

18 En honor de una muchacha del pueblo, este poema se apoya en fuentes de la canción popular y de la andaluza. El título procede de la canción «Puente de la segoviana» ("Paso el río, paso el puente / siempre te encuentro llorando / la hermosura de tu cara / el agua la va llevando"). El v. 18 ("buscando el amor y la libertad") procede de la canción andaluza «Los campanilleros».

y todo el campo se entere,
vamos a decir cosas
sencillas, si usted prefiere
vamos a coger rosas
rosas, amarillas: rojas,
a publicar lo que piensa
el ramo, vamos a mover
la rosa, la mayoría
de las rosas,
quiérome ir allá
por mirar lo que escribía
la rosa en el aire,
aquí hay señales de vida,
vamos a coger rosas,
a escribir como dios manda,
vámonos yendo,
voz del pueblo, voz del cielo,
vamos, es un decir
florido, pero yo de eso no entiendo.[19]

19 Alardea de erudición y gracia este poema, donde se realiza poéticamente lo que teorizan las dos estrofas primeras: Blas de Otero es capaz de manejar el verso con el mayor virtuosismo, es formalista, y al mismo tiempo popular. A ambas fuentes acude. Junto a las referencias cultas que aquí resuenan (de Lope de Vega, en el título, "aquí hay verbena olorosa", de las «Canciones de San Juan» en *La hermosura aborrecida*; de Juan Ramón Jiménez, "musa vestida y desnudada", v. 11; también de Alberti y Lorca) está presente la canción tradicional que nutrió a estos poetas cultos (vv. 31-32: "quiérome ir allá / por mirar al ruiseñor cómo cantabá," de Gil de Vicente). Nótese asimismo en el v. 14 el referente religioso de una canción mariana ("venid y vamos todos / con flores a María"). Por el procedimiento de romper las frases hechas extrae de cada una de ellas los efectos expresivos más inesperados y ricos. Obsérvese, por ejemplo, el cruce entre *ir al fondo* y *nadar y [guardar] la ropa* (vv. 8-9) unidas ambas por *fondo* en su significado de 'fondo del mar', es decir 'al fondo de la vida, de las cosas'.

[113]

CAMPO DE AMOR

(Canción)

Si me muero, que sepan que he vivido
luchando por la vida y por la paz.
Apenas he podido con la pluma,
apláudanme el cantar.

Si me muero, será porque he nacido
para pasar el tiempo a los de atrás.
Confío que entre todos dejaremos
al hombre en su lugar.

Si me muero, ya sé que no veré
naranjas de la china, ni el trigal.
He levantado el rastro, esto me basta.
Otros ahecharán[26].

Si me muero, que no me mueran antes
de abriros el balcón de par en par.
Un niño, acaso un niño, está mirándome
el pecho de cristal.[20]

[114]

CANCIÓN CINCO

Por los puentes de Zamora,
sola y lenta, iba mi alma.

---

26 *ahechar*: limpiar con criba el trigo u otras semillas.

20 El título proviene de la descomposición de los elementos del nombre del poeta Campoamor, del cual toma también los dos últimos versos, con una significativa variante ("para un viejo una niña siempre tiene / el pecho de cristal"). En García Lorca está el origen del balcón abierto como señal de ausencia. En este poema, ambas presencias adquieren un nuevo sentido, el de un testamento que testifica la entrega de amor a las nuevas generaciones.

No por el puente de hierro,
el de piedra es el que amaba.

A ratos miraba al cielo,
a ratos miraba al agua.

Por los puentes de Zamora,
lenta y sola, iba mi alma.

[115]

Zamora era de oro,
Ávila de plata.

Contra el azul del cielo
torres se dibujaban.

Románicos mosaicos,
ágiles espadañas.

Zamora de oro,
Ávila de plata.

[116]

CANCIÓN NUEVE

Azul de madrugada
en el puerto de Málaga.

El aire ríe, el aire
igual que una muchacha;
junto al Perchel, sonrisas
y miseria y desgracia.

En el puerto de Málaga.[21]

21 Sobre el molde de los Cancioneros, esta cancioncilla arrastra el eco de Diego Bernardes ("Que pida aire al aire").

[117]

ESPAÑA

A veces pienso que sí, que es imposible
evitarlo. Y estoy a punto de morir
o llorar. Desgraciado de aquel que tiene patria,
y esta patria le obsede[27] como a mí.

Pregunto, me pregunto: ¿Qué es España?
¿Una noche emergiendo entre la sangre?
¿Una vieja, horrorosa plaza de toros
de multitud sedienta y hambrienta y sin salida?

Fuere yo de otro sitio. De otro sitio cualquiera.
A veces pienso así, y golpeo mi frente
y rechazo la noche de un manotazo: España,

aventura truncada, orgullo hecho pedazos,
lugar de lucha y días hermosos que se acercan
colmados de claveles colorados, España.

[118]

CANCIÓN DIECINUEVE

Molino de viento, muele
el viento que va al molino.

No toques a Don Quijote,
no agravies a Sancho Panza.
Molino de viento, muele
el viento que viene y pasa.

Don Quijote está tocado,
Sancho Panza, requitonto[28].

---

27 *obseder*: 'obsesionar'. Otero emplea la forma más cercana al latín *obsidere*.
28 *requitonto*: 'muy tonto'; neologismo por afijo aumentativo de raíz popular.

Molino de viento, muele
el viento que pasa solo.

El viento que va al molino
muele, molino de viento.[22]

[119]

DIEGO VELÁZQUEZ

Enséñame a escribir la verdad,
pintor de la verdad.

Ponme la luz de España entre renglones,
la impalpable luz que tiembla
en tus telas.

Dirígeme los ojos hacia abajo:
gente humillada y despreciada
de reyes, condeduques e inocencios.

Que mi palabra golpee
con el martillo de la realidad.

Y, línea a línea, hile
el ritmo de los días venturosos
de mi patria.[23]

22 Glosa al modo de las cancioncillas tradicionales de trabajo sobre el oficio de molinero o molinera, musicados por Juan de Molina y otros músicos palaciegos renacentistas.

23 Elogio del pintor de cámara de Felipe IV por su doble condición de gran artista y de testigo de la realidad, las dos condiciones que Blas de Otero consideraba en todo creador. En la estrofa tercera hace referencia a varios de los más célebres retratos de Velázquez. Véase la prosa 153 sobre este pintor.

[120]

EPÍSTOLA MORAL A MÍ MISMO

Dices «la vida», y piensas, ¿en qué piensas,
cuando dices: «debo escribir» «me marcho»
«me duele mucho que no lo comprendas»,
en qué piensas cuando dices «me ahogo»?

Porque la vida es simple, está compuesta
de fumar, convivir, mover el brazo
y hacer que nazcan otros entre piernas
de mujer: el puente que ha pasado

por alto Jorge Manrique en aquella
copla del río. En qué estás pensando,
la vida es bella desde que comienza
la película, hasta que encendemos el cigarro.

Dices que el hombre pasa, el tiempo vuela
y España sigue entre el Atlántico
y el Mediterráneo, decorando su cueva
de Altamira con decorados falsos.

Pero no pienses tanto en Castilla la Vieja
ni en la Mancha que en la mejilla llevamos.
La vida no es ninguna broma, dijo el poeta
de Estambul cuando estuvo encarcelado.

España tampoco lo es; demasiado seria
en el fondo. Por qué dices «me ahogo»,
si ni siquiera rima, por muy imperfecta
que sea (tu patria). Y ahora lo es demasiado.

No pienses que toda la vida es esta
mano muerta, este redivivo pasado,
hay otros días espléndidos que compensan,
y tú los has visto y te orientaron.

Todo tiene su término; desecha
esos pensamientos, y vámonos al campo
a ver la hermosura de la lavandera
antes que el río muera entre sus brazos.[24]

[121]

I. TIERRA

Por qué he nacido en esta tierra. Ruego
una disculpa. Algo, en fin, de comer,
de vivir. Es horrible no saber
andar por esta tierra, aire, mar, fuego

incógnitos. Si a un cojo guía un ciego,
¿qué harán sino caer, caer, caer!
Pero yo he visto y he palpado. Ser
o no ser. Cara o cruz. Trágico juego.[25]

Trágico amor, amor hasta las heces,
España, hija de padres conocidos,
desavenidos una, cien, mil veces.

Por qué he nacido en esta tierra. Hundidos
tengo los ojos. Pero no tropieces,
madre, aún no nos damos por vencidos.

---

24 Sobre el modelo de la famosa «Epístola moral a Fabio», de Andrés Fernández de Andrada, construye esta serie de cuartetos endecasílabos de rima cruzada y asonante para dirigirse a ese dolorido sentir que yace siempre en la intimidad de Blas de Otero. En la estrofa segunda renace una de las imágenes más felices del amor creadas en *Ángel fieramente humano*, "puente de dos columnas" («Brisa sumida», poema 31). En el v. 19 recuerda al poeta turco Nazim Hikmet (véase poema 85).

25 En los vv. 5-6 se recoge una frase evangélica.

[122]

y II. INERME

Aún no nos damos por vencidos. Dicen
que se perdió una guerra. No sé nada
de ayer. Quiero una España mañanada[29]
donde el odio y el hoy no maniaticen[30].

Ínclitas[31] guerras paupérrimas, sangre
infecunda. Perdida. (No sé nada,
nada.) Ganada (no sé) nada, nada:
éste es el seco eco de la sangre.

Por qué he nacido en esta tierra. Ruego
borren la sangre para siempre. Luego
hablaremos. Yo hablo con la tierra

inerme. Y como soy un pobre obrero
de la palabra, un mínimo minero
de la paz, no sé nada de la guerra.[26]

[123]

CRÓNICA DE UNA JUVENTUD

En un homenaje a Vicente Aleixandre.

Pasó sin darme cuenta. Como un viento
en la noche. (Y yo seguí dormido.)
Oh grave juventud. (Tan grave ha sido,
que murió antes de su nacimiento.)

---

29 *mañanada*: neologismo con valor de 'esperanzada, que mira hacia el futuro'.

30 *maniaticen*: neologismo por cruce entre *maniatar* y *atizar* ('golpear').

31 *ínclita*: ilustre.

26 Dos sonetos sobre las dolorosas consecuencias de la guerra civil. Otero rechaza la división entre vencidos y vencedores, y ridiculiza la exaltación de las guerras parodiando a Rubén Darío en la «Salutación del optimista» ("Ínclitas razas ubérrimas, sangre de Hispania fecunda"). En los dos poemas siguientes se muestra la guerra civil como tragedia personal.

¿Quién dirá que te vio, y en qué momento
en campo de batalla convertido
el ibero solar? Ay! en el nido
de antaño oí silbar
las balas. (Y ordené el fusilamiento

de mis años sumisos.) Desperté
tarde. Me lavé (el alma); en fin, bajé
a la calle. (Llevaba un ataúd

al hombro. Lo arrojé.) Me junté al hombre,
y abrí de par en par la vida, en nombre
de la imperecedera juventud.[27]

[124]

JUVENTUD IMBATIDA

Fuiste pasando pájaro de colores
álamo alzado al borde de una trinchera
atravesaste la patria en horribles camiones
erizados de armas
                                   alcañiz morella
nules guadalajara
así sucedió —y un día sonó la paz
como campana funeral
y se cegaron las fuentes se enrareció
el aire
y fuiste pasando pájaro gris
herido bajo el ala

---

27 Obsérvese la dislocación del soneto normativo, introduciendo un quinto verso en el segundo cuarteto, licencia que demuestra cómo Blas de Otero continúa la renovación formal comenzada desde *Ángel fieramente humano*. Recuerda la guerra que ensombreció su juventud, y, con una alusión al poema «A la inmensa mayoría» (50), el camino que eligió para salvarse, la solidaridad.

derivaste hacia el barranco de una mina
enalteciste
                    la lucha en plena noche
por una patria
de alegría de acero y de belleza.[28]

[125]

OIGO, PATRIA...

Patria lejana, dónde
tus torres de poniente,
las ramas de los olmos
altos, grandilocuentes,
tus pardos altozanos[32]
que el viento azul envuelve,
las hojas de tus chopos
sortijeando[33] verdes,
tus ciudades decrépitas
(como en sentencia breve
dijo Antonio Machado),
tus tristes, lentos trenes
que vienen y no van
a parte alguna, dónde
la rosa de tus nieves
bellas, el encarnado

---

32 *altozano*: cerro o monte de poca altura en terreno llano.

33 *sortijear*: neologismo por derivación verbal de *sortija*, relacionado con *ensortijar*, 'torcer en redondo'. Las hojas de los chopos, cuyo envés tiene un verde plateado, al ser movidas por el viento giran y brillan como una sortija.

28 Suprimir la puntuación y romper el verso con un amplio sangrado son elementos formales vanguardistas propios de la etapa que comienza en 1959 con *En castellano*. Poema autobiográfico sobre el frente de Levante, donde los jóvenes soldados se describen con imágenes de la Naturaleza (pájaro, álamo), heridos por la guerra y oprimidos por la dictadura posterior.

cruel de tus claveles,
el rostro de tus hombres
que hablan como les vienen
las palabras, oh patria
muda, oh silenciosa
meseta donde siempre
enterraré mis ojos
por lejos que te sueñe.[29]

[126]

Birmania,
he visto
tus danzas quebradizas,
discordantes, asidas
al loco hilo
de los dedos,
                    ángulos
cimbrándose[34],
espalda
hacia
su gran circunferencia,
oí
el
fiel titilar
de mínimas campanillas, y ya
en el borde
de la falda gangosa[35]

---

34 *cimbrarse*: doblarse.

35 *gangosa*: habla con resonancia nasal o defecto en el aparato fonador. En este contexto, 'resonancia apagada que producen las telas rígidas recamadas'.

29 El título va en cursiva para indicar que es una cita del poema «¡Al dos de Mayo!» de Bernardo López García ("Oigo, patria, tu aflicción"). En el v. 9 y en los vv. 19-20, la presencia de Antonio Machado y de César Vallejo, respectivamente.

los gongorinos[36]
pies
desasomando, asomando,
y
la cambiante rodilla,
agobiada en brocados,
henchía, combaba[37]
el aire donde el cuerpo
apoya
cristalmente[38] su contorsión final.

[127]

UN 21 DE MAYO

El cielo es verde delicado, té
que tiembla tenuemente en tus pupilas.
Las hojas de los sauces rozan suave-
mente tu blusa movida por la brisa.

Sueltos, los remos cabecean. Ladeas
la frente hacia el alto Templo. Silba
un ruiseñor. Sonríes
íntimamente, entimismada, tímida.

El cielo es sutil como la seda
anaranjada de las sombrillas
que van y vienen por La-Wan-Fu-Sin
a mediodía.[30]

---

36 *gongorino*: relacionado con el estilo de Góngora. Aquí adjetiva a los pies que en estas danzas van cubiertos de joyas y se curvan y contorsionan, como el verso culterano de Góngora.

37 *combar*: curvar.

38 *cristalmente*: neologismo, creando un adverbio por derivación del sustantivo *cristal*, muy adecuado para describir unas "danzas quebradizas".

30 Día de la fiesta nacional china, que Blas de Otero vivió en 1960 durante su estancia en Pekín. Creación del neologismo "entimismada" por cruce

[128]

TORNO...

Torno
los ojos a mi patria.
Meseta de Castilla
la Vieja, hermosa Málaga,
Córdoba doblando la
cintura, mi Vizcaya
de robles y nogales,
pinos y añosas[39] hayas,
clara Cataluña, puro
León, lenta Granada,
Segovia de oro viejo,
Jaén ajazminada,
Moncayo azul, altivos
Gredos y Guadarrama,
blanca Vinaroz,
Extremadura grávida,
patria de pueblo y pan
partido injustamente.

[129]

POETA COLONIAL

Dime si puedes
venir España a remover la tierra
que me rodea estoy triste
porque no ha llovido y a veces porque llueve

---

39 *añosa*: de muchos años, muy vieja.

de *ensimismada* y de *ti*. La sustitución de *si* por *ti* forma una serie continuada de aliteraciones en el v. 8, que repiten el alto porcentaje de ambos sonidos en todo el poema, especialmente la vocal *i*, lo que da una tenue delicadeza a este refinado paisaje chino.

vamos España ponte tu traje de los miércoles
el colorado y danza junto al Nalón
vienes y vas a Cuba por el mar
y yo he venido y yo he venido por el aire hasta La Habana
y te entiendo cuando hablas
y cuando callas no te entiendo
qué hiciste España por aquí tú sola
total para volver como yo vuelvo
la cabeza
y te miro a lo lejos y de repente
me siento viejo
salgo corriendo a hablar con los becados con una
 miliciana[40]
y no estoy solo   oigo las mismas palabras
que en Jaén Extremadura Orense
y siento ganas de llorar o de hacer la revolución
cuanto antes
incomprensible España pupitre sin maestra
hermosa calamidad
ponte tu traje colorado danza ataca canta[31]

[130]

ESPAÑA
es de piedra y agua
seca, caída en un barranco rojo,
agua de mina o monte,
es de tela también, a trozos
pisada por la sangre y a retazos

40 *miliciana*: perteneciente a las Milicias Populares cubanas.

31 Primeras impresiones de su viaje a Cuba a comienzos de 1964 para ser miembro del jurado del premio de poesía «Casa de las Américas». Alabanza del protagonismo del pueblo cubano como hacedor de su propia historia. Se le hace presente la lejana España en el habla de la que fue antigua colonia española.

también por desnudos pies
de campesinos sin tierra,
pero he aquí,
he visto el surco de sus rostros
quemados, detrás había un árbol
igual que su firmeza,
con su sabiduría de madera y tiempo
ya presente tañendo su hoja joven.[32]

32 Dedicado en 1962 a la exposición «Campesinos» del pintor José Ortega. Se describen los cuadros expuestos, de ahí la palabra "tela" y la paronomasia "trozos / retazos", como paso de la realidad a la pintura. Compárese con el poema 91, ambos con parecidos versos iniciales, uniendo así el primero y el último de los poemas del libro *Que trata de España*.

[POESÍA E HISTORIA] (1969)*

[131]

MONZÓN DEL MAR

Ahora que estamos lejos, tú de mí,
yo, revolviendo la tierra por encontrarme,
he preguntado al viento de Pekín
que llega grávido de mares,
en qué cadera tuya o cantil[1]
se apoya mi memoria, esperándome;
no estoy desarraigado aunque ande así,
más bien como una rama en el aire
agarrada con las dos manos a su raíz,
precisamente esta tarde
oigo el golfo de Vizcaya aquí
en el fondo del viento de estos mares
de China, jadeantes de nocturno marfil.[1]

---

* Blas de Otero proyectaba en 1969 publicar un libro con el título «Poesía e Historia», donde hubiera incluido los poemas que trataban de los países recorridos en sus numerosos viajes. Pero aunque este libro nunca llegó a publicarse ha dejado una huella del título y la intención temática en la antología *Expresión y reunión* (1969), en donde se incluían ocho textos, algunos ya publicados anteriormente.

1 *cantil*: acantilado, roca.

1 Escrito en China, como el poema 127. Si aquél era una descripción externa, éste descubre la añoranza de la propia tierra, a la que el poeta personifica para llamarla como a una madre (v. 5). Y la fuerza del deseo hace brotar en la costa de los monzones el rumor de la Vizcaya natal.

[132]

...los domingos los guajiros se vestían de blanco. Las mujeres se ponían flores en la cabeza y se soltaban el pelo.

Esteban Montejo, *El Cimarrón*

Me voy de Cuba. Me llaman
otras tierras y otros vientos.
Se quedan mis pensamientos
dudando entre lo que mira
el alma y lo que le espera.
Guantanamera[2] *guajira*[3].

Guajira guantanamera.
Me voy de Cuba. Hasta luego,
que pienso volver a verte
si no me ciega la muerte
o si antes no quedo ciego.
Triste de aquel que le tira
su patria de tal manera.
Guantanamera guajira.

Guajira guantanamera.
Guantanamera trigueña[4],
llevo en el pecho la enseña
de tu isla caimanera[5]
y su cintura pequeña.
Adiós, luna santiaguera[6]
que toda América admira;
Habana de mis amores,
donde parece mentira

2 *guantanamera*: oriunda de Guantánamo, provincia de Oriente, Cuba.
3 *guajira*: en Cuba, 'campesina', y 'cierto canto popular de los campesinos'.
4 *trigueña*: 'del color del trigo'. Pero, en Cuba, 'morena'.
5 *caimanera*: 'con forma de caimán'. En los mapas geográficos Cuba tiene una forma parecida a la de este animal.
6 *santiaguera*: de Santiago de Cuba, en la provincia de Oriente.

el humo de sus vapores[7].
Ponte en el pelo estas flores;
me voy, mi patria me espera.
Guantanamera guajira.

Guajira guantanamera.[2]

7 *vapor*: buque.

2 El epígrafe procede de *El Cimarrón*, biografía de Esteban Montejo, antiguo esclavo de los ingenios (haciendas) cubanos, narrada en cinta magnetofónica. Esta despedida de Cuba se organiza sobre el estribillo de una conocida canción cubana con texto de José Martí.

HISTORIAS FINGIDAS Y VERDADERAS (1970)*

[133]

LA APUESTA

El libro está sentado en la mesa, junto al retrato del marino. Ha visto los intrincados astilleros del Báltico y el color de las olas en las Antillas. Reposa sobre la mesa que fue largo tiempo tierra de labor, también campo de batalla de enfrentadas ideas, páginas doblegadas al yugo del ayer junto a hojas de amplio margen.

Un libro es el juego más peligroso que pueda imaginarse, nadie se salva por un libro sino apostando todo a una palabra, la única que escoge el poeta a cambio de su propia vida expresada.[1]

---

* En 1970 edita su único libro en prosa, *Historias fingidas y verdaderas*, título extraído del capítulo último del *Quijote*. Escrito en Cuba entre 1966 y 1968, el libro es una obra de madurez total, esencial en su bibliografía. Prosa difícil de definir, llena de sugerencias, de una belleza depurada y clásica, aunque la trabada sintaxis se disloca por las técnicas surrealistas. El poeta declara en la *Postcita*: "uno ordena de segunda o tercera mano, con lo que cree puede incluir y, luego, con lo que resta; sin contar las enmiendas, sustituciones y otras semejanzas. Con todas estas historias, se llega también a las semifingidas tanto como a las medio verdaderas."

1 Cuando escribe esta prosa en 1966, *Que trata de España* era el último libro publicado y sus poemas se habían ido componiendo en diversos países. Poeta y libro se identifican en la dramática labor de la escritura y de la vida. Con ella inicia la parte del libro dedicado a las ideas estéticas.

[134]

EL VERSO

Entre la realidad y la prosa se alza el verso, con todas las ventajas del jugador de ajedrez y ninguno de sus extravagantes cuadros. Ni siquiera el soneto, tan recogido él, tan cruzado de brazos. Pues alguien lo acantiló[1], lo precipitó por dentro, abombando sus límites para que una historia completa cupiera en una palabra tan triste como ésta. Es el verso sin sonido, el verso por sí mismo, sonando siempre que se le tacta con la boca, caso curioso de subsonido, pero evidente y prolongado.

Duerme la rosa, el soldado y sus predecesores. La poesía sólo aspira a esto, a ser presente sin fábula, puro verso sostenido con una mano en el día siguiente. La rosa puede seguir aquí, dejadla hasta que termine de moverse, es una realidad, al fin y al cabo, contradictoria: una traición al tiempo, un poco de polvo iluminado.

El verso es distinto, ni realidad encogida ni prosa en exceso descalabrada, de un solo verso nacen multitud de paréntesis, soldados y otras cuestiones.

Respetemos al niño que berrea, a los poetas de antes de la guerra, ignoro a cuál me refiero porque todas trajeron multitud de vates[2] nuevos, mesas redondas y una causa que permanece aún en entredicho, la paz, ante todas las cosas.

Para algo ha de servir un renglón, acto seguido de muchas obras públicas, una revolución tal vez aunque todavía desconozcamos la forma de abordarla.[2]

---

1 *acantilar*: dragar, ahondar el fondo del mar.

2 *vate*: poeta.

2 El verso, por su comprimido lenguaje y la riqueza del significante fónico, interpone entre la realidad y su descripción una red de nuevos significados que hacen de él un vehículo privilegiado para el conocimiento profundo de la realidad.

[135]

DEL PELIGROSO MANDO

Esta es la cuestión: escribir libre, fluida y espontáneamente: al menos, en apariencia. Si hace falta, escribir con frescura, como el regato, la brisa y, desde luego, sin una idea preconcebida. Como una película de la *Keystone*[3]: sin guión y con ganas de trabajar, entrevistarme, sorprender. Escribir hasta caer rendidos, y cuando lo lean se sientan ágiles, un poco emocionados, plenos. El quid, el intríngulis también se dice, está en dar a los demás lo que uno necesita; ser pródigo por naturaleza, no por arte ni magia. Las palabras me obedecen pues soy ciego y ellas me llevan; tiro de ellas con la punta de la pluma, o les suelto la correa: de pronto, se vuelven y me miran. Caminamos al azar, esto es lo que parece, pero la cuestión es llegar rápidamente al final, al fondo, sin andarse por las ramas como la brisa, aunque sintiendo su atento roce y el brutal ruido del mundo.[4]

[136]

POESÍA Y PALABRA

Sabido es que hay dos tipos de escritura, la hablada y la libresca. Si no se debe escribir como se habla, tampoco resulta conveniente escribir como no se habla. El Góngora de las *Soledades* nos lleva a los dictados de Teresa de Cepeda. Sin ir tan lejos, la palabra necesita respiro, y la imprenta se torna de pronto el

3 Productora norteamericana de cine que desde 1912 realizó las más importantes películas cómicas del cine mudo. Los *gags* solían ser creación de los propios actores, sin guión escrito previamente.

4 Interdependencia entre la palabra y el creador. El propio significante sugiere y moviliza la imaginación del escritor, llevándole al significado por caminos que no había previsto. El título está tomado de un verso del «Elogio a la vida retirada» de Fray Luis, donde se habla de la "sed insaciable del peligroso mando" con un sentido ético, y no estético, como aquí.

alguacil que emprisiona las palabras entre rejas de líneas. Porque el poeta es un juglar o no es nada. Un artesano de lindas jaulas para jilgueros disecados.

El disco, la cinta magnetofónica, la guitarra o la radio y la televisión pueden —podrían: y más la propia voz directa— rescatar al verso de la galera del libro y hacer que las palabras suenen libres, vivas, con dispuesta espontaneidad. Mientras haya en el mundo una palabra cualquiera, habrá poesía. Que los temas son cada día más ricos y acuciantes.[5]

[137]

REGLAS Y CONSEJOS DE INVESTIGACIÓN CIENTÍFICA

Yo quisiera salir, pero ¿adónde? Ni siquiera sé si se escribe junto o separado. Peor para la gramática, que no acaba de convencerme por mucho que insista. Y ¿qué me dices del estructuralismo, la estilística y los siete sabios de Grecia? Con todo eso, imposible construir ni leer un verso, trazar una línea paralela al horizonte; imposible dormir despierto. Lo que tú tienes que hacer es dejar de fumar y pasarte la sintaxis por debajo del diccionario. Pues toda la ciencia del poeta no es más que expresarse por la libre —no ese verso que no es libre porque no es verso, ni ritmo, ni muerto—, salirse por la tangente y colarse por la puerta precintada. Pero no redacten de manera tan inteligente, tan fría, tan galatea[3]. Hay que implantar puertas de salida, amplias puertas invisibles que conducen al país de las maravillas, allí donde el sujeto se planta delante del pronombre y el adverbio

3 *galatea*: neologismo a partir de la novela de Cervantes, y como el lenguaje de esta obra, 'rebuscado, artificial'.

5 Otero dignifica la gracia poética de la palabra viva, sin desdeñar a los maestros de la belleza artificiosa como Góngora. Se reivindica el estilo sencillo propuesto por Juan de Valdés en su *Diálogo de la lengua* ("Escribo como hablo") y se parafrasea la rima IV de Bécquer ("Mientras haya una mujer hermosa / habrá poesía").

encima del adjetivo. Invisibles puertas que de improviso se estremecen, cierran el paso, echan a volar. No hay más ciencia que ésta para la palabra plena, desconocida, intacta. Peligro de muerte, no tocar la caja de música, no hallaréis nada dentro: sólo una gramática en blanco.[6]

[138]

EL DEMONIO Y SUS CÓMPLICES

Mis primeros palotes los tracé, torcidos, en la escuela, pero el escribir de corrido se me hizo muy dificultoso, esa aséptica[4] letra inglesa que pretendían inculcarme en mi Bilbao londinense, y que me fue cambiada por otra redonda más corpórea, más humana. Nada me ha desagradado tanto toda mi vida como escribir, sino que me llamasen escritor, aunque suelo decir, como J.R.J.[5], a estos trabajos escrituras, o mejor dicho, papeles…

Ah qué oficio éste endiablado, no por lo que tenga de dificultoso como por lo que tiene de infernal. Es fácil escribir una hermosa página, pero muy arduo fue su ir gestándose, madurando a través de calles, azares, países y sofismas[6] que no merecen nuestra palabra sino para insultarlos o destruirlos. Una espada de fuego nos conmina a ir adelante, a continuar entre papeles que pronto son pavesas[7], flores de trapo para nosotros cuando aún arden en las manos de tantos lectores.

4 *aséptica*: en este contexto, 'uniforme, sin personalidad'.
5 El poeta Juan Ramón Jiménez.
6 *sofismas*: razón aparente con la que se defiende lo que es falso.
7 *pavesa*: ceniza aún encendida.

6 Serie de libres asociaciones, siempre apoyadas en una base lógica: la bisemia de "línea" ('escritura' o 'línea geométrica'); la ruptura de una frase hecha ("pasarse... por debajo de...", o "ni vivo ni muerto"); similitud de imágenes al modo de las greguerías (una puerta que se abre es como si echara a volar). A veces es una metáfora insólita: la caja de música sustituyendo al término comparado, las reglas de la escritura. Todo para mostrar desde el propio texto, y con cierta ironía, que la creación literaria es un misterio imposible de apresar por la investigación científica.

Torres de marfil han caído muchas, pero torres más altas han caído empedradas con las mejores intenciones.

...Hoy también llueve, como tantas veces entonces, cuando los cristales de la clase escurrían aquella lamentable caligrafía que pretendieron inculcarme.[7]

[139]

COMO DE MIRADA, COMO DE REPROCHE

¿Por qué rompiste tantos versos? Sólo ha quedado la carretera de Barambio, usted miró desde la ventana y se sentó luego en una silla que olía a cerezo: tomó un papel amarillo y leyó a media voz unos versos que tenían algo de *Pastorales*, aquel libro que pidió un poco ansiosamente en una triste biblioteca municipal. Pero después usted escribió como un caballo[8] durante años y años, yo le estoy hablando ahora con cierto matiz antillano: ya tú sabes lo que me gusta volar, oír el timbre de los entreactos, terminar de afeitarme y, particularmente, escuchar los distintos acentos según el tren va entrando por diferentes regiones, le estoy hablando a usted de España, creo que nos habíamos desviado un poco. Que por qué rompiste tantos versos, no sabes lo que nos va a pesar cuando seas viejo.[8]

---

8 *como un caballo*: en Cuba, expresión coloquial ponderativa.

7 La vocación es como una "espada de fuego" que le obliga a salir del paraíso de la apatía intelectual y le lanza a la lucha con la palabra. En el penúltimo párrafo concurren tres ideas: "torres de marfil" (por esteticismo o arte puro), "torres más altas han caído" y "el infierno está empedrado de buenas intenciones" (contra ciertos teóricos socialrealistas, Otero no cree posible conseguir una obra de arte "solo" con postulados éticos).

8 Dialogismo de varias voces: el poeta se desdobla en locutor y oyente y utiliza a veces el tratamiento de segunda persona propio del español de América. Parecen escuchar otros dos receptores, uno cercano a quien se dirige en tono coloquial ("ya tú sabes") y otro, acaso el lector, al cual trata de "usted". El desgarramiento del escritor que ha sacrificado muchos de sus versos (véase el apartado biográfico de la Introducción) se apoya en una frase (el título) que Juan Ramón Jiménez escribió en la dedicatoria de *Pastorales*, uno de sus primeros libros.

[140]

LA COMPAÑA

La palabra de fray Luis de León me alimenta como un pan principal, gobierna mi garganta, escueta y tangible.

Hay una delicada mano que repasa los versos de Garcilaso, un son recio o severo en la voz de Manrique, que me pone pensativo.

Cenicienta y otras veces de púrpura, rasga la página el chasquido de Quevedo, sarcástico, roído por el paso del tiempo.

Yo tacto con los labios y *escucho con los ojos*, veinte, cuarenta poemas que me bastan, siempre los mismos y nunca agostados[9], cada tarde acompañándome con sólo sentirlos en mi mano.[9]

[141]

EL PESO DE LA REVOLUCIÓN

Te has despertado cuando aún no te habías quedado dormido, dime pues qué quieres que hagamos ahora; son cerca de las cuatro de la madrugada y sientes un poco de frío en la espalda. No es porque estés escribiendo en medio de una Revolución, tú también tienes tus problemas y tienes perfecto derecho a ocuparte de ellos. Ya sé que la Revolución me impulsa a vivir (puede que te lleve también a morir), yo por mi parte le he dado más de lo que disponía; pobre salí del vientre de mi madre, rápida y cruel vino la ruina, pobre seguiré hasta que me trague la tierra. Sólo ella me tapará la boca, cuán equivocados los que intenten callarme de otro modo o manera de despachar la consulta. ¡Quién cúyo podrá quemar los papeles —los públicos y los en-

9 *agostar*: 'secar por excesivo calor'; aquí, 'perder actualidad'.

9 Adviértase la cualidad sonora que Blas de Otero destaca en sus poetas preferidos. Para él, *leer es escuchar*, lo que nos recuerda el verso de Quevedo "escucho con mis ojos a los muertos".

comendados—, aunque echen mi cuerpo al mar, o avienten mis cenizas? Ahí quedo, por mucho que os pese, tendido a lo largo del papel.[10]

[142]

LA ROSA

La rosa no tiene vuelta de hoja; se mire como se mire es ella misma, como si siempre la mirásemos en el fondo de un espejo. Una rosa en medio de la guerra puede resistir más y mejor que un muro o un corazón. Consideramos legítimo entonces hablar de ella, escribir de su desnudez, su aroma o su resplandor. No permitáis que alguien, los grandes orates[10] fracasados, usen su mano derecha para hablar de sí mismos y su otra mano para hablarnos del pueblo. Hay que mirar la rosa cara a cara, con la misma serenidad que a un niño nacido en el campo socialista. Hay que combatir la injusticia con el mismo tesón con que la rosa, sin querer, entreabre sus pétalos.

La rosa es blanca cualesquiera sean sus colores. Por eso, nunca escribáis dilatado sobre una breve flor. Amarilla, violeta, rosa, un solo ritmo sostiene su estructura.

De todas las rosas de la tierra, aquella de una tarde de agosto en un rincón del valle de Orozco. Estoy seguro que aún perdura, contra todas las leyes de la estética. Así un buen poema, que, como decía el otro, no hay que tocarlo más.[11]

---

10 *orates*: 'locos'; por cruce con *oradores*, 'políticos charlatanes'.

10 Defensa de la dimensión personal, incluso en quien se ha entregado a una causa revolucionaria. El escritor sobrevive en su obra, estos son los papeles (véase poema 138), los ya publicados o los que queden inéditos después de su muerte.

11 Juan Ramón Jiménez escribió un breve poema: "¡No le toques ya más, / que así es la rosa!". Si para algunos escritores del realismo social la rosa pudo ser el símbolo de la belleza superflua, Blas de Otero proclama el valor social de la belleza. Para "Orozco", véase poema 95.

[143]

QUÉ SERÁ DE LA POESÍA

Esperamos la palabra. La puerta de metal, alta, se entreabre sola, descangayada[11] entre la turbia luz del alba. ¿Adónde conduce esta puerta? Es el espejo de una gran fábrica, de plástico azul y vidrio amarillento. No. Hemos penetrado en la ciudad derramada por entre extensas áreas verdes, circunvalada por anchurosa pista de chicle candeal[12]. Tampoco. (Pero esperamos la palabra.) Estamos en el campo sembrado de máquinas, en la lejanía pespuntea[13] la blanca central hidroeléctrica de 6.700.000 no me acuerdo. Los hombres de la ciudad, de la fábrica, del campo. (¿Y el hombre?) Esperamos la palabra.

Cinematógrafos, televisión, revistas ilustradas, periódicos como escombro… (*¿Qué es poesía?*) Y esperamos la palabra. (Porque no ha muerto). La palabra precisa, universal, y al mismo tiempo imprevisible. ¿Qué ritmo la mueve, qué vocablos la colman, de qué sintaxis se sirve?

Esperamos ante la puerta, apenas entreabierta. Habrá que empujar.[12]

[144]

CIUDADES

Después del mar vinieron las ciudades, ninguna tan pura como Madrid, con su cielo desnudo y ese hablar suyo, digámoslo francamente, tan simpático. Yo había llegado en un turbio tren del Norte, rescatado de un gélido colegio, todo sea por dios: de

11 *descangayada*: desprendida de su goznes, descompuesta.
12 *candeal*: 'trigo que da una harina muy blanca'; por extensión, 'blanco'.
13 *pespuntear*: dibujar con pequeños puntos brillantes.

12 Aunque nuestras sociedades modernas no parezcan muy propicias para la inspiración poética, mientras existan el hombre y la palabra existirá la poesía. Y el poeta es el único que tiene el poder de abrir la puerta a la palabra (véase prosa 137).

improviso Madrid me iluminó como un adagio[14], allí vi claro que no se puede ir del colegio al cielo, como me decían, sin pasar por Madrid.

Ciega Bilbao, ciudad adusta y beatona, con su temible fuerza soterrada, reflejándose en el cielo nocturno de la ría, riberas fabriles de Sestao, Baracaldo, Erandio, denso Bilbao que persiste en todo tiempo en mi acento y mis gestos, en mi terquedad de hacernos los dos más humanos, más justos, más parques.

París. Miro sus calles bordeadas de mercadillos; aspiro el tenue gris, escurren las aceras el rápido baldeo[15], una gruesa mujer grita algo que jamás entendí.

Zamora, vieja y remozada, ciudad de doble historia como aquella torre caída en el cauce[16] del Duero…

Pekín está callada esta mañana de inmenso sol, la plaza de Tien-An-Men restalla su blanco sin compasión contra el verdor del parque imperial: miro estos niños que leen la cartilla en voz alta, al unísono, sílabas que saltan asustando mínimos pájaros pintados.

Palencia, plantada en estos campos góticos[17], con su habla pura y perdurable, su palabra dando fe de vida en estos días de desidia del ritmo y del vocablo.[13]

---

14 *adagio*: 'movimiento musical lento'; también, 'sentencia breve que encierra una verdad comúnmente aceptada'.

15 *baldeo*: acción de fregar el suelo arrojando gran cantidad de agua.

16 *caída en el cauce*: reflejándose en el río.

17 *campos góticos*: la Tierra de Campos, que comprende, entre otras, la provincia de Palencia.

13 La expresión "todo sea por dios", emblema de la Compañía de Jesús, identifica el frío colegio. Adviértase la dislocación semántica del dicho popular "de Madrid al cielo". La enumeración del segundo párrafo termina con una aparente salida al absurdo ("más parques") al introducir en la serie lógica un eslogan, muy popular entonces, para mejorar la ciudad de Bilbao. Esta prosa inicia un nuevo tema en *Historias fingidas y verdaderas*, el de las ciudades recorridas por el poeta en el curso de su deambular por el mundo.

[145]

EL VALLE

Yo no sé si las mañanas de julio, agosto, cuando la cúspide de Santa Marina giraba carmín o violeta, y luego, a mediodía, irradiaba en un cielo zarco[18], mientras abajo la aldea entornaba sus párpados de piedra gris y pinos sonámbulos.

O si las tardes de noviembre, febrero, en que la lluvia liviana velaba los prados, la nave ocre de la parroquia, los frutales desnudos del huerto…

Pero lo que yo más quería era caminar por la carretera de Ibarra, hasta alcanzar las cortaduras grisáceas del Gorbea. Un aldeano alzaba pausadamente la azada, donde un instante brillaba el sol. Una muchacha con un pañuelo violeta a la cabeza levanta un brazo a la rama encendida de un cerezo. Voy pasando junto a una fuente que se adivina fría en su fluir presuroso…

Al regreso, la brisa del atardecer menea las hojas de los robles, agita las ramas del cerezo; el cielo, poco a poco, se apaga.

Lánguido valle de mi adolescencia, donde la luna derrama una luz compasiva sobre la muerte soñada de mis antepasados.[14]

[146]

SEGUIR SIGUIENDO

Ayer murió Blas de Otero, no lo sabe nadie todavía, pero es cierto; le vi pasar por la calle, iba como siempre, distraído y pensativo, llevando un periódico con muy mala gana, de vez en cuando miraba los escaparates, el cielo, el fondo de la calle… No, no ha muerto al lado de unos frascos y unas tabletas (ha muerto sólo de tiempo), eso de algún amigo que llega un mo-

18 *zarco*: de color azul claro.

14 Visión idílica del valle de Orozco, relacionada con 95, 142 y 201.

mento, la incógnita del médico, la interdicción[19], desde luego, de la tos de turno. No se sabe exactamente por qué ha muerto, las circunstancias últimas; se sabe sólo que unos minutos antes dijo, dijera: acerté el camino, con todos mis errores.

Llueve, el valle está velado como tus ojos, la cima de Santa Marina se deslíe, llueve, entre nubes semiverdes, escurridas.

Nada de cajitas, pastillas de plástico, la cama, la pared, la tos del cura. Todo natural, abierto a la tarde, oyéndose casi a lo último siete palabras: *con todos mis errores, acerté...*

Las nubes se levantan, yo sigo echado como un río pero no tumbado como un mar. Consulten al médico, a Manrique, verán que todo es mentira, la vida sigue, nada es más verdad que sigue siguiendo.[15]

[147]

MEDIOBIOGRAFÍA 5-21

El niño está en la terraza contemplando un gato azul. El cielo se mueve como una barca. Desde la calle asciende el tintineo de los tranvías y una voz que pregona *¡El Nervión..., La Tarde!* El niño se apoya en el barandal[20] de la terraza que hace esquina a la plaza de Isabel II. El cielo es de color naranja; abajo suena la bocina de un auto, una voz aguardentosa chilla *¡Informaciones, ...maciones!* El niño se rasca la nariz junto al estanque del Retiro. Un anciano señala con su bastón la estatua de Alfonso XII. El aire pasa con traje marinero y un molinillo de papel verde, amarillo, blanco. En un puesto de chucherías se agitan *Crónica, Gutiérrez, Pulgarcito...* El niño va al colegio, baja por Fernández del

19 *interdicción*: prohibición.

20 *barandal*: antepecho protector en balcones y terrazas.

15 El título es cita propia (v. 12 de «La Tierra», poema 11) y enlaza con el final de esta prosa: la vida no acaba en el mar de la muerte, sino que perdura por la fama y, para un poeta, en la obra que le sobrevive (véase 176).

Campo y llega a Indauchu con dolor de estómago; en la capilla siente ganas de vomitar. Sale al frontón, el cielo está turbio, parece que va a llover café con leche. Las lanchas del puerto llevan pintada una franja blanca sobre verde, o rojo vivo. El túnel de Guetaria está a medio asfaltar, con un gran manchón de cal a cada lado. El niño contempla un asno azul. El cielo gira como un tiovivo. En la esquina de la calle Sevilla es derribado por un taxi, sube hasta la Cibeles cubriéndose la mano izquierda con el pañuelo. Sobre el papel estoy viendo ahora la cicatriz, vuelvo la mano y miro el resto de la marca bajo el dedo anular. El médico de guardia tuvo que cortar la sortija que me habías, jarroncito de porcelana, dejado unos días antes. El niño está ante la pizarra de la clase de Aritmética, todo aquello le suena a mentira, en la sala de estudio acaba de leer unos versos que creo que decían *Mi niña se fue a la mar / a contar olas y chinas*. El cura que vigila a los alumnos se ha acercado al niño y le ha dado una fuerte bofetada. Peor fue lo de Víznar y todavía les duele. El niño cruza la carretera de Benicarló, a la mañana siguiente sube la plaza de Torrevieja, en un rincón tres moros están sorbiendo té. El color de la guerrera del niño es muy parecido al del té de esos moros. Cuando llega el camión, al niño le duele el estómago y por la noche vomita un gato azul. El cielo es de color indefinido, el niño está llorando en la terraza, sabiendo todo lo que le espera.[16]

---

16 Autobiografía desde los 5 a los 21 años. El niño en la terraza de la opulenta casa paterna en Bilbao en 1921, y ya joven soldado en el frente de Levante en 1938, están unidos por esa extraña imagen de un gato azul (¿la ilusión deshecha por la amarga experiencia?). El texto está ensamblado como una fulminante película que transcurre ante los ojos del niño en un vertiginoso fluir del tiempo que une íntimamente distintos momentos y lugares. Estos se identifican por mínimos detalles: periódicos, revistas infantiles, calles, monumentos. Se cuenta una parte de la propia vida, pero se calla también (media biografía). El largo viaje por el tiempo no ha traído más que dolor al inocente niño, antes feliz y que ahora llora. En Víznar (Granada) fue fusilado García Lorca. Los versos en cursiva pertenecen al libro de este poeta *Canciones*.

[148]

ESTÁ LLOVIENDO DE MEMORIA

Esta es una carta manchada con lágrimas, sus huellas lagrimales están aquí, calcadas. Esta es una habitación de cuatro paredes, menos por una que da a la memoria: pasan fechas, sucesos se suceden, sopla el ábrego[21] y llega un pliego con lágrimas, arrugado.

Duele la luz como en un lienzo de Rembrandt.

Campos de tierra, que llaman, también, campos góticos. Iba contigo al pie de los álamos, moríamos un poco, echábamos los brazos a volar. (Temblaban tus muslos, se escurrían rápidos, tal esos peces azules que dejan un rastro de plata en la ingle del mar...) Llorábamos y reíamos a la misma vez, otras veces llorábamos y nos besábamos a la misma boca. Caídos en tierra, el cielo azul crujía cuando le poníamos la vista encima. Se te aceraban las pupilas, saltaban hechas pedazos.

Esta es una historia muy corriente, pura, cristalina.

Álamos que os estáis mirando en ella, testificad que esta carta, cada vez que la mecen en mi memoria, gotea lágrimas, eso es, lágrimas calcadas en el espejo del tiempo.[17]

[149]

TAN CALLANDO

Y tú, imagen de mi corazón, vuelve a pasar por estos campos donde se aulaga la Monse o se acuclillaba para cortar un azulejo[22] o una amapola, volviendo a tu lado tendiéndome la flor:

21 *ábrego*: viento sur.

22 *azulejo*: flor silvestre de color azul.

17 Compuesto casi veinte años antes que el resto de las prosas del libro. Es el mismo episodio que se narra en «La Monse» (43); ambos textos están unidos por los versos de Garcilaso ("corrientes aguas, puras, cristalinas / árboles que os estáis mirando en ellas") y por la fecha de composición (1949). Publicado antes en *Mensajes de poesía* (Vigo, 1951) y en *Esto no es un libro.*

pregúntale por qué te ibas a marchar de Bilbao, cómo el tiempo se interpuso porque sí, qué fue del cielo azul pegado encima de Palencia. ¿Has leído unas coplas que hablan del rocío de los prados, las verduras esas tal vez aledañas[23] a Paredes de Nava? No te aconsejo. Son la imagen de un corazón velado por la muerte. Y tú, pregúntale si tanto signo de interrogación no asemejan corolas, tallos cabeceantes parecidos a los que me tendía la Monse, que no sé si sabría leer pero será siempre, más allá de la muerte, muy graciosa doncella.[18]

[150]

VIVIR PARA VER

Yo quiero cerrar los ojos, ver una niña con vestido de percal[24], el brazo lánguido y el otro con una rosa roja junto al pecho.

Yo quiero cerrar los ojos, ver una fuente maravillosa huyendo llena de luz como el atracador de una joyería tropezando en los adoquines resbaladizos del fondo…

Yo quiero cerrar los ojos, ver a madre en la romería de Santa Marina, sentir el olor de las blancas rosquillas junto a la saya almidonada de madre, oír una campanita en la ermita de juguete, reírme sin darme cuenta, correr entre las hayas y el nogal grande que da tan rica sombra.

Yo quiero cerrar los ojos, dormir y pensar que nadie me lastima y que estoy contento conmigo mismo, y nadie me envidia ni me dice lo contrario de lo que siente, rodeado de tanta gente que no es tan simple ni zonza[25] como yo.

---

23 *aledañas*: lindantes, próximas.

24 *percal*: tela de algodón.

25 *zonza*: simple, inocente, que se lo cree todo.

18 La misma historia de amor, nunca olvidada a través de los años, en esta prosa de 1968. Al recrear el paisaje palentino, surge el recuerdo de Jorge Manrique, nacido en Paredes de Nava (Palencia). En las *Coplas* manriqueñas (de donde procede el título de la prosa) hay muchas interrogaciones ("¿Qué se hicieron...?") que sirven para establecer la comparación con las flores de la niña aquella, hoy ya crecida y descrita con un verso de Gil Vicente ("muy graciosa es la doncella").

Yo quiero cerrar los ojos, despertar en una aldea con olor a corteza de pan, a menta y a abono, bañarme en el río y cortar un trébol y decirte María del Carmen sintiendo las gotas por la frente, y tenerte siempre en el pensamiento para que lo sosiegues y lo alumbres con suavidad, sintiendo en los párpados tus menudos, delicados dedos.[19]

[151]

FINITO

Cuando yo muera, el cartero continuará trayéndome cartas durante algunos días. Y yo contestaré a esas cartas, poniendo fecha atrasada.

Cuando yo muera, el aire saldrá a la calle y yo iré a verle a su casa, y me dirán que no hay nadie.

Cuando yo muera, el mundo seguirá dando que hablar con sus pequeños sucesos y sus grandes problemas, y yo susurraré bajo la tierra *la solución ayer*.

Cuando yo muera, por fin no tendré necesidad de hacer más poemas, lo que me producirá un descanso infinito.[20]

[152]

r.m.r.

Por qué preguntas cuándo vas a volver al balcón, a quedar ensimismadamente mirando pasar el desfile, los penachos rosas, las espuelas pulidas, una trompeta de celuloide, y

de vez en cuando, un elefante blanco.

---

19 Adviértase la original imagen de un "atracador de joyerías" creada para describir el agua de un manantial discurriendo rápido entre las piedras.

20 Entre la realidad y el absurdo, se proclama la permanencia del yo después de la muerte. Un yo más libre, simbolizado en ese "aire" en cuya casa ya no existe el cuerpo que lo contuvo. Nótese la broma final: "infinito", en oposición al título.

Por qué preguntas cuándo vas a encontrarte tranquilo, ligeramente inclinado junto al estanque, con un periódico color Holanda, viendo los años y los lienzos de la adolescencia, el cielo en *eastmancolor*[26], y

de vez en cuando, un elefante blanco.

Calla. No mires a la pantalla negra y blanca, no agrades al ángel exterminador, expón tu caso en la feria agrícola, examina el porvenir, los días que pasan de dos en dos y,

de vez en cuando, un elefante blanco.[21]

[153]

MUSEO DEL PRADO

La mano en el pecho del *Caballero*. La camisa de los *Fusilamientos*. Dos cosas difíciles de soportar sin dar un grito. El grito de libertad que iza los brazos, o el grito de la lechuza que cruza la noche.

Ritmo preciso de *Las Hilanderas*. Luz casi humana. El pañizuelo[27], el brazo cercano, la espalda apenas. No hay grito que valga, ni silencio que colme.

Podré acercarme al Greco; conversar con Goya; estar, sólo con Velázquez.[22]

---

26 *eastmancolor*: una de las técnicas cinematográficas del color.

27 *pañizuelo*: pañuelo del vestido femenino que se colocaba sobre los hombros.

21 Desolada visión de un futuro del que se ha eliminado hasta la posibilidad de interrogarse sobre él. La infancia o el cine podrían ser un refugio para olvidar el presente, pero el *film* que elige es el inquietante *El ángel exterminador* de Buñuel. El texto se articula alrededor de un verso de Rainer Maria Rilke (iniciales del título) "und dann und wann ein weisser Elefant" («Das Karussel, Jardin du Luxemburg», de las *Neue Gedichte*, 1907), que da entrada al mundo de la irrealidad y del subconsciente. Un elefante blanco es símbolo de lo imposible (véase el poema 200).

22 Se mencionan los cuadros *El caballero de la mano en el pecho* (El Greco), *Los fusilamientos del Dos de Mayo* (Goya) y *Las hilanderas* (Velázquez).

[154]

REFORMA AGRARIA

Aquí nos exhibimos tal como somos, en la feria colorista. Donoso retablo[28] de maese Pedro, bajo el din-dón de las campanas, atabales de la tarde de toros, chirimías[29] y carruseles verbeneros. *¡Hermosa tierra de España!* Campo de soledad, éxodo hacia la ciudad, emigración hacia improbables países. El campo y sus anchas espaldas. La boca desdentada. El santo campo blanqueado.

Estático. ¿Los siglos? Sombras vanas. Se nos apareciese en esta llanura el rancio[30] arlequín[31] de Don Quijote, no fingiríamos asombro. Se moviese por estos campos gente armada de la Santa Hermandad[32], no dudaríamos un momento. Adviniese por ese sendero algún familiar del Santo Oficio[33], estamos curados de espanto.[23]

[155]

DESTERRADOS

Las maletas de madera flotan en los andenes de Irún-Hendaya, suenan sanos acentos leonés, gallego, extremeño, ellos marchan tras el trabajo por rutas de Alemania, Bélgica, Australia... *¿Non é dina dos osos de seus fillos patria que os non mantén?* No, yo no digo nada, para qué repetir.

---

28 *retablo*: teatrillo de figuras o títeres.

29 *atabal y chirimía*: tamborcillo y clarinete de madera, que suelen tocarse en las fiestas populares.

30 *rancio*: antiguo, pasado de moda.

31 *arlequín*: personaje cómico de la antigua comedia italiana; por extensión, 'persona ridícula'.

32 Policía armada para perseguir los delitos fuera de poblados.

33 *familiar del Santo Oficio*: agente de la Inquisición.

23 Recreación crítica de la España típica de toros y fiestas, mientras la economía sigue estancada en el pasado. Se apoya en escenas y personajes extraídos del *Quijote*. El texto en cursiva es un verso del poema IX de Machado.

Mercantes del Norte y de Levante, torrente humano a través del Pirineo, largo exilio de siglos enfrentados. ¿Acaso la guerra es sólo un capítulo repetido de nuestra ardua historia? Más vale perder la memoria que la tierra. Ya en un códice[34] de mediados del siglo XIII pueden escucharse estas palabras:

...al que es extraño
en cabo del fossario lo echan orellano,
danle cuemo a puerco enna fossa de mano;
nunca diz más nadi: —«Aqui iaz fulano».

No quiero que me entierren con la bandera ni el ataúd. Simplemente, me metan dentro de la tierra, bien enterrado, para siempre, en mi tierra.[24]

[156]

LA CALOR

Allí en Castilla llovía de tarde en tarde, si era en Villarcayo hasta podía esperarse de mañana en mañana, claro que muy espaciadas como algunas palabras de Mallarmé. Eso era allí en Castilla, donde los trigos encañan y viene mayo vestido de juglar, y la vieja puente del río brota su recia hierba en los i n t e r s t i c i o s de la rancia piedra. (Palabra que jamás volveré a utilizar, y que le zurzan a Mallarmé.)

Pero el calor es distinto, cae como un idiota sobre la ciudad, no tiene sonido alguno ni ganas de hacer nada, si es en Pekín quítate de en medio porque caen las puertas del cielo y te aplastan, pero no te quedes acá en La Habana porque no adelantarás un solo paso, sin que sea posible sacar el otro pie del fango de

34 *códice*: libro manuscrito anterior a la invención de la imprenta.

24 La emigración de los campesinos es la consecuencia de lo descrito en la prosa anterior. Un texto del escritor gallego Curros Enríquez y otro del *Libro de Alexandre* (siglo XIII), estrofa 1633, demuestran que esta terrible realidad es endémica en España.

calor famoso, las ideas no funcionan, los teléfonos funcionan pero no se oye más que calor, *Qué calor*, en mi tierra es distinto, lo único que no funciona es la historia, debe ser por culpa del frío, o de la calor, cualquiera sabe.[25]

[157]

ADIÓS, CUBA

Estas son de las líneas más serias que he tenido que escribir en mi vida. Aguardad un momento, voy a ponerme un *jersey*. Dicho y hecho. Y si dije jersey lo mantengo, porque si olvidamos lo poco que aprendimos de niños, ¿con qué derecho vamos a pretender dirigirnos a los hombres? Hay que haber vivido por lo menos tres años en Cuba, hay que tener la pretensión de decir la verdad, toda la verdad y parte de la mentira. He aquí la situación límite de una isla rodeada de viento por todas partes. Aquí han ocurrido grandes y terribles esperanzas, han halado[35] con todas sus fuerzas sin varar[36] en el vacío. Adiós, Cuba. Tú sabes que con la misma facilidad me pongo un *suéter* que me quito la retórica de encima. Agur[37]. Mucho me enseñaste, mucho descubrí por mí mismo. Que mi despedida salga a la calle, que sea publicada y recogida por el mayor número de lectores posible. Nos movemos siempre entre situaciones límite, pero yo limito sólo con el viento. Volveré. No mires atrás. Adiós, Cuba.[26]

---

35 *halar*: en Cuba, 'tirar hacia sí una cosa'.

36 *varar*: encallar una embarcación.

37 *agur*: en vasco, 'adiós'.

25 El título procede del romance viejo "Que por mayo era por mayo / cuando hace la calor, / cuando los trigos encañan / y están los campos en flor", versos que van apareciendo espaciados a lo largo del texto. Los espacios atraen la figura del poeta postsimbolista Mallarmé, el cual experimentó con la grafía espaciando las letras y llamó la atención sobre el significante gráfico como fuente de expresividad poética.

26 A punto de volver a España en abril de 1968, esta despedida de Cuba proclama, a la vez, la libertad de los cubanos (simbolizada en el viento) y la personal del poeta, moviéndose todos en difíciles circunstancias.

[158]

THIS IS TO CERTIFY THAT

Lo que acabo de escribir lo borro inmediatamente en esta hoja virgen, blanca, ligeramente cursi. Yo no he nacido para teclear, sino para inventar, para sacar lo insólito a relucir y no para sacar copias en papel cebolla, que así apestan. Dame un beso. Quítate la capa, torea de salón[38]. Ah qué bella tarde de toros, con *Armillita, Gitanillo de Triana* y Félix Rodríguez. Aquellos eran toreros, figuras de la baraja, más valientes que tú y más gitanos. Hay que repasar *La Lidia, La Fiesta Brava, Torerías*. Al dar las cuatro en la calle, las mujeres salían con sus mantillas, su rimel de distintas calidades, alguna colgaba un rosario un poco distraída. Cordial plaza roja, la bandera tan parecida a la del batallón San Quintín. Tiempos aquellos. Ahora, ya ves, *Quarantine Service — Certificats Internationaux de Vaccination — Issued by — Department of National Health — and Welfare, Canada*. Y qué me dice usted de la escarlatina, de las maravillosas paperas que me tuvieron tres días en cama, y todo por no haberme bajado en Gander, que lo que hice fue comprarme un globo azul en el parque. Esto quiere decir que voy a volar, que dentro de unos días tomaré el primer avión que encuentre desocupado. A ver si aterrizamos en Barajas, y sale Paquiro a recibirme, éste sí que era un torero de cartel, lo que se dice un rey de espadas[39]. Oiga, piloto, ¿no puede usted dar marcha atrás? Quiero volver a mis quince años que ya he sacado la entrada y me voy a tomar una gaseosa en el tercer toro. Al menos, no vaya tan aprisa, no por mucho amanecer se aterriza más temprano. Mira cómo bebe del botijo ese hijo de la gran bretaña. Ya no me gusta esto, demasiados turistas y Félix Rodríguez sin banderillear en toda la tarde. El toro se cae, debe estar sin vacunar *beginning eight days after the date*. Tiempos aquellos. Manolo Agüero mataba de un puñetazo en pleno morri-

38 *torear de salón*: realizar los pases del toreo, pero sin toro.

39 *torero de cartel y un rey de espadas*: en el léxico taurino, 'un gran torero'.

llo[40], hay que ver *La Fiesta Brava, Torerías, el Mundo Gráfico.* Ahora está todo desvaído, sin aquel sol en la esquina de Pardiñas y aquella muchacha que tomaba el tranvía riéndose en mis propias narices, la falda desviada como sus ojos chispeantes. Aquello sí que era regaliz y una cajetilla de *Capstan*[41] que compraba a medias con Enrique. Poco rica que estaba ella riéndose desde el tranvía. Y la verbena en el Paseo de Rosales, digo, de la Florida, con todo el Guadarrama girando en los caballitos, y el picador con una mano en la barrera y una cara de animal que daba gusto. Fantástico Madrid, quién te pillara a la salida del colegio, ir al día siguiente a la Sierra con los primeros versos que de Machado aprendí:

Por entre los pinos,
la nieve de cara,
se borra el camino...

Se borra el camino. SUJETEN LOS CINTURONES (el insoportable ruido del motor) para que no se desparramen los cadáveres.[27]

[159]

MANIFIESTO

Un hombre recorre España, caminando o en tren, sale y entra en las aldeas, villas, ciudades, acodándose en el pretil de un puente, atravesando una espaciosa avenida, escuchando la escue-

40 *morrillo*: parte carnosa del cogote de la res.
41 *Capstan*: marca de cigarrillos de tabaco rubio.

27 Recuerdos del Madrid de su adolescencia mientras vuela hacia España. Con aire socarrón rompe frases hechas ("no por mucho madrugar, amanece más temprano") o bromea con la mantilla de blonda que usaban las mujeres tanto para ir a los toros como para las ceremonias religiosas. Nombra a los grandes toreros; a Paquiro con la canción de García Lorca «El café de chinitas». Y una nota final de humor negro a costa de la recomendación que se hace a los viajeros cuando un avión está a punto de aterrizar.

ta habla del labriego o el tráfago inacorde de las plazas y calles populosas.

Ha visto zaguanes[42] de fresca sombra y arenas de sol donde giraba una capa bermeja y amarilla, ha mirado las estrellas bajas del páramo[43] o las olas fracasadas del arrecife, fingió desentenderse de los hombres y ha penetrado en todas las clases, ideologías, miseria y pugnas de su tiempo.

Ha porfiado contra la fe, la desidia y la falsedad, afincándose más y más en los años incontrovertibles, el esfuerzo renovado y la verdad sin juego. Ha leído hermosas y lamentables páginas, no ha perdonado ni olvidado porque apenas si recordaba, ha dejado que hablen la envidia sin causa y el odio sin pretexto, ha escrito unas pocas líneas ineludibles y ha arrojado el periódico a los perros.

Un hombre recorre su historia y la de su patria y las halló similares, difíciles de explicar y acaso tan sencilla la suya como el sol, que sale para todos.

[160]

Y NADIE

Serenidad. Después de tanta desazón, de tanta ansia que revuelve los papeles del pensamiento, los fueros de la conciencia.

El lápiz con que tracé aquella carta a los dioses está gastado, romo[44], mordisqueado. ¡Aire entre las páginas de ayer, aire entre los dedos reemplazados!

Es un camino que labré con mis pasos, una palabra grabada con mi voz: he acercado a los ojos la línea desaliñada[45], enderezándola y limitándola entre márgenes navegables.

42 *zaguán*: portal o vestíbulo en la zona rural.

43 *páramo*: 'terreno deshabitado y sin cultivar'. Son frecuentes en la zona interior de España.

44 *romo*: sin punta.

45 *desaliño*: 'descompostura'. Relacionado con línea, 'corregir una situación que se había deteriorado'.

Es así la serenidad. Nudo de aceptación que desata la encrucijada y extiende los días hacia el valle donde va y viene el aire y nadie, el aire…[28]

[161]

PASAR

…lo nuestro es pasar, / pasar haciendo caminos, / caminos sobre la mar. ¿Nada queda entonces? Hemos de tener mucho cuidado de no errar en asunto tan principal. *Nuestras vidas son los ríos / que van a dar* etcétera. Cuantas veces hemos parado en las severas líneas de Manrique, hemos sentido una confusa sensación de fraude en nuestro espíritu. Ríos contemplados en ciudades y campos diversos. Carrión, Dauro[46]. Ebro… Seine, Vltava, Neva… Pasan por las anchas tierras, a través de viejas puentes, reflejando cielos contrarios, ciudades maravillosas… Yo mismo fui pasando de mi medrosa niñez a mi confusa adolescencia etcétera. Inevitablemente fui cruzando multitud de azares, bajo cielos turbios o zarcos, reflejé mi época y buceé versos sin tocar fondo.

Sólo la soledad alumbró el sentido de mi incesante trasiego, pues iba a ella colmado de pasos, miradas, palabras. Lo nuestro no es pasar, ni reír, porque lo nuestro no somos nosotros sino nuestro hacer, la piedra que apoyamos en otra semejante, el surco que permanece al cerrarse, el cálculo del matemático que coadyuva a nuestro vivir.

No se engañe nadie, no, innumerable como las ondas de un río es el afán del hombre y permanente como el mar el ritmo de su trabajo.[29]

---

46 Nombre antiguo del río Darro. Así en Lorca, «Baladilla de los tres ríos».

28 Como el texto precedente, esta prosa escrita en enero de 1967 es típica de la última parte de este libro, donde Otero escribe meditativamente sobre sus sentimientos más íntimos. La conquista de la libertad, en un momento crítico de su vida, lleva a la soledad pero también a la serenidad.

29 Meditación sobre textos de Antonio Machado y de Jorge Manrique, a partir de los cuales modifica la filosofía que encierran, optando por una visión más solidaria y optimista del quehacer del ser humano.

[162]

LIBERTAD

A qué nos referimos cuando escribimos o pronunciamos, cuando luchamos por esta palabra, bien sea con nuestro afán, con nuestro poema, con nuestras armas. Porque hay, que yo entienda, dos rostros de la libertad, excluyo el tercero de los grandes rotativos, los monstruosos monopolios y la altiva y triste estatua. Hubo un hombre, llamado Walt Whitman, que paseó a grandes pasos entre aquellos hombres, ómnibus[47], instituciones, salió a pecho descubierto a las vastas extensiones de los lagos, las plantaciones y las colinas, osciló su verso como un sendero o una aguja, el destino le libró de este otro tiempo en que se trizan todos los barómetros.[30]

Yo hablo aquí ahora de nuestra libertad interior de personas y exterior de ciudadanos, es la misma y no es la misma, hubo que limitar en exceso la segunda, demasiado la primera, para que no nos comieran con sus trampas, para nivelar la justicia y las posibilidades que parecían imposibles (bonita intervención, ni que fueras procurador o abogado de los mansitos leones).

Sin saber cómo, nuestra íntima libertad queda aislada, a merced de sí misma, reímos o lloramos —*también*— por nuestra ventura o nuestra desgracia intransferibles, y la mayor locura que puede hacer un hombre en esta vida es intentar sacrificar este reducto en aras de una «prosperidad nacional», porque ¿con qué mano va uno a combatir si no disponemos de ella plenamente?

---

47 *ómnibus*: coche de servicio público. El poeta Walt Whitman era muy aficionado a estos transportes colectivos.

30 Para defender la libertad, pone el alto ejemplo del poeta norteamericano Walt Whitman, cantor de los grandes espacios y de la democracia americana, hombre que eligió la libertad personal y proclamó la colectiva.

[163]

LAS NUBES

La mañana exalta sus límites. Un vaho violeta desvae las cimas de las montañas. El vagamundo[48] está tendido en un ribazo, las manos a la nuca: contempla el lento trashumar de las nubes. En la hierba posan dos breves libros: el de Fernando de Rojas y los *Pequeños poemas en prosa*. El vagamundo entorna de cuando en cuando los párpados: por su memoria pasan hermosas palabras perdurables... El día colorea con mano maestra el huerto cercano, las copas de los olmos, las ensoñadoras cumbres.

Las nubes se deslizan, serenas, por el hondo azul, metamorfoseando los bordes, tomando cambiantes formas de islas, rostros, faunas incógnitas... Una nube morada fue dilatándose de sur a norte, estrechando y serpenteando sus riberas. Acaso adquiriendo una fugaz semejanza con Viet-Nam.

Un viento brusco revuelve las ramas, la luz se torna cárdena[49]. El vagamundo alcanza sus libros, se incorpora lento y va descendiendo junto al regato que brinca como un guerrillero.

La paz se ha destrozado, y el cielo es una lamentable tienda de campaña.[31]

[164]

COLGADA DESTA ESPETERA[50]

El vagamundo deambula por la entrañable ciudad amurallada, a cuya orilla se descorre la cremallera del río con raudo ruido de espumas y guijos. Se ha sentado en un banco de piedra, ha

---

48 *vagamundo*: 'vagabundo'. Otero utiliza la forma que describe la acción y le quita la connotación negativa; aquí, por tanto, 'el que gusta de recorrer el mundo'.

49 *cárdena*: azulada, morada.

50 *espetera*: tablilla con garfios para colgar utensilios.

31 Idealizada descripción de un remanso de paz íntima, con lecturas preferidas: *La Celestina*, Baudelaire. La guerra en un lejano país despierta su solidaridad.

mirado las nubes que bogan[51] sobre las acacias de fina sombra. De un tirón, desprende un papel de la espiral, y entreabre la pluma.

Es una pluma pelma que trajo de Shanghai y lleva siempre consigo. La sostiene apenas sobre el papel acaso absorto, tal vez distraídamente pensativo. (Zurea una paloma, cruza una golondrina.) El vagamundo contempla las pálidas murallas, escucha el fluir del río próximo... (un verso de Quevedo acude a la memoria). Un labriego asciende por la calzada, seguido de un lebrel[52] velazqueño. Otras palabras se desenredan bajo el redil[53] de las nubes: *...solos los dos somos para en uno...*, *pues no ha sido otro mi deseo que poner en aborrecimiento de los hombres las fingidas y disparatadas historias...*, *que por las de mi verdadero don Quijote van ya tropezando...*

El vagamundo recoge la pluma y, olvidado el cuaderno, desciende pausadamente acercándose al río que escribe y borra débiles palabras indelebles...[32]

[165]

TODO

Gracias doy a la vida por haberme nacido.

Gracias doy a la vida porque vi los árboles, y los ríos, y el mar.

Gracias en la bonanza y en la procela[54].

---

51 *bogar*: 'remar'; aquí, 'las nubes se mueven como una barca de remos'.

52 *lebrel*: perro para cazar liebres, pintado por Velázquez en algunos cuadros.

53 *redil*: 'cercado para encerrar ovejas'. Como hay unas nubecillas blancas y redondeadas que se denominan *borregos*, el poeta establece la relación.

54 *procela*: borrasca, tormenta.

32 El título y el texto en cursiva proceden del último capítulo del *Quijote* (II, 74). Allí, Cervantes hace hablar a su pluma, que va a quedar colgada de la espetera para que nadie más pueda usarla. Otero se identifica con el texto cervantino cuya intención crítica reconoce, eligiéndolo para dar título a su libro que trata también de "historias fingidas y verdaderas".

Gracias por el camino y por la verdad.
Gracias por la contradicción y por la lucha.
Gracias por aire y por cárcel.
Gracias por el asombro y por la obra.
Gracias por morir; gracias por perdurar.

TODOS MIS SONETOS
(1977)*

[166]

INVASIÓN

Maravilloso mar el de la muerte.
Tocar el fondo, al fin, tocar el fondo.
No hender[1] las olas en que hoy me escondo,
sino hacer pie pisando, ahondando fuerte.

Entro en el centro de la sombra inerte,
y, desde allí, retorno al aire, rondo
la luz, revivo y viro[2] en el más hondo
maravilloso mar: el de la muerte.

Muertos del mundo: uníos, emerged
entre sangre y cadenas; renaced
de las revoluciones invencidas.

Renaceré yo, mar, en las arenas
de Playa Larga, rotas las cadenas
de las olas que invaden nuestras vidas.[1]

---

* En esta antología recoge todos los sonetos publicados en sus libros desde 1942. Incluye también, como el propio poeta señala en la Nota que abre el libro, algunos sonetos que "se me cayeron de las manos" mientras escribía *Hojas de Madrid*. Desde los escritos en su juventud hasta las últimas entregas, se revela como uno de los mejores sonetistas de nuestra literatura.

1 *hender*: surcar, atravesar un fluido algo que se mueve avanzando.

2 *virar*: cambiar de rumbo.

1 Se enfrenta a la realidad de la muerte con serena aceptación. El hombre traspasa la frontera del no-ser y se transforma en ente activo como conse-

[167]

CAMINOS

Después de tanto andar, paré en el centro
de la vida: miraba los caminos
largos, atrás; los soles diamantinos,
las lunas plateadas, la luz dentro.

Paré y miré. Saliéronme al encuentro
los días y los años: cien destinos
unidos por mis pasos peregrinos,
embridados[3] y ahondados desde adentro.

Cobré más libertad en la llanura,
más libertad sobre la nieve pura,
más libertad bajo el otoño grave.

Y me eché a caminar, ahondando el paso
hacia la luz dorada del ocaso,
mientras cantaba, levemente, un ave.

[168]

POR AHÍ PASA LA MUERTE

Han pasado los años: sigo vivo,
y cansado, y tenaz hasta las heces[4];
cien veces que naciese, tantas veces
viviera y escribiera como escribo.

---

3 *embridar*: someter, sujetar, refrenar.
4 *hasta las heces*: locución familiar, 'hasta el fondo', 'totalmente'.

cuencia de su comunicación con el cosmos. Así renace, sin dolor, a la libertad del universo. Otero modifica aquí la imagen tradicional *mar=muerte*, que pasa a formularse: *mar=vida+muerte+vida.*

Puesto ya el pie desnudo en el estribo[5],
cito a morir, espejo en que apareces
doncel sin par, peón de doncelleces
en el tablero[6] del azar cautivo.

Tarde de sol, ya tarde y peligroso
quebrar junto a las tablas el embite[7]
instantáneo del tiempo presuroso.

Cruje la luz, la sombra suena al paso
del repentino y fugitivo quite[8],
fino percal[9] tendido hacia el ocaso...[2]

---

5 *estribo*: en el texto se refiere tanto al estribo de la plaza de toros como a la 'pieza de la silla de montar en la que el jinete apoya el pie'.

6 *tablero*: aquí, el tablero del juego del ajedrez.

7 *quebrar junto a las tablas el embite*: pase del toreo en el que el lidiador burla la embestida del toro en uno de los lugares más peligrosos, junto a la barrera.

8 *quite*: movimiento con que se evita un golpe o ataque del toro.

9 *percal*: en el léxico taurino se llama así a la *muleta*, por la tela de que está hecha. Como es bien sabido, el torero emplea la muleta para engañar al toro y hacerle bajar la cabeza cuando va a darle muerte.

2 El poeta se enfrenta con la muerte como en un juego de azar, bien en el tablero de ajedrez o en el ruedo taurino. Burlar al adversario es interrumpir el lance irremediable. El v. 5 pertenece al Cancionero tradicional y sirvió a Cervantes para su dedicatoria al Conde de Lemos: "Puesto ya el pie en el estribo / con las ansias de la muerte". Surge entonces la figura de Don Quijote, valiente defensor de doncellas, pero *peón* ('pieza del ajedrez') que juega con la muerte en sus absurdas aventuras.

POEMAS DE AMOR
(1987)*

[169]

QUE YA DE MELISENDRA SE HA OLVIDADO

Sale el sol.
Mira
sale el sol.
Calle de MIRA EL SOL.
Cierra los ojos, paloma, no te vayan a envenenar
las franjas moradas, amarillas, grosellas
que se escurren entre tus senos. Cierra las manos.
Caminemos bajo la luna llena por el barrio de Lavapiés,
tontuelo eslaboncito dorado que oscilas alrededor de la
cintura,
dame un caramelo,
cuélgate de mis palabras como un niño de la rama de un
cerezo,
te he dicho que cierres las manos
y MIRA EL SOL y ese portal donde de pronto aparece
Fortunata
y Jacinta dice que ya está bien,
siempre con sus alegres *eyes* yenas de rayas de colores como
el volante de su falda,

---

* El motivo amoroso es una de las constantes en la trayectoria creativa de Blas de Otero. En *Poemas de amor* se recoge toda su poesía amorosa y se añaden además poemas inéditos, tanto anteriores a *Ángel fieramente humano* como de su extenso libro inédito *Hojas de Madrid.*

paloma, no te enfades,
tú y yo estamos de acuerdo en la libertad de los prisioneros
políticos en esa isla de Grecia,
nos hacen gracia los turistas por la cara de idiota que
exhiben,
sentémonos un momento
en la plaza del Progreso,
en la avenida del Progreso,
en la riada del Progreso,
y esperemos la salida del sol,
la salida
del primer avión a la ciudad de Sansueña,
donde Melisendra, de senos menudos y erectos,
sonríe al lucero del alba que envuelve a don Gaiferos en un
fino cendal[1] encendido.[1]

[170]

JUNCOS

No te despiertes. Deja
la margen izquierda del horizonte azul grana,
y asciende entre la niebla hacia el palacio apaisado de Lerma.
Siéntate. Suspira apenas. (No te despiertes.)
Contémplate en el espejito de la fuente de junto a la iglesia,
y si acaso llueve o hace viento o gime un niño,

1 *cendal*: tela muy fina y transparente de hilo o seda.

1 El título y los tres últimos versos son paratexto del *Quijote* (II, 26): "Esta verdadera historia [...] trata de la verdadera libertad que dio el señor Don Gaiferos a su esposa Melisendra, que estaba cautiva [...] en la ciudad de Sansueña, que así se llamaba entonces lo que hoy se llama Zaragoza; y vean vuesas mercedes allí cómo está jugando a las tablas Don Gaiferos, según aquello que se canta: Jugando está a las tablas Don Gaiferos, / que ya de Melisendra se ha olvidado". Se rinde también un homenaje a Galdós y al *yeísmo* madrileño, en el personaje de Fortunata, protagonista de la novela *Fortunata y Jacinta*, pues vivió en la calle madrileña de "Mira el sol".

únete a la cuadrilla de segadores que camina hacia
Covarrubias,
con una hoz anaranjada junto a las anchas alas de sus
sombreros pajizos,
gira un poco hacia la colina
(no te despiertes), y penetra entre los juncos del Arlanza,
húmeda de rocío y desnuda de luna (no te despiertes).[2]

[171]

RECIÉN SALIDA DEL BAÑO

La mañana es el camisón azul de una muchacha llamada
Elvira.
El aire es indiferente y sutil como su mirada de paloma.
La mañana es lo mejor del día, el diamante que la tarde
prende a su dedo,
el reloj de bolsillo de la noche.
Yo estoy contento a la mañana,
como tú al contemplarte en el espejo recién salida del baño.[3]

[172]

Un trébol de cuatro hojas.
La primera entre los labios.
La segunda y la tercera
en medio de tus dos brazos.
La cuarta, la más hermosa,
en el aire, en el aire, en el aire.

---

2 El río Arlanza, en la meseta alta de Castilla, sus ciudades y pueblos son un paisaje connotado eróticamente en los últimos poemas de Otero.

3 Nótese, en los vv. 3 y 4, dos metáforas que indican la importancia que tuvieron para Blas de Otero las greguerías de Ramón Gómez de la Serna.

[173]

INVISIBLES

¿Qué es el aire? No hay nadie
en el aire, dejadme
desmayarme contra las paredes
del aire.
Hoy aireaste un traje
blanco, con un volante
bordado de flores impalpables,
y paseaste por el valle
verde, bajo los nogales
y los castaños, cantaste
un lieder[2] de Schubert
suavemente,
y tocaste con tus dedos el aire,
y no había nadie
en el aire, dejadme
desmayarme ante los cristales
invisibles del aire...

[174]

RITMO DE OLA

Los senos son como palomas.
Hay algunos que vuelan.
La curva de los senos es el patrón para la línea del Ecuador.
El meneo de los senos sugiere el ritmo de la ola.
Los senos son dos, pero parecen uno repetido, jimaguas.[3]

---

2 *lieder*: melodía vocal compuesta sobre el texto de una canción popular, romance o balada específicamente germánica. Son famosos los de Franz Schubert.

3 *jimaguas*: en Cuba, 'gemelos'.

Dulces, leves senos de niñas de quince años.
(Debieran llevar siempre una cintita rosa en el pezón.)
Senos directamente agresivos de las doncellas.
Senos llenos de las casadas, que colman la palma de la mano
y la rebosan.
Si las mujeres no tuvieran senos, el mundo sería una leche.[4]

[175]

ALEXANDER NEVSKY

La siesta se enreda con la música
golpes voces roces de violines de Alexander Nevsky
el seno apuntando al techo
las trompetas sonoreando
alegría de un pueblo en batalla
brazos vienen brazos van
al fin se quedan dormidos
este rumor de bosque este trance de garganta en gárgola[4]
sonora
tus muslos laminados[5]
el viento en la estepa
tu espalda donde se desliza un trineo
gloria al pueblo victorioso[5]

---

4 *gárgola*: caño o canal decorado por donde se vierte el agua de los tejados.
5 *laminado*: figuradamente, 'suave y brillante como una lámina de metal'.

4 El humor inesperado del último verso descubre la fuente de inspiración de este poema: la lectura de *Senos*, de Gómez de la Serna.
5 En la edición de *Poemas de amor* se titulaba «Siesta». Durante ella, suena la cantata sobre el héroe ruso del siglo XIII compuesta por Prokofiev (1891-1953). Mientras el disco gira, se confunden en un mismo ímpetu la música y el acto amoroso, que proclaman al unísono la exaltación final.

HOJAS DE MADRID CON LA GALERNA (1968-1979)*

[176]

TÚMULO DE GASOIL

Hojas sueltas, decidme, qué se hicieron
los Infantes de Aragón, Manuel Granero, la pavana[1] para una infanta,
si está Madrid iluminado como una diapositiva
y sólo en este barrio saltan, ríen, berrean setenta o setenta y cinco niños
y sus mamás ostentan senos de Honolulú, y pasan muchachas con sus ropas chapadas,
faldas en microsurco, y manillas[2] brillantes y sandalias de purpurina,
hojas sueltas, caídas

---

* De este voluminoso libro que Blas de Otero dejó inédito en el momento de su muerte, se ha ido adelantando una muestra significativa en su antología *Expresión y reunión* y en otras publicaciones posteriores. Verso largo, versículo en muchas ocasiones, donde se mezcla lo personal y lo histórico con desenfado y una frecuente apelación al subconsciente. Brillante cierre de una obra poética en permanente depuración. *La galerna* está formado por poemas con un tema determinado que establece una relación simbólica entre este fenómeno natural y los estados anímicos del poeta.

1 *pavana*: 'composición musical'. Aquí se nombra la «Pavana para una infanta difunta» de Ravel (1875-1932).

2 *manillas*: pulseras.

como cristo contra el empedrado, decidme,
quién empezó eso de cesar, pasar, morir,
quién inventó tal juego, ese espantoso solitario
sin trampa, que le deja a uno acartonado,
si la plaza de Oriente es una rosa de Alejandría,
ah Madrid de Mesonero, de Lope, de Galdós y de Quevedo,
inefable Madrid infestado por el gasoil, los yanquis y la
sociedad de consumo,
ciudad donde Jorge Manrique acabaría por jodernos a todos,
a no ser porque la vida está cosida con grapas de plástico
y sus hojas perduran inarrancablemente bajo el rocío de los
prados
y las graves estrofas que nos quiebran los huesos y los esparcen
bajo este cielo de Madrid ahumado por cuántos años de
inmovilismo[3],
tan parecidos a don Rodrigo en su túmulo de terciopelo y
rimas cuadriculadas.[1]

[177]

BILBAO

Yo, cuando era joven,
te ataqué violentamente,
te demacré[4] el rostro,
porque en verdad no eras digna de mi palabra,

---

3 Se refiere al de la dictadura. El poema está compuesto en 1968.

4 *demacrar*: aquí, 'quitar la máscara de hipocresía que cubre las realidades sociales'.

1 Blas de Otero proyectaba colocar este poema al frente del libro *Hojas de Madrid*, y ésta es la razón de que lo titule con el nombre del libro en alguna edición. Es una descripción de Madrid (donde residía por entonces) con la presencia amenazadora de la muerte que hace desaparecer todo el esplendor de la vida, como canta Jorge Manrique en las *Coplas*. Las grandezas desaparecen (los nobles, los grandes toreros), solo unas frágiles hojas donde escribió sus poemas perdurarán venciendo al tiempo.

sino para insultarte,
ciudad donde nací, turbio regazo
de mi niñez, húmeda de lluvia
y ahumada[5] de curas,
esta noche
no puedo dormir, y pienso en tus tejados,
me asalta el tiempo huido entre tus calles,
y te llamo desoladamente desde Madrid,
porque sólo tú sostienes mi mirada,
das sentido a mis pasos
sobre la tierra:
recuerdo que en París aún me ahogaba tu cielo
de ceniza,
luego alcancé Moscú como un gagarin[6] de la guerra fría,
y el resplandor de tus fábricas
iluminó súbitamente las murallas del Kremlin,
y cuando bajé a Shanghai sus muelles se llenaban de barcos
del Nervión,
y volé a La Habana y recorrí la Isla
ladeando un poco la frente,
porque tenía necesidad de recordarte y no perderme
en medio de la Revolución,
ciudad de monte y piedra, con la mejilla manchada por la
más burda hipocresía,
ciudad donde, muy lejos, muy lejano,
se escucha el día de la venganza alzándose con una rosa
blanca junto al cuerpo de Martí.[2]

---

5 *ahumada*: por el humo que caracteriza una ciudad con grandes fábricas y el color negro de los trajes talares.

6 *un gagarin*: como el cosmonauta soviético que realizó el primer viaje interespacial.

2 Este poema tiene una estrecha relación con otro de 1949 («Muy lejos», 56) al que se refiere en los primeros y últimos versos. El rechazo del ambiente represivo que ensombreció su juventud no le impide amar a su ciudad, a la que siente en lo más hondo de su propia personalidad.

[178]

CANTAR DE AMIGO

¿Dónde está Blas de Otero? Está dentro del sueño, con los ojos abiertos.

¿Dónde está Blas de Otero? Está en medio del viento, con los ojos abiertos.

¿Dónde está Blas de Otero? Está cerca del miedo, con los ojos abiertos.

¿Dónde está Blas de Otero? Está rodeado de fuego, con los ojos abiertos.

¿Dónde está Blas de Otero? Está en el fondo del mar, con los ojos abiertos.

¿Dónde está Blas de Otero? Está con los estudiantes y obreros, con los ojos abiertos.

¿Dónde está Blas de Otero? Está en la bahía de Cienfuegos, con los ojos abiertos.

¿Dónde está Blas de Otero? Está en el quirófano, con los ojos abiertos.

¿Dónde está Blas de Otero? Está en Vietnam del Sur, invisible entre los guerrilleros.

¿Dónde está Blas de Otero? Está echado en su lecho, con los ojos abiertos.

¿Dónde está Blas de Otero? Está muerto, con los ojos abiertos.[3]

---

3 Formas paralelísticas con ligeras variaciones como en las *cantigas* galaico-portuguesas, con una interrogación como base repetitiva. Las respuestas corresponden a las coordenadas vitales del poeta en 1968, cuando estaba recién operado de un tumor canceroso. Blas de Otero está *en*, *con*, *cerca*, pero siempre con la lucidez expresada en la locución "con los ojos abiertos".

[179]

IMBERBE MAGO

Reflexionemos sobre Rimbaud.
En el reparto[7] Santos Juárez, Rimbaud me asaltó por la espalda.
Yo me encontraba enderezando una gran hoja de malanga[8],
cantando entre dientes una malagueña.
Caía un sol redondo sobre la ciudad
y la calle era el cinturón de aluminio de la vecina, la mulata de los girasoles.
Pasa el florero con su pregón de colores «*¡flores, flooreees!*», y poco después el fantasma blanco[9] con su lata punteada de rescoldos «*¡maní, maní calentiítos!*»,
esto ocurrió el 17 de octubre y a los pocos momentos abrí un libro acaso amarillo
y, de pronto, la imaginación se punteó de rescoldos verdes, negros, violetas,
el mago imberbe me embebecía[10] en sus fuegos de artificio, con sus guerrillas antimoralistas
y sus bárbaras blasfemias que denotaban, no obstante, la profunda quemadura padecida en el labio inferior
y luego brillaban barcos tal esqueletos diamantinos cabrilleando en la rada
de Constantinopla, La Habana colonial o tal vez en una lejana curva de la imaginación,
el cielo se volvió torvamente carmelita[11] y allá por Rancho Boyeros zigzagueó un rayo desgarrador del
h o r i z o n t e,
apareciendo París con un gracioso sombrero de primavera de grandes alas pajizas

7 *reparto*: en Cuba, 'barrio'.
8 *malanga*: planta de tubérculos comestibles, en Cuba.
9 *fantasma blanco*: negro vestido de blanco, vendedor callejero de cacahuetes.
10 *embebecer*: embelesar.
11 *carmelita*: de color pardo, como el hábito carmelita.

y ojos de ceniza y labios apostillados[12] y el hueso de la nariz
ostensiblemente transitado por minúsculos gusanos.[4]

[180]

ME COMPLACE MÁS QUE EL MAR

Te veo allá recostado contra el malecón[13] de La Habana,
la camisa suelta y sandalias y grandes gafas oscuras,
a tu izquierda se yergue el Morro y, al fondo, a tu derecha,
un barco petrolero rumbo al horizonte,
la balaustrada brilla inundada de sol y sobre ella se recorta
la sombra de tu brazo,
deben ser las once de la mañana, qué haces ahí Blas de
Otero, qué estás mirando un poco ladeado hacia las
fachadas carcomidas por el salitre,
en qué piensas, adónde irás cuando te pares y prosigas
tu marcha,
vas a subir por el Prado, o por Águila, o irás hacia la
Rampa, tú el vasco universal pero sin presumir tanto
como el moguereño[14],
tú trotamundos, poeta maldito de la burguesía y de la
policía y simplemente de la CIA,
qué haces ahí en el malecón, de espaldas a Miami como
Maceo o cualquier ciudadano decente,
dónde habitas, si es que habitas en algún sitio, en el
Habana Libre, en la Víbora, en el *Riviera*,
o sencillamente en medio de la Revolución, abriendo

12 *apostillados*: llenos de *postillas* ('costras de las heridas').

13 *malecón*: dique; paseo frente al mar.

14 *el moguereño*: Juan Ramón Jiménez, nacido en Palos de Moguer, se autodenominó "andaluz universal".

4 Reflexión sobre la persona y la obra del joven poeta Rimbaud, postsimbolista y precursor del surrealismo, a quien Otero leía con frecuencia durante su estancia en La Habana. París y Cuba se mezclan en la imaginación de Otero mientras lee, descubriendo la gravedad y el sufrimiento del poeta francés detrás de sus brillantes y escandalosos versos.

los ojos hasta las cejas para aprender todo lo bueno
y lo tal vez evitable,
tú callas,
tú sigues apoyado contra el malecón
con tu camisa fuera
y tu alma fuera
y tu palabra siempre a punto de brotar para resguardar
la vida y la justicia y la dignidad
y la paz y la violencia que necesitan los pobres del mundo
con los que hace ya muchos años echaste tu suerte para
no retroceder jamás.[5]

[181]

SIETE

Mi casa, por desgracia, es una casa,
un calcetín colgando de un alambre,
donde escribí mis libros más sombríos
y me viré hacia la vida, a dios gracias.
Esta casa, compañero, esta casa
está sentada siempre, está sentada,
y hace frío en verano y en el invierno hace calor
(que te crees tú eso),
y yo he regresado, camarada, unos días
a recoger mis libros, mis discos, mis contratos
y he encontrado a mi madre en el pasillo
y a mi hermana en la sala,
y a mí mismo leyendo en un rincón,
comprende, compañero, que han sucedido largos días
y anchas noches, camarada, desde entonces.

5 El título es un verso de José Martí en la canción «Guantanamera». Blas de Otero dialoga con su propio retrato, real y figurado, de poeta procedente de la burguesía por nacimiento pero comprometido en la defensa de las clases más necesitadas. En Cuba conoce directamente una revolución popular que ha conseguido importantes ventajas para el pueblo, pero el poeta no oculta tampoco sus defectos, "lo tal vez evitable".

Qué hacer, si he visto el mundo desde arriba
y las nubes también desde arriba,
y di la vuelta alrededor de un niño
de Pinar del Río,
y era muy distinto
a los niños de España y a los tíos de París,
ha ocurrido algo
en algunos lugares de la tierra,
compañero,
camarada, mi casa por desgracia sigue igual,
no sigue igual,
hay más discos, compañero,
más serenidad, camarada,
y más amor en voz baja, y son las siete.[6]

[182]

VERBO CLANDESTINO

Es terrible tener que escribir. Te juro
que quisiera perder la memoria, el hilo
del pensamiento, la clave de las asociaciones
insólitas,
el absurdo teatro de la imaginación,
es preferible perder
el habla, la respiración, los dedos,
a tener que escribir recordando, volviendo
del revés el pensamiento, enredando
los hilos de las marionetas,
constituyendo asociaciones insólitas, tales como «más vale
    morir que huir de rodillas»,
«la primavera ha venido de visita», y otras majaderías
    por el estilo,

6 Vuelta a la casa materna de Bilbao, tras largas ausencias. El pasado permanece entre sus paredes, con la pesadumbre de las penas sufridas y también con el amor y la serenidad que el tiempo concede. Obsérvese la imagen de factura surrealista del v. 2 que sigue al arranque vallejiano del poema.

a causa del estilo,
prefiero callarme y bostezar hasta perder la respiración,
el hábito
y la necesidad de escribir que soporto pacientemente
como una de tantas calamidades de mi vida.[7]

[183]

QUE NADIE ME VEÍA

Última noche en Cuba, brava suerte
la mía: el mar rodea el horizonte
destrozado: cantábrico es el monte,
hirsuto el cielo: alrededor la muerte.

Vida brava la mía: cierzo fuerte,
tenaz llovizna, pésimo horizonte:
no me pesa el amor, pésame el monte
del desamor: alrededor la muerte.

Doy señales de vida al enemigo
y sigo halando infatigablemente,
acercando a la tierra el horizonte.

Última etapa que acometo y sigo,
sigo, sigo subiendo airadamente
hacia la luz suavísima del monte.[8]

7 El estilo es una de las preocupaciones fundamentales en los poemas oterianos. En *Hojas de Madrid* predominan las técnicas surrealistas: asociaciones insólitas, proyección al absurdo. Véase el irracionalismo que obtiene manipulando frases hechas ("más vale morir que vivir de rodillas") o tomando un verso propio de *En castellano* ("La Primavera ha venido / y se ha ido", refundición, a su vez, de otro de Machado). El título insinúa que estas técnicas pueden servir para ocultar significados clandestinos que la censura no hubiera tolerado sin estas máscaras.

8 "En secreto, que nadie me veía" (San Juan de la Cruz, «Subida del Monte Carmelo»), sale el poeta de Cuba con certeros presentimientos de muerte. Pero, a diferencia del místico, no es el amor sino el desamor lo que le empuja, desde la soledad, hacia "la luz suavísima del monte" (véase prosa 160).

[184]

SERENEN

Dejo unas líneas y un papel en blanco.
Líneas que quiero quiebren la desesperanza.
Líneas que quiero despejen la serenidad.
Líneas que balanceen el reposo.
Líneas sobrias
como el pan.
Transparentes como el agua.
Cuando me lean dentro de treinta años,
de setenta años,
que estas líneas no arañen los ojos,
que colmen las manos de amor,
que serenen el mañana.[9]

[185]

INDEMNE

Una vez más, amanece.
Pasó la guerra, pasó la enfermedad, el hambre, pasó la mano
por el muslo de Antonia y lo encontró semejante al alba,
jugoso como el alba,
abierto como el alba,
suave como el alba.
Una vez más, amanece.
Cayeron ciudades, cayeron B-12[15], zares, ciclistas
y la rueda quedó girando como la luna,
plateada como la luna,
redonda como la luna,
hollada como la luna.
Una vez más, amanece.

15 *B-12*: bomba volante.

9 Compuesto el día en que fue operado de un tumor canceroso (mayo 1968). Es un testamento de amor para los hombres y mujeres que lean sus versos.

Sucedieron naufragios, sucedieron problemas, muertes,
sucedieron los nietos,
y la humanidad siguió impasible refugiada bajo el alba,
invulnerable como el alba,
pálida como el alba,
indemne como el alba.

Una vez más, amanece.[10]

[186]

EL OBÚS DE 1937

La cocina es lo más surrealista de la casa.
(Claro que me refiero a las cocinas con fogón de carbón.)
Una bombilla amarilla ilumina la dostoievskiana cocina.
Noches de invierno, con lluvia, frío o viento o granizo,
y las escuálidas gotas chorreando por la cal.
Yo he residido largamente en la tierra, esto es: sobre
las lívidas baldosas de la cocina.
He escrito muchos poemas en la cocina
y, por poco, casi he rezado en la cocina.
El mes de febrero es elegido con fruición por todas las
cocinas de provincias.
Mi cocina en Hurtado de Amézaga 36, contribuyó
poderosamente a la evolución de mi ideología.
(Hoy recuerdo aquella cocina como un santuario, algo así
como Fátima con carbonilla.)
Sentado en la banqueta de madera, sobre la mesa de pintado
pino melancólica luz lanza un quinqué,
según atestigua Espronceda.
Gran poeta el intrépido Espronceda.
Interesante muchacha la Teresa, que se ganó un apasionado
camafeo de octavas reales

10 Canto de confianza en el progreso de la Humanidad que permanecerá indemne a través de las alternativas de la Historia. Obsérvese en el v. 2 la ruptura lógica de la enumeración al encabalgar en el verso siguiente.

que no se las salta un torero.
Espronceda poeta social de las cocinas y de las barricadas.
Bravo Espronceda, delicada media verónica de
Gustavo Adolfo Bécquer.
Dios mío, qué solos se quedan los muertos.
Un muerto en la cocina es algo perfectamente serio.[11]

[187]

TIEMPO

Hoy es domingo y por eso
decía César Vallejo por eso
escucho a Bob Dylan me hundo en el fondo del
subconsciente buceo
a ojos cerrados y todo aparece diáfano como la armónica
de Bob tantos años abatidos
furia del ángel fieramente humano contra las altas olas
yo dije España está perdida dentro de su nombre
llamé a la paz con los labios desgarrados
pero hoy es domingo y por eso
me serené como una verónica de *Gitanillo de Triana*
seccioné mi angustia la guillotiné en despiadados versos
pero hoy es domingo y por eso
a lo lejos ya vuelve la galerna[16]
la espero a pecho descubierto

16 *galerna*: viento fuerte del noroeste que sopla en el Cantábrico.

11 Melancólico humor para rememorar los tiempos difíciles de la guerra y de la posguerra. Bilbao fue tomado por las tropas del general Franco en junio de 1937, después de intensos bombardeos y disparo de obuses. De uno de estos sucesos parte el poema para describir la paradoja de una estancia, la más prosaica de la casa, dedicada a escenario de los más altos menesteres: rezar, escribir versos. En el v. 11 la mesa de "pintado pino" repite dos versos del «Canto a Teresa» de Espronceda, escrito en octavas reales. Y de un poeta romántico a otro, ahora Bécquer, del que se toman dos exasílabos de la rima LXXI para formar el v. 18. El último verso es una paráfrasis irónica del poema IV de Machado: "Un golpe de ataúd en tierra es algo / perfectamente serio" (vv. 15-16).

pecho como la guitarra de Bob Dylan
porque hoy es domingo y por eso[12]

[188]

LO FATAL[17]

Entre enfermedades y catástrofes
entre torres turbias y sangre entre los labios
así te veo así te encuentro
mi pequeña paloma desguarnecida
entre embarcaciones con los párpados entornados
entre nieve y relámpago
con tus brazos de muñeca y tus muslos de maleza
entre diputaciones y farmacias
irradiando besos de la frente
con tu pequeña voz envuelta en un pañuelo
con tu vientre de hostia transparente
entre esquinas y anuncios depresivos
entre obispos
con tus rodillas de amapola pálida
así te encuentro y te reconozco
entre todas las catástrofes y escuelas[18]
asiéndome el borde del alma con tus dedos de humo
acompañando mis desastres incorruptibles
paloma desguarnecida
juventud cabalgando entre las ramas
entre embarcaciones y muelles desolados
última juventud del mundo

---

17 *fatal*: perteneciente al hado, al destino, y por ello, inevitable.
18 *escuelas*: se refiere a movimientos o escuelas literarias.

12 De la serie titulada *La galerna*, escritos en la última etapa de su obra. En ellos se atreve a poetizar, como un exorcismo, las depresiones que le torturaron periódicamente desde su juventud. Sostenidas por un verso de otro angustiado, César Vallejo, y la música de uno de los ídolos del *rock* en la década de los 70, Bob Dylan, las imágenes del subconsciente le ayudan con eficacia para expresar los oscuros abismos de la depresión.

telegrama planchado por la aurora
por los siglos de los siglos
así te veo así te encuentro
y pierdo cada noche caída entre alambradas
irradiando aviones en el radar de tu corazón
campana azul del cielo
desolación del atardecer
así cedes el paso a las muchedumbres
única como una estrella entre cristales
entre enfermedades y catástrofes
así te encuentro en mitad de la muerte
vestida de violeta y pájaro entrevisto
con tu distraído pie
descendiendo las gradas de mis versos.[13]

[189]

LO INDELEBLE

Cuerpos para la vida, cuerpos aparentes, cuerpos contra
la muerte,
cuerpos ametrallados, cuerpos abatidos, cuerpos torturados,
un fondo sin fin, un final blanco, una estructura gris y un
grito,
cuerpo con la camisa desgarrada, terrible tela escarlata,
y todo por la vida, para la vida, sobre la muerte,
diminuta epopeya espolvoreada de ternura y traición,
habrá un río para ese frondor, para esos dedos entreabiertos,
y una inmensa maldición
para los que rompen, derriban, obstruyen la vida,
cuerpos diseminados como calderilla, escurriéndose boca
abajo,

---

13 Una serie de imágenes de origen surreal se disponen en tres ejes anafóricos: *entre* (desgracias del poeta), *con* (descripción de la amada), *así* (unión consoladora). Algunas metáforas son de gran originalidad y todo el poema irradia ternura y reconocimiento a un destino propicio e inesperado.

mientras la vida grita y glorifica y adelanta su pecho indestructible.[14]

[190]

ESCUCHO LAS PALABRAS

La poesía es *diálogo*
de conocimiento.
Palabra viva
evidenciando el sentido último, la estructura de la emoción,
la permanencia de lo insólito.
Por las noches, escucho las palabras abrir las puertas de la casa,
andar por la sala,
salir un momento a la terraza y respirar con libertad.
Es cuando escojo los vocablos
y los pronuncio parsimoniosamente
y, tomándolos de la mano, los coloco en su sitio.[15]

[191]

LA PALMATORIA[19] DE COBRE

Después de tanto caminar por la tierra,
aparece una tarde de enero deshilvanada[20] y húmeda,
aparece mi hermana,

19 *palmatoria*: portavelas en forma de platillo.
20 *deshilvanada*: aquí, 'aburrida, sin interés'.

14 Dedicado al pintor vasco Dionisio Blanco, describe una de sus pinturas, en la que se escenifica un fusilamiento.
15 En homenaje a Vicente Aleixandre por la concesión del premio Nobel, se nombra en los vv. 1-2 su libro *Diálogos del conocimiento*. El poeta convive con las palabras, juntos penetran en la esencialidad y comparten la aventura de la búsqueda. En cuanto consigue colocarlas "en su sitio" comienza el proceso de la comunicación. Dialéctica solución a la polémica "poesía es comunicación o es conocimiento".

aparece el centro de tu cuerpo,
tú
sostienes mi alma como una sábana pequeña,
tú sola
sabes y traduces la postura de mi silencio,
mi escritura se descorre hacia tus dedos y tú la
desenredas
y sólo sé escribir siguiendo la línea de tus labios,
todo es literatura
menos morirnos juntos,
menos mañana apareces junto a mí al punto de amanecer
y a las once del día estás recogida en mi brazo dondequiera
te encuentres,
claras
realidades,
el resto es literatura,
inútil
literatura para apagar los ojos como esta vela roja que
se alza en la palmatoria de cobre.[16]

[192]

SOL REDONDO SOLO

Envuélveme en tu memoria
abre mis ojos con tus dedos diarios
acostúmbrame a la serenidad
diviso la galerna
sus aspas marrones y su percal de nubes
el horizonte se ahoga
el mar se arruga como un rostro usado
salta el viento la valla de las olas
no hay salvación

16 Canto a las cotidianas realidades del amor. Hay que relacionar el v. 6 con «Lo fatal» (188, v. 10), ambos con imágenes muy cercanas.

estoy junto a la orilla la resaca me arrastra hacia las rocas
la resaca
alzad el gallardete[21] rojo redondead los salvavidas
vertiginosamente
mi vida pasada surge como una diapositiva
choco contra las peñas el musgo se desliza por mis muslos
no habrá un rayo de sol
no
habrá un círculo de arena en que caer de espaldas
estás a mi lado
cierras mis ojos con tus dedos de tela
me arrastras al amarillo del desnudo
el cielo se extiende a pecho descubierto
sol
redondo
solo
en el fondo de la memoria agua azul de mi niñez
espacio abierto brisa sesgada serenidad
balancéandose
                                las lanchas[17]

[193]

A VECES

Escribiendo borroso
            viviendo claro
contando

21 *gallardete*: pequeña bandera que se iza en las playas para advertir del peligro a los bañistas.

17 Aunque la ausencia de signos ortográficos pudiera entorpecer la comprensión, en este poema cada verso es una unidad sintáctico-semántica, excepto el v. 13 que encabalga sobre el siguiente como adverbio de "surge". Imágenes del subconsciente configuran el clima angustioso característico de los poemas de *La galerna*. La serenidad llega desde esa imagen "amarillo del desnudo" que une mujer y naturaleza como refugio primigenio.

cosas
sucedidos
del alma
los hombres
países
las palabras un espejo de niebla
reflejando palabras
concretas
subconsciente vidriera
de la palabra directa
inverosímil
adherida a sus adyacentes
silencio
a veces
solo
silencio[18]

[194]

PARA TODA UNA VIDA

La prosa es una fuente que mana pan, así como la
poesía es un pan del que fluye una fuente.
He repasado páginas y páginas, amarillas, recientes,
y he paseado entre las líneas de Cervantes,
he reposado en los vocablos de fray Luis,
me he adentrado en el campo de batalla, y en los salones,
y en los campesinos de Tolstoi,
he tropezado con miles de palabras ligeramente inútiles,
y me he dicho:

18 Para Blas de Otero, siempre lúcido teórico de la labor poética, el contenido de la obra de creación es siempre la realidad, pero el vehículo, la palabra, nace del poeta por los caminos de la emoción y la inteligencia. "Borrosos" caminos del subconsciente que llevan al lector y al escritor a lo inesperado, lo insólito.

cuatro libros de prosa
y seis de poesía
es suficiente para toda una vida.[19]

[195]

PARECE QUE LLUEVE

Ahora sí que está lloviendo en Bilbao,
es el siete de agosto y llueve como en mi infancia,
delicadamente
e insistentemente, llueve llenando el aire de eees, de leves
letras débiles, indecisas
como aquella mañana de tus trece años en Barambio
cuando no te atreviste a decirle a Charito que la querías,
pero llueve
y aquello y tantas vicisitudes más que fueron descendiendo
sobre tu vida como una mansa lluvia, ya no tienen
remedio,
ni dios lo remedia igual que aquella mañana en que no
te decidiste del todo en Herrera de Pisuerga junto
a sus senos tan frescos, llueve
veladamente, admirablemente, un poco transversalmente,
ah este Bilbao puñetero que si no fuese porque llueve
nos ahogaríamos todos de aburrimiento,
humo y beatería, pero llueve contra las torres de la
quinta parroquia, y qué le vamos a hacer si llueve
insistentemente
y, debes decirlo, delicadamente.[20]

---

19 Sutil distinción entre la prosa y el verso. Otero, lector infatigable desde la infancia, vuelve a las obras de aquellos escritores que llenaron sus horas: la constante presencia cervantina, la corporeidad de la palabra de fray Luis. Cuestiona las retóricas inútiles.

20 Relaciónense los distintos episodios con el poema 201, las prosas 43, 148 y 149, y con el poema 96, por orden correlativo.

[196]

COMO HICE YO

Me mandaron al colegio, primero al de María de Maeztu y luego a los jesuitas.
Mademoiselle Isabel me desató la lengua, y poco más.
Después vine a Madrid y estudié en la calle de Atocha con jarroncito de porcelana como todo el mundo sabe.
Luevo volví a Bilbao y me pasaba el día estudiando Derecho Romano y después Derecho Mercantil.
Y entretanto iba leyendo y leyendo, y seguía leyendo por mi cuenta, y me quedaba leyendo.
Se puede decir que estoy al día.
Ha llegado pues el momento de interrogarme acerca de algunos hechos que desconozco, de algunos aspectos que permanecen más o menos impenetrables.
He ido al cine, y he salido con la sensación momentánea de haber vislumbrado algo distinto.
He viajado mucho, he oído conversar en ruso, en francés, en chino, en euskera, en sueco y en leonés.
Me he adentrado por la física moderna, y he llegado a la conclusión de que Einstein es un buen chico.
He desayunado.
He hecho el amor de diversas maneras, y el desamor con absoluta monotonía.
Ahora pregunto.
Cuándo veré a Latinoamérica al lado de Cuba, a todo lo largo del malecón.
Cuándo se levantarán nuevas barricadas en el barrio Latino y surgirá el Saint Antoin del siglo XX.
Cuándo cataplasmas.
Quién me habla por la noche, quién derrama la luz sobre los campos, quién compra.
Diversos enigmas se siguen ofreciendo a la inquietud

del hombre, así que aquí mismo fecho y firmo y el que venga detrás que siga adelante como hice yo.[21]

[197]

TU SENO IZQUIERDO

Cuántos problemas tiene el mundo, el hombre, el espíritu santo.
Si no hubiera problemas habría que inventarlos a fin de resolverlos.
Es el problema por el problema —algo así como el arte por el arte.
Imagínese un mundo liso, alisado, superficial, sin problemas.
Tan aburrido como el cielo.
Como una mujer junto a una estufa.
Yo amo los problemas como a tu seno izquierdo.
Sólo para acariciarlo.

[198]

EL CIERVO

¡Mi verso es un ciervo herido,
desde hace ya tantos años!
Heridas de desengaños
y de corazón huido.
Mi verso se me ha partido:
trozos
de tiempo, los años mozos,
la madurez y el olvido.

21 El poeta examina los momentos más importantes de su vida, los que son de dominio público, y lo hace con su vasco humor socarrón; junto a las vivencias están las preocupaciones políticas y la esperanza en el futuro.

Y busco en el monte amparo,
y busco en tus senos cuna.
Que no me cubra la luna,
que la sombra me dé amparo.
Busco en la música suave
bálsamo para mi herida.
Tengo las manos prendidas
del ala ingrave de un ave.

Mi verso es, a pesar
de todo, de un verde claro.
Que no me podrán quitar
el dolorido sentir,
si no me logran matar,
si me consienten vivir.[22]

[199]

Y OLVIDÉME

En la cocina de una casa de Mundaca,
estoy mirando
la pared de cal azul,
la mesa de mármol,
el *turmis*[22] amarillo
y tres plátanos sobre las baldosas blancas.
Esta casa,
en otro tiempo, fue habitada por un viejo marino

22 *turmis*: batidora eléctrica.

22 A lo largo del poema discurren unos versos de José Martí popularizados en una conocida canción cubana (véase poema 132): "Mi verso es de un verde claro / y de un jazmín encendido, / mi verso es un ciervo herido / que busca en el monte amparo" (*Versos sencillos*, V, vv. 9-12). En la última estrofa, los vv. 349-350 de la Égloga I de Garcilaso, "no me podrán quitar el dolorido / sentir". Sólo la muerte acabará con su búsqueda tenaz e infatigable y el doloroso desgarro de la creación. Obsérvese cómo el esquema métrico en octosílabos se rompe en el v. 6, respondiendo al significado "trozos".

que llegó a Manila e incluso le nombraron alcalde
de aquella ciudad,
eran los tiempos de *Tximista* y de los primeros armadores
vascos
que lanzaban sus bergantines al mar con la misma
despreocupación que un niño su barquito de papel
en el estanque.
Ved aquí, de cuerpo presente,
el Cantábrico capaz de hacer añicos las columnas de Hércules.
Allí, el rasguño cruel de sus acantilados
y el arañazo de los arrecifes.
Hoy
la mar está tendida como el hule humilde de una mesa.
Sopla un ligero noroeste y las lelas campanillas del borde
del sendero
oscilan un instante entre las zarzamoras,
mientras el débil peral derrama las hojas en el azul.
La mesa de mármol
permanece impasible,
y la silla de enea reposa en sí misma.
Yo la miro lenta, ensimismadamente,
y me olvido de fumar, de mirar, de escribir...[23]

[200]

ELEGÍA A RILKE

Todo poeta es terrible. Mas sobre todo, terrible es no haber
vivido
después de nacer en Praga. Ser sólo una página en blanco,
extendida hasta 1926, en una tumba de Valais.
Porque vivir no es únicamente soñar y meditar
y trazar bellas imágenes en el aire.

23 Los viejos capitanes vascos de la marina mercante fueron retratados en varias novelas de Pío Baroja, entre ellas *La estrella del capitán Tximista.*

No es merodear, recorrer, escarbar el propio espíritu
con dedos de seda, niebla o pétalo.
Porque todo poeta es terrible cuando ha vivido y amado
y odiado intensamente,
y escribe con todo el cuerpo, hermosa y horrorosamente,
mas con ternura y estremecimiento.[24]

[201]

NADIE

Hay un rincón en Orozco
que no lo ha pisado nadie.
En este rincón te di
el primer beso una tarde
de octubre, cuando las hojas
eran de color de carne.
Tú entrecerraste los párpados,
arriba cantaba un ave,
adentro, tu corazón
un poco asustado. Nadie
ha pisado estos helechos
esta hierba fina y suave
como tus dedos que tiemblan
al rozar el aire, el aire...[25]

24 Recuérdese la prosa 152 donde Otero menciona al poeta alemán. Los datos vivenciales, el deambular constante, la infancia como presente que sigue actuando y conformando un futuro son características de Rilke que atrajeron la atención del poeta vasco; en esta ocasión, le reprocha su falta de compromiso con la vida.

25 Otra vez la aldea vizcaína, paraíso de la infancia y de los primeros rubores del amor adolescente.

NUEVAS HISTORIAS FINGIDAS Y VERDADERAS (1971...)*

[202]

ACCIÓN DE GRACIAS

La sencillez de la hormiga, distraída, equidistante de tronco a tronco, yo toco la sencillez y es lisa como el plástico, acabo de escribir una carta para cubrir siete minutos, el tiempo no tiene compasión, se pliega y enreda entre mis dedos, procedo a hacerle un electrocardiograma y la línea roja se quiebra y asciende desciende en ángulos cuneiformes[1], no sé lo que es eso pero lo sencillo chilla como un perro atropellado, dadme unos céntimos de sencillez y respiraré como un pez dentro del mar, amarradme las manos pero dejadme la mirada serena, que las horas se colmen cual cangilones[2] de agua muy fría, a lo lejos la ciudad hierve de impaciencia, apresuramientos súbitos, torturantes, en un club de baile las luces atacan y contratacan variando a cada instante de uniforme, los vestidos de las estudiantes norteamericanas se es-

---

* En 1971 Blas de Otero comenzó una serie de prosas a las que llamó *Nuevas historias fingidas y verdaderas*, en un lenguaje hermético y con numerosas escapadas al subconsciente y al humor negro. Algunas de ellas las publicó en diversas revistas (*Trece de Nieve*, 3, 1972; *El Urogallo*, 19, 1973), de las que seleccionamos una muestra para esta antología.

1 *cuneiformes*: en figura de cuña, como la escritura de los antiguos pueblos asiáticos.

2 *cangilones*: vasijas de barro o metal para sacar agua de pozos o ríos con la noria.

trían y azulan y amarillean y rasgan de arriba abajo la sencillez del instante, no hay salida, sólo moverse, agitar los brazos y aspear[3] las piernas en tanto la cintura se quiebra, se va a quebrar a golpes de desnudez, latigueando las luces, las sombras, la velocidad del sonido reflejada en dientes violáceos y cuellos anaranjados.[1]

3 *aspear*: mover en forma de aspa, cruzada.

1 En la noche de "Acción de Gracias", jóvenes estudiantes norteamericanas celebran la fiesta tradicional de su país en un baile madrileño, con luces sicodélicas. La descripción de la frenética y dislocada visión sirve al poeta para reflejar el alienante vivir de la sociedad moderna.

ÍNDICE ALFABÉTICO DE TÍTULOS DE POEMAS Y DE PRIMEROS VERSOS

ESTUDIO DE LA OBRA

DOCUMENTOS

1

ETAPA EXISTENCIAL

1.1 Existencialismo y densidad conceptista

«El primer tema, el que antes ve el lector y que, según avanza la lectura, se sitúa como centro obsesionante de esta poesía, es nihilista: desolación, vacío, vértigo. [...]

Esta visión de enorme noche sin límites para el desconsuelo, de desolado vacío, está esparcida como una tristeza esencial que penetra todos los rincones de la poesía de Otero. Oquedad creciente, invasora, que nos absorbe y nos lleva a nuestro problema único, por la eficacia, el poder de captación del poeta. Posee Otero una capacidad idiomática condensadora, estrujadora de la materia, superior quizá a la de casi todos sus coetáneos, comparable, por lo que toca a su fuerza y nitidez —dentro, claro, de lo más dispar—, a las de un García Lorca y algunos otros poetas de mi propia generación, que tantas invenciones expresivas trajo a nuestra lengua; a veces comparable al más angustiado y apretado Quevedo.»

Dámaso Alonso, «Poesía arraigada y poesía desarraigada», en *Poetas españoles contemporáneos*, Gredos, Madrid, 1963, pp. 351-352.

1.2 Dios, o los poderes castrantes

«[En *Ángel fieramente humano*] asistimos a un intento de desacralización del nombre que es la metáfora del Poder: Dios. [El libro] es la historia de un hombre en lucha con los poderes que le impiden llevar a cabo su vocación, su vida. Y utiliza el código tradicional en el que se ha formado: el religioso. Dios es el Supremo Poder, por ello funciona como una sinécdoque: está en el lugar de todos los poderes castrantes.»

Sabina de la Cruz, «*Ángel fieramente humano* y *Redoble de conciencia* a la luz de *Ancia*», en *Al amor de Blas de Otero. Actas de las II Jornadas Internacionales de Literatura*, Universidad de Deusto, Mundaiz, San Sebastián, 1986, pp. 131-132.

1.3 La renovación del soneto

«Tal vez nada revele mejor su potencia de creación formal que el modo con que revoluciona el soneto. Más de cien publicó y en todos ellos se advierte cómo la ceñida estructura métrica que prestó cauce a tantas evasiones poéticas en la primera posguerra, se desarticula interiormente abriéndose a impulsos del ritmo expansivo del tema. La lucha a brazo partido con el curso rítmico no se debe como, probablemente, en Unamuno, a incapacidad; constituye más bien la expresión de la angustia interior y sirve al propósito retórico de reclamar la atención sobre determinadas aristas significativas de los vocablos.»

V. García de la Concha, *La poesía española de 1935 a 1975*, tomo II, Cátedra, Madrid, 1987, p. 559.

2

ESTÉTICA Y ÉTICA

2.1 Frases coloquiales y asimilaciones literarias

«Son frecuentes en Otero locuciones léxicas usadas en la conversación [...]. Son a primera vista clisés, muletillas. Pues bien: Otero usa de ellas repristinándolas, esto es, analizándolas, haciendo revivir el sentido de sus elementos y produciendo así un efecto expresivo inesperado [...]. Con las frases hechas [...] lo que hace el poeta es trasponerlas al lenguaje poético por medio del análisis: lo intelectual es el significado del conjunto; consecuentemente, lo poético será revalorar el significado individual de cada elemento. [...]

Parecida transposición y reelaboración sufren en la poesía de Otero algunos elementos procedentes de otros escritores [...]. También aquí las pausas —rítmicas o sintácticas—, la sustitución de algún elemento, o la agregación de otro, imponen un sentido bivalente a las expresiones ajenas incorporadas a su poesía.»

E. Alarcos Llorach, *La poesía de Blas de Otero*, Anaya, Madrid, 1973, pp. 88-89 y 97.

2.2 Intertextualidad y compromiso

«El complejo juego de voces ajenas que se entrecruzan polifónicamente en la densa trama de su escritura, además de dar noticia de la solidaridad, desprende una información no deliberadamente enunciada, y por eso acaso más valiosa, más de fiar, que nos ofrece una imagen muy precisa del hombre y del poeta: la de un escritor que trabaja con arte, que fundamenta su obra en el arte. [...] Lo que el "verbo clandestino" de Blas de Otero nos está confirmando es que, como Rubén Darío dijo de Unamuno, es "ante todo, poeta". Cuanto haya en su obra de social, que también es evidente —y en mi opinión muy importante—, habrá que reconocérselo por añadidura.»

Ángel González, «La intertextualidad en la obra de Blas de Otero», en *Al Amor de Blas de Otero*, obra citada, p. 75.

2.3 La poesía como patrimonio colectivo

«La incorporación de fragmentos poéticos de autores que ni se nombran, dentro de la obra propia, viene a integrar un gran entramado poético mutuamente comunicado, y se compadece bien con la concepción de una poesía mayoritaria, que busca un ámbito de participación común. La poesía es de todos y a ella contribuyen cuantos poetas, a lo largo del tiempo, van aumentándola. Cada poeta se debe a los demás que le precedieron y proyecta hacia el futuro un patrimonio colectivo. Esto justifica que sea en la segunda época de su obra cuando Otero intensifica el recurso que ha pasado a ser elemento peculiar en el estilo de uno de nuestros más grandes poetas.»

Leopoldo de Luis, «Los préstamos literarios en la poesía de Blas de Otero», en *Que trata de Blas de Otero*, número monográfico de la revista *Zurgai*, Bilbao, noviembre, 1988, p. 82.

2.4 La poesía, "un medio para transformar el mundo"

«Otero, como hombre histórico, como hombre empeñado en "apresar la realidad" y mostrarla abiertamente, guardando siempre los requisitos de la verdad y sinceridad, y por el camino de la aparente sencillez en la expresión, va a guiar su palabra, su obra, y por tanto su vida, hacia el compromiso y la poesía testimonial. Su deseo de ser testigo de su tiempo, denunciador del momento y en una circunstancia, le llevará a utilizar un lenguaje que pueda entender ese hombre de la calle al que se dirige [...]; [pero] sabe, y no se engaña, que su obra no llega a la "inmensa mayoría", aunque afirma que "evidentemente, la poesía es un medio para transformar el mundo". Y su contribución a esa lucha por transformarlo se verifica [...] tratando temas relacionados con la situación histórica [o al incidir en la conciencia individual] colaborando en el desarrollo de la conciencia colectiva.»

Lucía Montejo Gurruchaga, *Teoría poética a través de la obra de Blas de Otero*, Universidad Complutense, Madrid, 1988, pp. 293 y 305-306.

3

EL TEMA DEL AMOR

3.1 El lugar del amor: asidero de la memoria

«Esta visión amorosa espacio-temporal produce un efecto especular al marcar eróticamente los lugares en que aconteció el encuentro de los amantes. Por un procedimiento intertextual (si consideramos otros textos los que proceden de la obra anterior del propio autor) el poeta va rescatando estos espacios ya connotados eróticamente en poemas anteriores y los inserta en el nuevo texto. El intertexto, actuando en función anafórica, moviliza la actitud del sujeto de la enunciación actualizando la emoción que vivió en el tiempo pasado. Es una auténtica erotización del espacio-testigo, cuya aparición en el texto, ya independizado del episodio originario, actúa por la sola magia del nombrar.»

Sabina de la Cruz, «La erotización del espacio en los *Poemas de amor* de Blas de Otero», en *Eros Literario*, Madrid, 1989, pp. 327-328.

3.2 El motivo amoroso: ingrediente de los temas nucleares

«Tampoco la poesía de Blas de Otero, considerada en su totalidad, puede definirse como fundamentalmente amorosa, si bien el tema erótico surge constantemente a lo largo de su obra, entreverado a veces con otras preocupaciones casi siempre más acuciantes. El motivo amoroso suele aparecer como ingrediente de otros temas nucleares que se suceden en movimientos concéntricos: la soledad, la lucha con Dios, el vacío, la rebeldía ante la muerte, el sentimiento de solidaridad frente a cualquier injusticia, la soledad de nuevo, vencida ya con la asunción nostálgica del pasado y la aceptación del destino mortal del hombre. La presencia de la mujer [...] va sirviendo de contrapunto a las distintas cicunstancias espirituales vividas por el poeta.»

Carlos Sahagún, «Introducción» a Blas de Otero, *Poemas de amor*, Editorial Lumen, Barcelona, 1987, p. 8.

3.3 El amor como instrumento de salvación

«Las obras del hombre son siempre vida [que se traduce en] permanencia en el tiempo. [...] Y como el trabajo de un poeta es la poesía, su salvación se asentará en la palabra poética [y en el] amor-solidaridad, verdadera promesa de futuro.

Junto al amor-solidaridad, se encuentra también el amor-pasión hacia la mujer. Para Blas de Otero, el amor a la mujer es otro antídoto eficaz contra el poder corrosivo de la muerte. [...] La salvación en el amor abarca tanto la solidaridad en la entrega al otro-humanidad como la pasión en la entrega al otro-mujer. En un sentido u otro, la salvación del hombre frente a la muerte se encuentra en el amor y en la entrega. Desde esta perspectiva, la salvación poética descansa sobre dos pilares firmes: la entrega de su amor, y su poesía de amor y entrega. La tríada temática de naturaleza existencial "vida-amor-muerte" asume unos perfiles más precisos cuando entra en contacto con la doctrina social. De esta manera, se puede concluir con la afirmación de que frente al problema existencial de la muerte, el hombre cuenta con las armas del trabajo solidario y del amor-entrega, cimentando firmemente los puntales de la esperanza en el futuro.»

José Ángel Ascunce Arrieta, *Cómo leer a Blas de Otero*, Editorial Júcar, Madrid, 1990, pp. 121-122.

4

OTROS TEXTOS

4.1 El yo existencial en la poesía social

«La dimensión biográfica del yo poético está muy presente en todas las obras de temática social, lo que demuestra que la temática existencial es clave e ineludible de todo lo expresado de proyección social. Sin la dimensión y sentido de un "yo-existencial" sería imposible explicar con propiedad la función y significado del "yo-profético".»

José Ángel Ascunce, *Cómo leer a Blas de Otero*, Editorial Júcar, Madrid, 1990, pp. 93-94.

4.2 La serenidad conseguida

«Dice el poeta [...] que *Hojas de Madrid* con *La galerna* "está escrito en verso libre o versículo, de clima surrealista". El poeta ha sentido la necesidad de llegar, "liberando el pensamiento, la imaginación y la palabra", "a una poesía más abierta y, al mismo tiempo, menos dramática, más plantada con naturalidad en mitad del hombre y de la calle, y, claro es, de su propio y cansado y esperanzado corazón". [Y, según concluye Jiménez Martos:] "Ni una queja, ni un revolverse contra el destino". [...] Porque, inequívocamente, muchos de los poemas de este libro son de despedida. [...] Hemos visto la presencia de la muerte, incluso en el amor. La enfermedad, la soledad, el atardecer de la vida. Y, sin embargo, por todo el libro planea una resignación, una aceptación serena y responsable. Esto es lo conmovedor. Lo que está ausente es la "crispación", "esa crispación tan continua en la primera y segunda parte de su obra" [J. Martos]. Esta serenidad está conseguida no sin lucha, por eso hay un ritmo jadeante en muchos de estos poemas. Es una serenidad aparente, a fuerza de autocontrol, pero que la íntima estructura del poema (sobre todo el ritmo) ponen en evidencia.»

Sabina de la Cruz, «Introducción» a *Blas de Otero, Expresión y reunión*, Alianza, Madrid, 1983, p. 45.

ANÁLISIS

1

PRIMEROS POEMAS

1.1 En esta primera poesía apreciamos un estilo no del todo definido en el que conviven diversas **influencias literarias**, que dejan su huella en el joven poeta inmerso en un proceso de aprendizaje. La **estética modernista** es perceptible en los poemas 2, 7 y 10.

a ¿Qué rasgos de dicha estética destacarías en esos poemas?

Juan Ramón Jiménez fue uno de los poetas que más honda huella había de dejar en Otero. Prestemos atención a los poemas 1 y 5.

b ¿Cuál es el tema de esas composiciones? ¿En qué aspectos de cada una de ellas advertimos el influjo de Juan Ramón? ¿Qué tiene el poema 5 de la mística de San Juan?

La impronta de Juan Ramón Jiménez en el poema 6 se ha señalado en la nota correspondiente al texto. No obstante,

c ¿En qué versos de este poema se refleja también la influencia de **Jorge Guillén**?

1.2 El **tema religioso** es determinante en esta etapa de Blas de Otero, ya que su educación y sus preocupaciones de entonces se desenvolvían en esa atmósfera. Ello es bien patente en 6. Sin embargo, en **3** aflora ya una angustia que presagia el desgarro de *Ángel fieramente humano*.

a ¿Qué sugiere la fórmula condicional que estructura todo el poema 3? ¿Cuál es el tema de este soneto?

El tema del **amor**, tan recurrente en la poesía de Blas de Otero, se presenta a veces teñido de experiencia religiosa, en otras asociado con la muerte.

b ¿En qué poemas de esta primera sección se trata del amor? ¿Qué perspectiva se ofrece en cada caso?

En **7** y **8**, en cambio, la voz personal del poeta se va afianzando y alejándose de sus modelos. La imagen amorosa de la mujer se nos ofrece en esos poemas a través de la música o del paisaje.

c ¿Qué elementos de la naturaleza se mencionan en **8** y qué connotaciones eróticas contienen?

2

ÁNGEL FIERAMENTE HUMANO

2.1 El poema **11**, en el marco de una circunstancia histórica o generacional, presenta ya con nitidez el **tono existencial** que impregna buena parte de *Ángel fieramente humano.*

a ¿A qué circunstancia generacional se refieren los primeros cuatro versos? Señala los versos que revelen el tema del poema. Comenta el acierto expresivo de "subir, a contra muerte". ¿Cómo se funden y condicionan la dimensión histórica y la existencial?

2.2 Los sonetos **13**, **14**, **15**, y **16** están relacionados no sólo por el molde estrófico sino por el tema amoroso dominante en ellos. El **amor**, sin embargo, se presenta aparentemente en estos poemas como un medio —frustrado, a la postre— de liberación de la angustia o un camino para acceder a Dios.

a ¿Cómo se superponen en ellos el tema amoroso y el metafísico o existencial? ¿En qué versos resulta patente la fusión mujer/Dios? ¿Qué sentido atribuyes a "cadena" (13, v. 13 y 15, v. 3) o al sintagma "no basta eso" (14, v. 14 y 16, v. 14)? ¿Se percibe también el influjo del misticismo de San Juan?

b Comenta el papel de los sentidos en estos sonetos.

La poesía de Otero destaca por la enorme **riqueza expresiva** de que hace gala.

c Señala, en el poema **12**, la variedad de recursos expresivos empleados y su función estilística.

2.3 La **soledad** del hombre y su **angustia** o **desamparo** ante la muerte, la limitación del destino de un ser mortal con ansias de eternidad, son temas recurrentes de este libro. El lenguaje poético refleja un enfrentamiento dialéctico Dios/hombre de hondo dramatismo y violencia que traduce la rebeldía trágica del hombre en el intento de asumir su destino personal. Los sonetos 18, 21, 22, 23 y 24 son magníficos ejemplos de esa lucha desesperada. Llama en ellos la atención la persistencia de la imagen del **silencio**.

a Analiza el sentido de esta imagen en 18, 21, 23 y, sobre todo, en **22**, donde es desarrollada en formidables antítesis.

Dámaso Alonso ha resaltado (documento 1.1) la impresión de vacío de esta poesía así como su condensación expresiva, que en ocasiones nos recuerda a **Quevedo**.

b ¿Qué poderosas imágenes, de raigambre quevediana, señalarías en **18**? ¿Qué expresividad aportan, en este soneto, los encabalgamientos, la reiteración del adverbio inicial y la dialéctica yo/tú?

Dos poemas de *Ángel fieramente humano* (**11** y **24**) se titulan significativamente «La Tierra», y, en ella, el hombre aparece como un "árbol desgajado".

c Comenta el valor de esta metáfora, empleada en **11** (v. 1) y en **24** (v. 11). Por otro lado, ¿qué relación guardan entre sí estos dos poemas?

2.4 El **tema histórico** irrumpe en poemas donde la tragedia colectiva de la guerra cobra una dimensión cósmica con imágenes sobrecogedoras. Así, en el poema **20**,

a ¿De dónde procede la sangre que ahoga al poeta? ¿A qué alude el título? ¿De qué siente "sed" (v. 44)? ¿Qué se sugiere con el movimiento incesante, y qué relación guarda éste con la versificación elegida?

El peso de esa lacerante realidad histórica no puede dejar indiferente a Blas de Otero, que afirma su **compromiso con el hombre** en el poema **19**. En las dos primeras estrofas de esta composición,

[b] ¿Qué obligación se impone el poeta? ¿Qué papel asigna a Dios? Repara en la reiteración de *bastar* y sus derivados (vv. 18-28) y explica su sentido: ¿Qué contraste se produce con la aparición anterior de ese término en los poemas 14 (v. 14) y 16 (v. 14)?

2.5 Blas de Otero es sin duda uno de los escritores de mayor rigor poético de la literatura española. Este extraordinario rigor se manifiesta con claridad en el virtuosismo con que maneja el **soneto**, poema-estrofa en el que opera modificaciones revolucionarias (véase documento 1.3).

[a] ¿Qué función estilística cumplen el ritmo y los encabalgamientos en **23**?

3

REDOBLE DE CONCIENCIA

3.1 En este libro, como se señala en la Introducción (p. XXII), persisten las mismas preocupaciones que hemos advertido en *Ángel fieramente humano,* aunque los acontecimientos históricos, los horrores de la guerra pesan cada vez más en el poeta y remueven y azuzan su "conciencia" (véase 34 y 36) y su poesía. En el poema liminar (**25**) Otero anuncia su **misión de poeta**.

[a] ¿Cuál es esa misión? ¿Por qué sus versos "muerden la mano / de quien la pasa por su hirviente lomo"?

Ese cometido del poeta, del que ya habíamos detectado claros indicios en 19, se expresa con mayor rotundidad en **37**.

[b] Explica los paralelismos entre el poeta y la figura con quien implícitamente se compara (¿de qué personaje se trata?). ¿Qué ofrece el poeta a los hombres? Explica el sentido del último verso.

Pero, junto a esa vocación de redención, en el poeta sigue pesando la certeza del **vacío tras la muerte**, lo que arranca el grito de **queja** y **rebeldía**.

c ¿A qué dos "muertes" se refiere en **27** (v. 9)? En **26**, ¿qué muerte le "basta" (v. 11)? ¿Qué sentido tiene el encabalgamiento "oh hijos / de madre" (vv. 9-10)? ¿Y la expresión "Oh Dios, si eres humano" (**28**, v. 4)? ¿Qué actitud del poeta te dan a entender estos poemas o el propio título de 28?

3.2 Los poemas **amorosos** de *Redoble de conciencia*, como **31** y **32**, siguen teniendo una aparente dimensión metafísica —Dios al fondo— pero se hace evidente el componente **erótico** y la pasión.

a Anota las metáforas amorosas de ambos poemas. ¿Cuál de ellos resulta más dramático y por qué? ¿Qué cometido parece desempeñar el amor? ¿Qué sentido profundo atribuyes al título de 32? ¿Cómo interpretas los vv. 13-14 de **33**?

3.3 Pocos poetas han sacado tan sorprendente —y eficaz— rendimiento a los **recursos expresivos** y figuras retóricas como Blas de Otero. Veamos algunos de ellos.

a Identifica y valora el uso de la paronomasia en 28 (v. 14), de la ruptura de la frase esperada en 29 (v. 6), del doble sentido de las expresiones o palabras en 33 (v. 11) y en 35 (vv. 8 y 10-11), del encabalgamiento en 37 (vv. 9-10) —recuérdese el de 26, vv. 9-10—, del valor de la antítesis en 31 (v. 4) y del oxímoron en 33 (v. 12), del quiasmo en 31 (vv. 5-6).

3.4 Una de las muestras más significativas del **cambio de rumbo** de la poesía de Otero es el poema **38** («Digo vivir»), por cuanto en él se manifiesta la primacía de la vida sobre la literatura.

a ¿De qué literatura —y de qué hombre— "abomina" el poeta? ¿Qué pretende ahora? ¿Con qué imágenes pone de relieve la nueva orientación vital?

La segunda parte del último verso contrasta con la expresión *basta,* que hemos analizado en 2.4 (b).

b ¿Qué hemos de entender ahora por "Lo demás sobra"?

4

ANCIA

4.1 En esta estapa de la poesía de Otero, la expresión de la desolación humana no excluye a veces ciertos toques de **distanciamento irónico** próximo a las estéticas de vanguardia. Ello es bien patente, desde su mismo título, en el poema **39**.

[a] Anota las expresiones irónicas del poema. ¿Qué valor tiene el encabalgamiento de los vv. 26-27? Comenta, en relación con esta perspectiva irónica, el sentido de la reiteración de "seco" al principio del poema, y el de sus dos últimos versos.

4.2 Las dos prosas líricas (**42** y **43**) y el poema **44** tienen en común la perspectiva autobiográfica y la referencia a **pasados amores** o a escenas amorosas de la infancia. Frente a la relación amorosa cargada de dramáticas connotaciones de poemas anteriores,

[a] ¿Qué visión de la amada o del amor se nos ofrece en estos poemas? ¿A quién se dirige el poeta en cada caso? ¿Desde qué coincidente perspectiva se componen 42 y 44? (Atiéndase a la parte final de ambos poemas).

En el poema **45**, sin embargo, la mujer o el amor no son ya meras evocaciones del pasado, sino una realidad presente.

[b] ¿Qué papel desempeña aquí la mujer o la relación amorosa? ¿A qué se refieren los vv. 4 y 14? Explica el sentido de la segunda y tercera estrofas. Analiza la estructura del poema.

5

PIDO LA PAZ Y LA PALABRA

5.1 En la poesía de estos años alude Otero reiteradamente al cambio ideológico que ha experimentado. Para ello recurre, en algunos poemas, al esquema mítico de la **muerte** y la **resurrección** (o la fundación de un nuevo orden), a menudo expresado con un lenguaje tomado del ámbito religioso. Es el caso de los poemas 50, 51, 52, 61 y 68.

[a] ¿En qué versos —o títulos— de esos poemas se refleja dicho esquema mítico-religioso? ¿Qué representa en **61** la "caída", el "pecado" o el "cielo / al revés"?

Mas de esa profunda y aniquiladora crisis personal rescata el poeta la **"palabra"** (51), con la que desde ahora desea dirigirse "a la inmensa mayoría" (50).

[b] Comenta el valor que, para la nueva poética de Otero, tienen respectivamente el verso y el título aludidos.

5.2 La crisis de Otero tiene, como hemos visto, un fundamento religioso y otro social. La guerra civil española trae consigo la miseria, el hambre, la injusticia social o la falta de libertades, y todo ello hace que el poeta vuelva los ojos a su patria. *Pido la paz y la palabra* supone una toma de conciencia política que se sustancia en un **compromiso patriótico** y en la crítica —muy machadiana— de cierta manera de ser español o del **cainismo**.

[a] ¿Qué visión de España se ofrece en **53**?

[b] Anota, en 52 y 53, las alusiones a la guerra civil.

En otros poemas, en cambio, el tema de España aparece desprovisto de ese dramatismo y es tratado con un suave **tono lírico** y **evocador**. Es el caso de 54, 57 o 67.

[c] ¿Qué diferencias de tono, estilo o métrica encuentras entre estos poemas y los dos anteriores?

[d] ¿Qué impresión produce la sola enumeración de nombres geográficos? ¿Qué valor significativo tiene el título de cada poema?

5.3 La reflexión sobre la propia **historia personal**, presente en toda la trayectoria poética de Blas de Otero, adquiere especial protagonismo en algunos poemas de este libro. Es el caso de **63**.

[a] ¿Qué aspectos de su biografía recrea el poeta en esta composición y qué emociones despiertan en él?

Bilbao, su ciudad natal, es retratada en el poema **56** con violentas pinceladas.

[b] ¿En qué se centra la crítica del panorama social de la ciudad? Analiza la función estilística de las antítesis en esta composición.

En el documento 4.1 se pone de relieve la **persistencia de lo personal** —o existencial— en la **poesía social** de Otero. De hecho —habría que añadir— algunos de sus poemas más logrados en esta etapa consiguen trasladar con singular maestría una íntima inquietud al plano colectivo.

[c] ¿Cómo se conjuga lo existencial y lo histórico en la muerte anunciada en el poema **62**? Explica el sentido de los vv. 10-11 y 14.

[d] ¿Pervive lo existencial en el compromiso con el hombre que se expresa en **64**? ¿Cómo se expresa, por otro lado, la solidaridad y la soledad en **55**?

5.4 Mas, muy por encima del rescoldo existencial subyacente, en la poesía oteriana de estos años prevalece la **solidaridad** con el pueblo hambriento y maniatado, y, asimismo, la **esperanza** —la "paz" ansiada— en un futuro distinto. Una muestra de todo ello la tenemos en 66 y 68.

[a] ¿Qué ha "visto" el poeta en cada una de las estrofas de **68** para "creer" y manifestar al punto su "fidelidad"? ¿Qué simbolizan las "españas" del v. 4, el "caudal humano / hacia otra luz" de los vv. 9-10 y la "sombra" del v. 15? ¿A qué personaje bíblico remite ese "ver y creer"? Anota la función estilística de las aliteraciones que aparecen en los vv. 2, 7-8 y 13-14.

La **esperanza** en una sociedad más libre y justa, que ya hemos visto en 68, se expresa con sencillo lirismo en **66**.

[b] ¿Qué representan los "árboles abolidos" del v. 1? Compárese con el "árbol desgajado" del poema 11. ¿Qué simbolizan, en particular, los árboles mencionados en esta composición, y qué otro importante poeta se refiere a ellos con frecuencia? ¿En qué versos se anuncia la esperanza?

6

EN CASTELLANO

6.1 En este libro cobran mayor relieve algunos temas aparecidos ya en *Pido la paz y la palabra*. Uno de ellos es la relevancia que adquiere la **palabra** del poeta como vehículo de indagación en el ser de España y, sobre todo, como verdadero reflejo de la entidad de lo español.

[a] ¿Qué versos de **69** y **80** inciden sobre este proceso de aprehensión de lo español? ¿Adviertes asimismo la identidad entre la palabra y el referente (la patria)?

El **enfrentamiento** y la violencia fratricida —bien patentes en la última guerra civil— tal vez sea para el poeta una de las más lacerantes señas de identidad de **España**.

[b] ¿Cómo expresa la imagen de las dos Españas en **72**?

[c] ¿Qué tienen de "noventayochista" los poemas **70** y **71**?

6.2 El poeta baja a la "calle" —todo un símbolo de la "españa" que pretende mostrar (82)— y descubre una "patria entre alambradas" (84). Pero su intento de denuncia topa con la **censura**, que amordaza y reprime la palabra del poeta. El verso se hace entonces ejercicio de ingenio (76) o se disfraza (79).

[a] ¿Con qué retruécano denuncia en **76** la acción de la censura? ¿De qué subterfugios y recursos se vale en este poema para burlarse de la censura? ¿Qué versos de **80** delatan el amordazamiento del poeta?

A pesar de la represión y la censura, el poeta continúa voceando sus **ansias de libertad** y no ceja en su propósito de transmitir al pueblo la **esperanza**.

[b] En **79** y **81**, ¿qué palabra es todo un símbolo de la libertad anhelada? Interpreta el título y los vv. 1-5 de 81.

[c] ¿Qué versos de **77**, **80** y **81** expresan una invitación a la esperanza?

6.3 Algunas composiciones son **homenaje a poetas** con cuya obra o con cuya circunstancia vital se siente indentificado Blas de Otero. Es el caso de 85, 86, 89.

a ¿Qué referencias o ecos machadianos percibes en **86**?

b ¿Se produce en este poema el efecto de "poesía mayoritaria", de "participación común" de que habla el documento 2.3?

6.4 En algunos poemas de la etapa social, y concretamente en este libro, Blas de Otero se aproxima a formas y **técnicas de expresión vanguardista**, lo que parece contrastar con la sencillez coloquial del lenguaje. Un ejemplo elocuente es el poema **90**.

a ¿Qué rasgos vanguardistas encuentras en él? ¿Dificultan realmente la comprensión? ¿Qué función cumplen los encabalgamientos o los espacios en blanco entre palabras? ¿Cuál es el sentido del título? Interpreta el poema en su conjunto.

En varios poemas de este libro se rompe el **endecasílabo** para distribuirlo en varios versos. Busca esta innovación en 90, 78, 82 y 83.

b ¿Qué efecto expresivo se consigue?

7

QUE TRATA DE ESPAÑA

7.1 Como advierte el propio título, el objeto de esta obra es **España**, tema que ha de ser interpretado tanto como referente material y realidad histórica sobre la que se reflexiona como elemento provocador de la emoción del poeta, que trata de objetivar su realidad anímica por la vía de la escritura poética. Desde este punto de vista, el poema introductorio **91** inicia ya la búsqueda de la identidad de España y de lo español, objetivo global del libro.

a ¿Con qué significativos rasgos físicos o de índole histórica aparece caracterizada España?

b ¿Cómo queda esa realidad objetiva interiorizada, transformada en emoción y subordinada al hecho poético?

c ¿Qué te revela el oxímoron con que se define su esencia?

Sobre la **doble condición** de la esencia de España se insiste en 93 (vv. 1-3), al tiempo que se lamenta o se desea superar la herida de la guerra (92). Y, frente a esa dolorosa realidad, el poeta se asigna una misión (**93**, vv. 14-21) que ya nos resulta familiar.

d ¿Qué función asume el poeta? ¿Cuál es su vocación en **113**?

e ¿Qué visión se ofrece de España en **117**? ¿Cuál es la actitud del poeta ante la guerra en **122**?

España aparece a menudo, pues, como una realidad problemática, escindida siempre entre el impulso progresista y el inmovilista, y a la vez, provocadora de emociones contradictorias en el poeta, que van del amor al rechazo.

f ¿Cómo refleja todo esto **125**, y qué función cumple en este poema la mención de Machado y el eco de Vallejo ?

g ¿En qué medida es la evocación de España en **128** y **129** más una imagen interior que la realidad misma?

7.2 La primera parte de la obra (poemas 94 a 100) es una **biografía sentimental**, a través de la cual rescata el poeta paisajes y figuras adheridas al recuerdo.

De **94**, **96** y **91** destaca la presencia pertinaz de la **lluvia**.

a ¿Qué significado emblemático adquiere esta imagen constante y a qué momentos de vida nos retrotrae? ¿De qué otros recursos hace acopio el autor para sugerir la lentitud, la monotonía y la nostalgia del tiempo pasado?

No todo en su historia personal tiene tintes sombríos.

b ¿Cuál es el tono predominante de la evocación en **95** o **97**? ¿Cómo se conectan líricamente estos poemas con **108**?

En varias composiciones hace Otero un recorrido por su andadura vital en el que se funden **vida, historia y poesía**.

c ¿Cómo queda integrada la historia personal en la historia del país en **99**, **123** y **124**? ¿Qué sentido tiene el título de 99? Comenta los vv. 49-50 de este poema. ¿Qué voluntad parece animar la composición de 123 y 124?

7.3 La reflexión sobre **ética y estética**, aunque no es nueva a la altura de *Que trata de España*, ocupa en este libro un lugar central. Esta preocupación, compartida con la generación literaria de los años cincuenta, tiene en manos de Otero una sorprendente originalidad.

a ¿Qué "derechos" y "deberes" de la poesía se destacan en **102**, y cuál va a ser el alfabeto del oficio de poeta, la configuración de su pensamiento estético? ¿Cómo se funden aquí actitud vital y función artística, inseparables ya para el autor?

b ¿Qué valor cobra lo colectivo, la 'palabra-pueblo', en **103** y en **112**?

A la luz del documento 2.4,

c ¿Qué función estética y social adquiere la búsqueda de la palabra auténtica en los poemas 104, 105, 107 y 109?

d ¿Quién es el **receptor** de la palabra poética al que se alude en **107** (vv. 9-12) y 109 (v. 10)?

Las "cosas formidables" que dice la gente, esas "anchas sílabas" (103) que pronuncian, adquieren en manos del poeta nueva vida y valores inusitados, potenciados poéticamente. Véase documento 2.1.

e Anota ese 'valor añadido' del lenguaje en 102 (vv. 12 y 27), 104 (v. 4), 105 (v. 3) y 107 (vv. 8 y 12-16).

f ¿Qué función simbólica cumple el mar y su "voz" en **109**?

La palabra hecha pueblo, encarnada en su **poesía tradicional** de hondo lirismo, es el objeto de los poemas 110 a 113.

g ¿Cómo se cumple en ellos el homenaje a este tipo de literatura y a los autores que han sabido conectar con la autenticidad propia de lo popular a través de su obra? A este respecto, el documento 2.3 te será de gran ayuda.

7.4 La **geografía** y la **cultura** de España también están presentes como parte de esa indagación y reconocimiento que el poeta lleva a cabo partiendo de sí mismo para ahondar en lo 'otro'.

a ¿Qué paisajes y figuras se han seleccionado en este recorrido por el solar patrio, en los poemas 114, 115, 116, 118 y 119, y qué valor representativo se les concede a algunos?

8

HISTORIAS FINGIDAS Y VERDADERAS

8.1 Como se apunta en la Introducción (p. XXXV), el título ha sido tomado del *Quijote*, y en dicha frase queda implicado de algún modo ese relativismo o perspectivismo sereno —"el hombre no es bueno ni malo (es más bien malibueno y buenimalo)"— al que se accede con los años al abordar temas y preocupaciones constantes a lo largo de su obra. Así, en la primera parte del libro se desgranan una serie de meditaciones sobre el **hecho poético** que tienen el rigor exigible a un teórico y, a la vez, a un artífice de la palabra.

a ¿Cómo se plasman en **133** esas tres vertientes de la poética oteriana: poesía como reflexión, vida y responsabilidad?

En la decantación de las ideas estéticas de Otero hallamos una influencia notable de **Juan Ramón Jiménez**, de quien toma la imagen de la "rosa" para referirse a la poesía y al que remiten, en buena medida, las ideas de escritura espontánea "en apariencia" de 135 y 136, la "palabra plena, desconocida, intacta" de 137 o la "palabra precisa, universal, imprevisible" de 143.

b Comenta el sentido de esos conceptos en el contexto en que se expresan. Por otro lado, ¿cómo se anuda con la "espontaneidad aparente" la reflexión de **136** sobre la "escritura hablada y libresca"?

c ¿Son también de raigambre juanramoniana las nociones de poesía como "traición al tiempo" y "polvo iluminado" (**134**)? ¿Qué profundo significado tienen?

d ¿En qué "reglas y consejos" se fundamenta la creatividad del poeta (**137**)?

La **ética**, el "peso de la revolución" (141), aparece en la obra de arte unida a la estética, como el poeta afirma con rotundidad: "Hay que combatir la injusticia con el mismo tesón con que la rosa, sin querer, entreabre sus pétalos" (142). Para Blas de Otero, uno de los temas "más ricos y acuciantes" (136) es la realidad tocada por la magia de la palabra poética, aquélla que permite al poeta "trazar una línea paralela al horizonte" (137).

e ¿Qué sentido atribuyes a esas frases? ¿Cuál es el "país de las maravillas" a que se alude en 137?

El juego en torno a las "torres de marfil" (141) implica una **toma de posición** del poeta tanto **ética** como **estética**.

f Comenta en qué consiste esta toma de posición en el citado poema.

8.2 La **autobiografía**, reconstruida a base de datos dispersos y fragmentos en que se cuenta, se sugiere o se simboliza la experiencia, o en que se medita sobre el sentido de lo vivido, ocupa buena parte de *Historias fingidas y verdaderas*. En este sentido, la prosa **147** es un hermoso ejemplo de cómo opera en ocasiones la reconstrucción del pasado.

a ¿Qué detalles ha seleccionado el autor y cómo consigue borrar los límites temporales que existen entre ellos? ¿Qué sintagmas se reiteran y con qué finalidad? ¿Por qué podemos decir que ésta es una visión *retrospectiva* del pasado? ¿En qué partes del texto aflora el irracionalismo o lo onírico, claro reflejo de la estética vanguardista?

Pese a algunas experiencias negativas del pasado, en Otero prevalece el impulso emocional de rescatarlo ("dadme una cinta para atar el tiempo", había dicho en su libro anterior) y retener —en imagen machadiana— los "lienzos de la adolescencia" (152).

b ¿Qué elementos, palabras u objetos son capaces de hacer aflorar ese "tiempo perdido" en **144**, **148** y **149**? ¿Qué momentos de vida se recupera en ellos y cómo sirve el lugar del amor (148) de asidero de la memoria? Consulta el documento 3.1.

c ¿Qué valores absolutos trata de hallar el autor en su búsqueda por las memorias del pasado en **150**?

Las memorias del pasado conviven en ocasiones con la presencia de la **muerte**.

d ¿Cómo se enfoca el tema de la propia muerte en **146** y **151**? ¿Cómo conectan ambos con **165**, ligando así íntimamente esta obra con la poesía de su autor?

8.3 El **tema histórico**, en forma —una vez más— de meditación sobre España, aunque también sobre la experiencia cubana (universalizando y trascendiendo de ese modo lo que podría parecer una preocupación "local"), constituye una nueva sección.

a ¿Qué imagen de España trazan **154** y **155**?

b ¿Cómo se entiende España desde Cuba (**156**) y qué valoración se hace de la experiencia revolucionaria en **157**?

8.4 La última parte la comprenden aquellas prosas que, aun insistiendo sobre los valores absolutos defendidos siempre (libertad, justicia, solidaridad), suponen primordialmente un **repliegue intimista**. Así, en 159 repasa Otero de nuevo su trayectoria ideológica y vital, que converge, en **160**, en una actitud algo distinta a la sostenida en su juventud.

a ¿Qué sentimiento se impone en este poema? ¿Y en **165**?

b En **161**, ¿cuál es —corrigiendo a Manrique— la misión del hombre en este mundo?

El paso de la poesía en verso a la **prosa poética** es uno de los rasgos más distintivos de este libro.

c Recoge algunas muestras que sirvan para ejemplificar la integración de discursos y estructuras formales diversas en 133, 137, 147, 150, 151, 152, 156 y 158.

9

HOJAS DE MADRID CON LA GALERNA

9.1 La evolución de la obra oteriana presenta en los últimos años una coherencia y una armonía evidentes. El paso de los años ha decantado y depurado sus reflexiones sobre los temas de siempre: la *poética*, la historia personal y colectiva, la esperanza en el futuro, la muerte y el amor. Y si en toda su obra anterior el poeta se implica en el texto, ahora su voz se hace más íntima y desveladora, y el yo se constituye en principal protagonista del poema. Así lo atestigua la composición inicial (**176**), auténtica **síntesis de este poemario**.

[a] ¿De qué modo se refiere en ella el autor a su obra? ¿Qué conexiones establece entre el pasado y el presente, y cómo quedan también el propio autor y su circunstancia personal implicados? ¿Cómo es la ciudad que sirve de escenario a su vivencia y a su escritura, y cómo se relaciona con el tema de la muerte? ¿Qué alusiones políticas y sociales percibes?

[b] ¿En qué consiste el tono surrealista del poema y cómo contribuye a acentuar el clima de vértigo, peligro y aun de terror que en él se respira?

9.2 El **retorno al pasado**, la identificación y recuperación de sus raíces, constituye una de las vetas más fecundas de la obra de Otero, que en sus poesías últimas aflora con fuerza. En dos composiciones de esta selección recala el poeta en el **Bilbao** de su infancia.

[a] ¿Qué recuerdos revive la memoria en **177**, y qué sentimientos encontrados produce la ciudad en él? Considera, en especial, los vv. 5-8, 13-15 y 24-26.

[b] ¿Qué valor, ya visto en otros poemas, posee la lluvia en **195**, y con qué recursos fónico-semánticos se reproduce su incesante caída? ¿Con qué asocia ahora el poeta a Bilbao?

Otras composiciones se centran en el ámbito del **hogar**.

[c] ¿Qué distintas valoraciones hace el poeta del término "casa" en **181**? ¿Qué o quién ha cambiado?

[d] En **186**, ¿qué representa la cocina para Otero, y qué efecto se logra con el tono narrativo y con las citas en el poema?

En **196** se repasa una vez más la trayectoria vital del escritor, rememorada en varios poemas. No obstante,

[e] ¿A qué conduce en esta ocasión ese recuerdo, y qué tono tiene el poema? ¿Qué similitudes se observan con 197?

[f] Finalmente, ¿qué tipo de composición es el poema **201** y cómo contrasta con los anteriores?

9.3 Pero la **muerte** está al cabo de todos los caminos, de todos los recuerdos y, también, de todas las preguntas sin respuesta. Es el final del recorrido iniciado con la nostálgica evocación del pasado.

La grave enfermedad padecida por el poeta —y que se refleja en el "está en el quirófano" de 178— sin duda contribuyó al nuevo sesgo con que afronta el tema de la muerte.

a ¿Cómo se contempla la muerte en los poemas 166, 167, 168 y 183? ¿Con qué espléndidas imágenes recrea la llegada de la muerte? ¿Se olvida en ese momento de su compromiso social?

La **resignación** y la **serenidad**, la ausencia de crispación y dramatismo, son algunas claves de la poesía de Otero en el ocaso de la vida, como señala oportunamente Sabina de la Cruz (documento 4.2).

b ¿Cómo se reflejan esos rasgos en **184** y **185**? ¿En qué radica su tono de despedida y, al tiempo, de mensaje universal?

9.4 Contra el poder aniquilador de la muerte, aplazada de momento pero siempre amenazante y próxima, se impone el bálsamo consolador del **amor a la mujer**. Véase documentos 3.2 y 3.3.

a ¿Con qué términos se describe a la amada en **188**, y qué representa ésta para el poeta? ¿Desempeña la amada el mismo cometido en 192? ¿Qué simboliza, en este último poema, "la galerna" (v. 4) que da título al libro?

9.5 La **palabra** para el escritor es un hecho inevitable y la relación entre ambos es la misma que hay entre vida y expresión, las dos caras de una misma moneda. El poeta se convierte así en teórico a la vez que en artífice de la poesía.

a ¿De qué modo se evidencia, en **190**, la autonomía de la palabra, su poder para desvelar el sentido último de todo cuanto existe? Concreta los vínculos que unen esta composición a las expresiones "polvo iluminado" (134) o "que la palabras suenen libres, vivas, con dispuesta espontaneidad" (136).

b ¿Qué relación tiene también 190 con **193**? ¿En qué sentido recrea la disposición tipográfica de este poema lo que expresa el primero de sus versos ("escribiendo borroso").

La **lucidez** lograda al final del camino lleva al escritor a distinguir, en un espléndido retruécano, la prosa de la poesía (194), pero sobre todo le conduce a percatarse de que "cuatro libros de prosa / y seis de poesía" son "suficiente para toda una vida" (lo que, de hecho, ya se había apuntado en 65).

c ¿En qué términos se establece esta diferencia?

d ¿Cómo resume **198** todo cuanto hasta aquí se ha dicho, integrando la evocación del pasado, el amor, la vida y su circunstancia, la reflexión poética y la intertextualidad?

10

TEMAS Y CUESTIONES DE SÍNTESIS

10.1 En Otero, la **conciencia del tiempo** y la tensión generada entre la vida y la muerte es el hilo conductor que vertebra buena parte de su poesía. La línea evolutiva arranca de la propia REFLEXIÓN EXISTENCIAL que se inicia con esa fe y espera confiada en Dios (*Cántico espiritual*), para pasar de inmediato a situarse 'frente' a él, imponiéndose progresivamente la idea de la SOLEDAD HUMANA ante el silencio divino (*Ángel fieramente humano* y *Redoble de conciencia*), y la consecuente REBELIÓN al no hallar respuesta (*Ancia*). De aquí se sigue la presencia obsesiva de la MUERTE y la angustia de vivir una búsqueda infructuosa en el irremediable vivir para la muerte. Pero la obstinada defensa de la vida y, sobre todo, el abrir los ojos a la realidad genera el desplazamiento del 'yo' hacia 'los otros', en un SOLIDARIO DIÁLOGO CORDIAL (*Pido la paz y la palabra, En castellano*), donde el poeta trata de hallar su esencia en lo temporal y circunstancial. Y así, como un motivo subsidiario de la propia temporalidad, aparece el AUTOBIOGRAFISMO y lo que éste posee de esfuerzo por recuperar el pasado e integrarlo al presente. El recuerdo, especialmente el de la infancia, nostálgico y lleno de ternura, se funde con la memoria, tensa y crítica, de la Historia colectiva (*Que trata de España*); pero la vida personal, la propia historia —ahora contemplada con esforzada serenidad— acaba por imponerse en ese ejercicio de recapitulación rescatadora que —al menos en parte— tiene por objeto el AUTORECONOCIMIENTO, la búsqueda —como siempre— de lo más auténtico del ser y la reflexión sobre el destino humano.

a ¿Podrías rastrear las líneas de este discurso temático en unos cuantos poemas (11, 18, 21, 23, 26, 37, 39, 63, 94, 96, 122,

124, 123, 147, 150, 151, 161, 163, 166, 167, 168, 177, 181, 184, 185) espigados de entre toda su producción?

10.2 El **motivo amoroso** es de tal modo ingrediente sustancial de la obra de Blas de Otero (véase documento 3.2), que acaba por constituirse en una de las constantes de su poesía, aunque en cada caso presenta, como veremos, diversos matices. Veamos, para comenzar, cómo el poema **2** arranca de una reelaboración del tema situándose en una línea continuadora del modernismo.

[a] ¿Qué imágenes y vocablos mantienen, sin embargo, el cuño personalísimo de su autor?

El amor pronto se aborda con una **orientación existencial** que, sin embargo, no logra enmascarar su verdadero fundamento humano.

[b] ¿Cómo traduce el amor, y el goce en la contemplación de la belleza femenina, el ansia de eternidad que el hombre, en su radical soledad, siente (**16**)? ¿Cuál es la causa de la insatisfacción del deseo amoroso (**13** y **14**)?

El amor es parte consustancial de la vida del poeta.

[c] ¿Qué otras facetas igualmente importantes de la cosmovisión amorosa del autor introducen los poemas 12, 41, 42, 43, 44 y 46? ¿Cómo se percibe y anuncia ya la apertura del tema amoroso a la realidad social en 45?

Atendiendo al análisis que en la Introducción (pp. XXXIX-XLI) se hace de las relaciones que rigen entre sujeto y amada,

[d] ¿Quá actitud adopta el poeta ante la mujer marginada socialmente (94 y 83)?

[e] ¿Cómo se evocan los **amores 'perdidos'** en 148, 149, 195, 196 y 201? ¿Queda en ellos (y en 170) erotizado el espacio del amor (documento 3.1)?

La **madurez** del poeta repercute en la perspectiva con que enfoca todos sus temas, el amor incluido. Al final de su trayectoria vital,

[f] ¿Qué representa para él el amor o la mujer (138, 192, 198)?

La **sensualidad** y el **erotismo** tienen, en esta etapa final, un papel, si cabe, más destacado.

g Señala los recursos utilizados para sugerir la sensualidad o la intensidad que acompañan al sentimiento amoroso en los poemas 172 a 175, y en 191. ¿Cómo aparece "lo convivido" (véase Introducción, p. XLI) reflejado en 175 y 191?

h Finalmente, ¿cabe ver el amor, como hace el documento 3.3, como instrumento esencial de salvación del hombre y del yo lírico en la poesía oteriana? Discútase.

10.3 El **tema histórico** es uno de los hitos en la obra de Blas de Otero, pero se concentra especialmente en los poemarios *Pido la paz y la palabra, En castellano* y *Que trata de España*. Hasta lo colectivo llega el autor desde su anterior ensimismamiento, cobrando relevancia a partir de aquí lo genéricamente humano, que a menudo se traduce en una preocupación por España y su destino. En ocasiones, bucear en el sentido de lo español es, a la postre, desvelar una de las muchas facetas del yo.

a ¿De qué manera se identifica el yo con lo colectivo en 64, 68, y 102, comprometiendo su voz al servicio de la patria en 51, 69, 104 y 109?

b ¿Qué visión de España y de lo que él considera que constituye su identidad se ofrece en 91, 93, 117, 122, 125, 129, 154 y 155?

c ¿En qué otras imágenes y símbolos de España repara Otero (poemas 114 a 119)?

La herida de la **guerra civil** —tan presente en la literatura de posguerra— condiciona la visión de España de Otero al punto de erigirse en algún momento casi en símbolo de la patria.

d ¿Cómo queda patente el recuerdo de la guerra civil en 52, 53, 72 y 88, y qué idea, qué sentimiento domina en ellos? En 92 y 122, ¿qué sentimiento acaba por imponerse?

La **Iglesia** y el **nacional-catolicismo** contribuyeron decisivamente a configurar la sociedad española de posguerra.

e ¿En qué aspectos se concentra la crítica a una o a otro en 53, 56 y 63?

f Por otro lado, ¿cómo es vista la **censura** y la **represión** que ejerció el franquismo en 76, 80, 81, 84, 87 y 105?

Con el paso de los años, en el poeta se asienta la idea de laborar por el **futuro** y alimentar la **esperanza**.

g ¿Qué representa para él la juventud en 123 y 124? ¿Cuál es el legado de Otero a las nuevas generaciones en 196?

h ¿Renuncia a su actitud vigilante y combativa (180 y 189)?

10.4 La reflexión sobre **estética y ética** resulta una constante en la obra de Otero, para quien la poesía es inseparable de la vida. No obstante, nuestro autor renunció siempre a escribir una poética. Las reflexiones y juicios sobre el hecho estético y su función se encuentran, sin embargo, diseminadas por toda su obra, y de este tema nos hemos ocupado en los apartados correspondientes.

a Para una visión de conjunto, escójanse algunas de las cuestiones ya planteadas en los apartados 7.3, 8.1 y 9.5.

El estudio de la temática de la poesía de Otero no puede hacer pasar a segundo plano su enorme **impulso creador** ("he nacido [...] para inventar, para sacar lo insólito a relucir", dice en 158). No obstante, su reconocido virtuosismo se apoya. como no podía ser menos, en un trabajo tenaz y reflexivo.

b ¿Cómo es contemplada la tarea o imposición de escribir, en 182 y 102? ¿Puede entonces ayudarse, servirse de esas "reglas y consejos de investigación científica" que son la Gramática y el Diccionario (137)?

11

COMENTARIO DE TEXTO I

[POEMA 18]

Estamos ante un ejemplo elocuente de lo que fue la **poesía existencial** de Blas de Otero, una lírica del "desarraigo" en que el hombre busca un asidero a su angustia, a su soledad y desamparo ante la muerte. Y como es frecuente en la literatura existencial española (desde Unamuno a Dámaso Alonso), se enfoca desde una **perspectiva religiosa**, desde una búsqueda del Dios protector.

a ¿Qué relación se establece aquí entre el hombre y Dios? ¿En qué tono y actitud se dirige el poeta a Dios? Busca el significado de "clamar".

A la luz del documento 1.2,

b ¿Qué función desempeña Dios en este u otros poemas?

Blas de Otero trasciende su angustia o conflicto individual al trasladarlos al plano **metafísico**.

c ¿En qué estrofa se funden ambas perspectivas? ¿Qué valor tiene, en este sentido, el título? Formula en una frase matizada el tema de este soneto.

El **soneto** fue profusamente cultivado por los poetas del "grupo garcilasista". Pero Blas de Otero, a fines de los años cuarenta, utilizará esta estrofa-poema de forma muy personal, dándole un dramatismo tenso y desgarrado que convierte en aristas quebradas la tersa serenidad del molde clásico.

d ¿Qué elementos de ruptura rítmica o de revolución formal, a que alude el documento 1.3, encuentras en este soneto? ¿Por qué ha elegido Otero esta estrofa para expresar su angustia?

Este poema presenta una sólida **estructura**, con dos partes bien diferenciadas. Observa el "encaje" o disposición de las frases en los versos.

e En este sentido, ¿en qué se distinguen los dos cuartetos, por un lado, y los dos tercetos, por otro? ¿Qué rasgos individualizan, a su vez, a cada uno de los tercetos?

En los dos cuartetos destaca la **lucha interior** del poeta —manifiesta desde la primera palabra— para hacerse oír de Dios, y el silencio con que éste le responde.

f ¿Cómo se refleja dicha pugna en el ritmo de los cuartetos? ¿Qué extraordinario efecto expresivo se logra con los encabalgamientos, y qué palabras aíslan y ponen de relieve éstos? ¿Qué función desempeñan los verbos en gerundio? ¿Resulta significativo que sean éstos los vocablos escogidos para la rima? Analiza el cometido de los restantes tiempos o perífrasis verbales y de las locuciones adverbiales.

El terrible **silencio de Dios** (glosado por Unamuno en «Salmo I») y la sensación de **vacío** (destacada por Dámaso Alonso en el documento 1.1) atormentan al poeta.

g ¿Con qué espléndidas antítesis cobra gravedad el silencio? Anota otras antítesis de parecido valor en los poemas 22 y 33.

El **vacío** es aquí un concepto en los aledaños del silencio.

h ¿Con qué términos lo expresa? En el poema 26 vuelve a integrar ambos conceptos. Localiza los versos.

i ¿Por qué ha de estar Dios "despierto" a la muerte del poeta?

Dámaso Alonso pone de relieve también, en el documento citado, la filiación de esta poesía con la de **Quevedo**.

j ¿Qué imagen del segundo cuarteto es de clara raigambre quevediana? ¿Es ésta la única huella de Quevedo?

El **primer terceto** se organiza formalmente en estructuras paralelísticas y bimembres.

k ¿Qué oposiciones se expresan en cada verso? ¿Qué tienen en común los "impulsos" del poeta en la primera parte de los versos? ¿En qué se fundan la imágenes de la "sed" y de las "arenas" del v. 11? Advierte que, dentro del paralelismo que caracteriza al terceto, cada verso incorpora una nota distintiva. Anota el hipérbaton y la aliteración del tercero.

Y, frente al "movimiento" de la estrofa anterior, el **segundo terceto** se caracteriza por su valor definitorio, sustantivo.

l ¿Qué verbo aparece aquí y qué características tiene? Analiza el valor expresivo de "horror a manos llenas" —por oposición al "vacío" anterior— y el sentido profundo de las antítesis de los vv. 13 y 14.

Mención especial merece, con todo, el **verso magistral** con que se cierra el soneto.

m ¿En qué medida es este verso el clímax, un epifonema, un grito de rebeldía, un suspiro de resignación, la asunción de la condición del hombre o una toma de conciencia?

El hombre, en su intento de superar la muerte, está siempre condenado al fracaso. Pero la toma de conciencia de la limitación que la muerte impone al hombre produce en Otero una rebeldía que acaba por liberarlo de la resignación alienante.

[n] En el poema **19**, ¿cómo se resuelve la angustia existencial de la composición objeto de este comentario? Presta especial atención a los vv. 17-28 y analiza los contrastes producidos con el poema 18.

12

COMENTARIO DE TEXTO II

[POEMA 50]

«A la inmensa mayoría» es el significativo pórtico de *Pido la paz y la palabra*, el libro que marca el paso definitivo del "yo" existencial y subjetivo al "nosotros" social e histórico. Este importante poema nos relata la historia de una "conversión" y nos ofrece el testimonio de un compromiso. Y como ocurre siempre en Blas de Otero, el **título** tiene un valor emblemático.

[a] Analiza las connotaciones literarias y sociales del título. ¿A qué otro tipo de poesía parece oponerse y en qué sentido?

La conversión del poeta se nos presenta con el esquema mítico de la **muerte y resurrección**, patente en la primera y última estrofas.

[b] ¿Qué significa "murió por dentro" y con qué acciones —en logradas frases coloquiales— se da a entender la 'resurrección' del poeta? En la última estrofa, ¿en qué se advierte la condición de 'testamento' del poema? ¿Qué valor expresivo tiene el haber partido en dos el último verso?

Tres elementos contribuyen a ordenar la **estructura** del poema: el tono narrativo del texto, la estrofa utilizada y el carácter de apertura y cierre de la primera y la última estrofas, respectivamente.

[c] Señala a lo largo del poema —y, especialmente, en la primera estrofa— algunas marcas del **tono narrativo** del poema. ¿Por qué ha recurrido a él? ¿A quién se dirige y en qué persona? ¿En qué persona o personas habla el poeta de sí mismo y por qué motivo?

Otero emplea las **expresiones** "en canto y alma" (v. 1) y "en carne y hueso" (v. 18) para referirse a sí mismo y al poema, lo que nos remite al texto de Whitman ("esto no es un libro. Quien vuelve sus páginas toca a un hombre") que más adelante utilizará Otero para titular uno de sus libros. Consulta el documento 2.1.

d Comenta el acierto expresivo de dichas frases, particularmente la primera de ellas, que, acompañada de la palabra "hombre", nos trae a la memoria el poema 18. ¿Qué doble sentido tiene "buen" en "un buen día"?

La división en **estrofas** organiza el desarrollo de la historia, narrada así en otras tantas unidades menores.

e ¿Qué rasgos tiene la estrofa empleada y qué parte del "relato" contiene cada una de ellas? La **rima** de todo el poema coincide con la palabra que cierra el poema: *Otero*. ¿Qué valor tiene, por tanto, la rima?

Tras la primera estrofa, que es un apretado resumen de la metamorfosis del poeta, se nos ofrece en la **segunda estrofa** el siguiente "movimiento" del relato.

f Comenta la función estilística de la primera frase. ¿Qué te revela que saliera "una noche" y a qué término anterior se opone? ¿En qué se basa la construcción "echando espuma por los ojos" y qué valor expresivo tiene? ¿Cuál es el objeto del "amor" (v. 7) y a quién o quiénes se refiere el "muerto"?

En la **tercera estrofa** adopta el poeta una actitud beligerante que se expresa en las imágenes de las "tiendas" de campaña o de los ondeantes "pabellones" ('bandera'). La "paz" parece en ese contexto y en el de toda la estrofa una antítesis.

g Sin embargo, ¿qué entiende el poeta por *paz* (la misma que titula el libro)? Consulta, al efecto, el contexto en que el término aparece en 53 (vv. 19-20) y en 68 (vv. 6-10). Valora el resto de imágenes de esta estrofa.

La función deíctica de los adverbios de lugar reiterados —que marcan la implicación del poeta en la realidad— cobra mayor dramatismo en la **cuarta estrofa**.

h Descifra —y comenta el hallazgo estilístico— de las imágenes bélicas, construidas mediante antítesis. Anota asimismo la sonoridad áspera de algunos fonemas y su función.

Hemos aludido ya al valor 'testamentario' de la **última estrofa**, que engarza así con la idea de la "muerte" del poeta en la primera.

[i] Pero, ¿cuál es la "última voluntad" del poeta? ¿Son los "versos" del v. 17 los mismos que los del v. 4?

La **"resurrección"** del poeta se hace evidente en los títulos de los dos siguientes poemas (51 y 52).

[j] Comenta, en este sentido, el significado de esos títulos.

13

COMENTARIO DE TEXTO III

[POEMA 77]

El título de este poema recoge un verso de una **canción popular medieval**. El texto completo es el siguiente: "Soledad tengo de ti / tierra mía do nací. // Si muriere sin ventura, / sepúltenme en alta sierra, / porque no extrañe la tierra / mi cuerpo en la sepultura; / y en tierra de grande altura, / por ver si veré de allí / las tierras a do nací". Este villancico es un canto de nostalgia (*soledad* equivale a *saudade,* esto es, 'nostalgia') de la patria lejana, un canto de desterrado. Otero, en sus largos viajes fuera de España, sintió la añoranza de sus orígenes.

[a] ¿Cómo se integran la cancioncilla popular y el romance morisco (véase nota 9) en el tema de esta composición oteriana?

El **primer verso** es el eje semántico de todo el poema.

[b] ¿Qué simboliza la "casa" y por qué se recurre a este símbolo? Adviértase cómo todos los versos giran en torno al primero, aun cuando no vuelve a repetirse el término.

El poema tiene una primera parte **descriptiva** y una segunda parte **exhortativa**.

[c] ¿Qué versos ocupa cada una de ellas?

La búsqueda de **sencillez formal** en esta etapa lleva a menudo al poeta a utilizar el verso breve y semilibre, con frases cortas y quebradas frecuentemente por encabalgamientos abruptos. Esa aparente sencillez formal oculta, sin embargo, una compleja elaboración y, como veremos, un propósito significativo.

d Anota el esquema de la rima y el número de frases cortas y de sintaxis simple. Escoge uno de los encabalgamientos y explica su función.

Sobre la **doble condición de España** versan varias composiciones de Otero ("Dos espumas frente a frente", como se advertía en 72). En este poema tal oposición se plantea de forma más sutil y lírica.

e Comenta cómo se expresa esa oposición en los vv. 4-7. ¿Qué valor añadido tiene la estructura en quiasmo del v. 4 y sus aliteraciones o eufonías? ¿Se opone "amarilla" al "pintada" del verso anterior? ¿A qué se refiere "amarilla" y qué función cumple el encabalgamiento?

El símbolo de la casa "pintada" remite a Miguel Hernández, como se aclara en la nota al poema. Pero igualmente relevante es la presencia de **Machado** en la alusión a los álamos, el símbolo del camino y en la visión de Castilla que se trasluce, por ejemplo, en «Campos de Soria», en cuyo verso 72 ("[...]. Nadie pasa") se basan los vv. 8-9 del poema de Otero.

f ¿Qué simbolizan, por tanto, cada uno de los vocablos "amarilla / lámpara en la penumbra del camino"? ¿Y la frase "No pasa / nadie.", puesta de relieve por el encabalgamiento?

Jorge Manrique, tan estimado por Machado como por Otero, está al fondo de la imagen del "río" —paralela a la del camino machadiano— que vertebra los vv. 9-16.

g Con este trasfondo manriqueño, analiza el sentido del reiterado "tiempo perdido" (¿tiene un solo significado?), del "olvido" y del "agua". ¿Cómo se ha jugado aquí con la frase hecha "agua pasada" para convertirla en "agua / *pasada por las armas* del / olvido"?

Algo más críptica puede resultar la frase "ordena las hojas" y el encabalgamiento léxico siguiente.

h Sugiere un significado para "hojas" (consulta para ello los poemas 80 y 176), valora la función de las aliteraciones del verso 10 y procura explicar la razón del encabalgamiento. ¿Qué significa la palabra que aísla éste?

En la **segunda parte** del poema,

i ¿Qué vocablo enlaza con la imagen anterior del río, y cuál retoma la alegoría de la "casa", desarrollada a continuación? ¿Qué importancia cobran los imperativos en este tramo del poema? Obsérvese su posición en el verso. ¿Sobre qué idea básica inciden todos ellos? ¿Cómo contribuyen, junto con el parecido esquema sintáctico de las frases, a marcar el ritmo y el tono de esta parte del poema? Comenta la frase final.

En los dos últimos versos aparecen los términos "cuchillo / brillante" para reforzar la presencia de la "luz".

j ¿Qué valor tienen esos vocablos? Interprétense comparando este poema con el 68.

El poema **110** utiliza el mismo estribillo tradicional y expresa, en parte, un sentimiento parecido al de esta composición.

k ¿Cuáles son las semejanzas y las diferencias entre uno y otro poema?

14

COMENTARIO DE TEXTO IV

[PROSA 148]

Una de las vetas más fecundas y líricas de la poesía de Otero arraiga en la evocación del pasado. La **nostalgia** de un tiempo, de unas emociones y de unos seres irremediablemente perdidos impulsa el deseo del poeta de rescatarlos mediante el ejercicio de creación. En este texto, las imágenes de la lluvia, las lágrimas, el río y el agua constituyen el hilo que enhebra la evocación.

a ¿Qué sutiles y poéticas conexiones podemos establecer entre la "**lluvia**" y las "**lágrimas**"? Recuérdese el valor simbólico de la lluvia en 96 y 195. ¿Qué relación hay entre los dos sintagmas que componen el título y cómo explicas la ruptura de la norma gramatical? ¿Quiere el poeta decir que llueve *en* la memoria?

Centrémonos ahora en las líneas 15-16 del texto. En ellas se reproducen, casi literalmente, unos versos de la Égloga I de **Garcilaso**, en los que Nemoroso lamenta la pérdida de su amada, pero Otero, con singular visión poética, ha cambiado dos vocablos: uno de ellos, "álamos", que sustituye a "árboles", nos remite ineludiblemente a los versos de **Machado** "álamos del amor cerca del agua / que corre y pasa y sueña" (vv. 129-130 de «Campos de Soria», cuya sección VIII conviene ahora repasar por entero); el otro, "historia", reemplaza a las "aguas" de Garcilaso.

b ¿Qué matices poéticos y sentimentales comporta el primero de los cambios? ¿Cómo interpretas la segunda sustitución y qué relación se establece entre "agua" e "historia"? ¿Qué valor tiene ahora "corriente, pura, cristalina"? ¿Cómo queda de ese modo potenciado —más aún, multiplicado— el valor poético del texto oteriano, fundido e integrado en la tradición lírica?

La **carta** sirve de marco —apertura y cierre— de la evocación, que aparece en el centro de la prosa. En el texto, además, se van alternando o superponiendo reflexión, narración y descripción.

c Delimita con precisión la **estructura** de esta prosa. ¿Cómo se combinan los planos elocutivos mencionados? Analiza, desde el punto de vista estilístico y de contenido, la alternancia de **tiempos verbales** en cada parte. ¿Qué efecto se consigue con el imperfecto empleado para la evocación? ¿A quién se dirige el poeta en cada caso?

En el primer fragmento aparecen ya algunos de los rasgos que hacen de ésta una prosa poética.

d Anota el ritmo, el paralelismo, las enumeraciones. ¿Con qué espléndida aliteración nos transmite el discurrir del tiempo? ¿Fluye éste hacia atrás o hacia adelante? ¿Qué simboliza el soplar de —precisamente— el "ábrego"? ¿Es la "carta" también el poema?

e ¿Cómo interpretas la línea 6?

La evocación recupera una **escena amorosa** cargada de sensualidad hasta el punto de que el propio paisaje se convierte en ese *locus amoris* erotizado a que se refiere el documento 3.1.

f ¿Cómo se marca el ritmo en este fragmento? Señala todos los elementos que contribuyen a la recreación de la escena amorosa. ¿En qué se basan la imágenes de "morir un poco" y "echar los brazos a volar"? ¿Cómo contrasta esta última imagen con el "caídos en tierra" (no "echados") y qué relación une a ambas con "el cielo azul crujía cuando le poníamos la vista encima"? ¿Se explica la frase siguiente a partir de esta última y del "Duele la luz" ya comentado? Por otro lado, ¿qué efecto se consigue con la agramaticalidad de "a la *misma* vez" o "*a* la misma boca"?

g ¿En qué consiste el acierto estilístico del símil que aparece entre paréntesis? ¿A qué obedece el uso del paréntesis?

La prosa se cierra con una vuelta al presente y con un interlocutor distinto.

h ¿Qué relación se establece aquí entre la "historia", la "carta" y "el espejo del tiempo"? ¿Qué nota lírica aporta "mecen", en lugar de —por ejemplo— "remueven"?

15

COMENTARIO DE TEXTO V

[POEMA 192]

Blas de Otero dijo de *Hojas de Madrid* con *La galerna* que se trataba de un libro "escrito en verso libre o versículo, de clima surrealista". Y este poema presenta, en efecto, ciertos ribetes **surrealistas**, como la falta de puntuación, la ausencia de una conexión explícita entre los elementos que conforman el "relato", algunas imágenes desconcertantes...

a Ejemplifica las dos últimas características mencionadas.

El rasgo surrealista más destacable es, sin embargo, la **atmósfera onírica** que envuelve la composición, en la que el poeta ha procedido como en «Tiempo» ("me hundo en el fondo del subconsciente buceo / a ojos cerrados") a la hora de recrear su estado anímico. Pero ni el tono onírico ni los rasgos formales apuntados dificultan en exceso la comprensión cabal de un texto centrado —como otros de esta época— en el seguro refugio que la mujer proporciona al poeta atormentado. El poema se **organiza** en tres "movimientos".

b ¿Qué tres partes distinguirías en el poema y por qué? ¿Qué versos sirven de conexión entre la segunda y tercera partes?

El tema de la composición se advierte desde los primeros versos, donde el poeta **solicita el cobijo** de la amada.

c ¿Cómo se estructuran estos versos? ¿Qué valor cobra la primera palabra del poema? ¿Por qué desea refugiarse en la "memoria" de la amada, que ésta le "abra los ojos" y, poco después, se los "cierre" (v. 20)?

d Analiza el efecto de las aliteraciones en los primeros versos. ¿Qué palabra clave, qué anhelo, aparece ya en ellos?

En éste, como en tantos otros poemas, se incide sobre la **vida del poeta**, que "surge como una diapositiva".

e ¿A qué aspectos de la biografía del poeta se refieren las imágenes oníricas descritas? ¿Qué simbolizan la "galerna" y el "mar"? Comenta, a la luz de estos símbolos, el significado de todas las imágenes de esta sección. Repara, en particular, en los vv. 6-7. En el v. 7, ¿qué te sugiere la aliteración de un fonema áspero y las comparaciones empleadas en este verso? Analiza también las aliteraciones de los vv. 8 y 15.

Mas, frente a la amenaza de la "galerna", surge el "amarillo del desnudo" protector de **la amada** en tres versos que tienen un esquema paralelístico semejante a los tres primeros del poema.

f ¿Con qué imágenes de signo contrario a las de la sección anterior del texto simboliza ahora a la amada? Analiza su valor semántico y fónico.

La imagen del **círculo**, en diversas variantes, se prodiga en este poema. Compruébalo en los vv. 1, 12, 18 y 24.

g ¿Qué evidente significado tiene? ¿Enlaza con el fonema vocálico reiterado en la imagen-símbolo de la amada?

h ¿Qué representa ahora el "cielo" y a qué se refiere la frase hecha "a pecho descubierto"?

En el **tramo final** del poema se adensa la expresión y se intensifica más, si cabe, el plano simbólico. El círculo ya aludido, el aire, las imágenes de "fondo" y "azul", la función de la mujer y hasta la sensación final de armonía o serenidad nos remiten a la simbología del último Juan Ramón Jiménez. (No estaría de más, con todo, recordar también el último poema escrito por Machado: "Estos días azules y este sol de la infancia").

i ¿Qué valores cobran todos estos símbolos en los últimos versos? ¿Cómo se integran aquí la naturaleza, la mujer, la memoria y la infancia? ¿Qué representan "las lanchas" y por qué se ha querido aislar gráficamente estas dos palabras del verso al que pertenecen? Compárese el "balanceo" de las lanchas con el paisaje descrito anteriormente (y explíquese, de paso, por qué se recurre de continuo a la personificación del paisaje). Analícese la aliteración del v. 27.

La **mujer** ocupa un lugar central en la poesía —y en la vida— del poeta en sus últimos años, y da lugar a algunas de sus más bellas composiciones. En «Lo fatal» (187), por ejemplo, se recrea una atmósfera semejante a la de «Sol redondo solo».

j Analícense las coincidencias entre uno y otro poema.

16

EL AUTOR EN SU TRADICIÓN

Como ponen de relieve los documentos críticos que tratan del papel de la **intertextualidad** en la poesía de Blas de Otero, fue éste un lector ávido y reflexivo, atento conocedor de los procedimientos de la lengua poética y maduro crítico literario. Las presencias de otros poetas y lo que de ellos se incorpora, así como los juicios críticos implícitos en múltiples alusiones, nunca poseen un carácter gratuito, sino que se integran en el entramado de la propia obra de tal modo que quedan transmutadas y convertidas en vehículo de expresión de la emoción y experiencia personales. Sería tarea inabordable analizar aquí todos los escritores que, de uno u otro modo, se incorporan al caudal poético de Otero. Por tanto, consideraremos tan solo a aquellos cuya huella o magisterio es más perceptible en el poeta.

16.1 Detectamos la incorporación frecuente de la **poesía tradicional** —romancero, cancionero y copla popular—, sobre todo a partir del viraje de su obra hacia lo colectivo. Si el poeta desea fundir su voz con la del pueblo, es lógico que se produzca la fusión de ambas poesías.

a ¿Cómo se produce la integración de elementos populares y tradicionales (canciones de corro, coplas, romances, fragmentos del Cancionero, estribillos) a la propia lírica en *Redoble de conciencia* (32), *Pido la paz y la palabra* (65 y 66), *En castellano* (72, 76 y 77), *Que trata de España* (105, 110, 111, 112 y 118) e *Historias fingidas y verdaderas* (156 y 158)? ¿Por qué resulta significativo el número de poemas que, en cada caso, contienen estas muestras?

El complejo juego de citas textuales, alusiones y recurrencias que se encuentra en la producción oteriana abarca obras y poetas de toda la historia de la literatura, pero entre sus autores predilectos, **Jorge Manrique** es evocado en la reflexión sobre la vida y la muerte, sobre el paso del tiempo y, en especial, en la imagen de la vida como río que desemboca en el mar de la muerte. No obstante, y aunque el homenaje aparece implícito en el título de algunos textos (149 y 161, por ejemplo), no siempre hay acuerdo entre ambos.

b ¿Cómo se distancia de Manrique en 120 y 161?

c Anota todos los elementos que, procedentes de las *Coplas*, incorpora Otero a 176. ¿Qué nueva vitalidad se les infunde?

16.2 Blas de Otero reconoce a **Fray Luis de León** como su gran maestro, el poeta que "me alimenta como un pan principal" (140). Con él comparte la búsqueda de la sobriedad y concentración expresiva ("palabra cabal", "verbo escueto"), o la sincera tendencia a manifestar la verdad, caiga quien caiga.

a ¿Cómo se pone esto de manifiesto en 135?

El poeta agustino ofrece una visión de España en «Profecía del Tajo» (Oda VII).

b ¿Cómo la reinterpreta Otero e incorpora a 53, 79 y 99?

c ¿Cómo se transforma en 65 la alusión luisiana a la Naturaleza, refugio y apartamiento del desasosiego cortesano?

La presencia de **Cervantes**, centrada en las figuras de Don Quijote y Sancho, es una constante en la poesía de nuestro autor, sobre todo a partir de *Pido la paz y la palabra*. Títulos de poemas (164 o 169) y hasta de libros (*Historias fingidas y verdaderas*) parten del *Quijote*.

d Señala en qué consiste la dimensión alegórica que las figuras cervantinas cobran en 62, 75 y 118 como símbolos de España.

16.3

Los versos más recordados por Otero de **Rubén Darío** son los de *Cantos de vida y esperanza*, es decir, aquellos en que se exterioriza la angustia existencial, la conciencia de la propia muerte y el giro hacia la historia y las mayorías.

a ¿Cómo se integran en el propio discurso temático las citas rubenianas que aparecen en 60, 102, 122 y 188, reinterpretando las palabras del nicaragüense según las necesidades del momento, adaptando y transformando su textos?

Juan Ramón Jiménez está presente en Otero desde sus primeros poemas, algunos de los cuales se compusieron tras la reciente lectura de *Pastorales* (véase el apartado 1.1). Coincidente es también la tendencia a utilizar la prosa poética, el uso —esporádico en Otero— del *collage* (véase 158) y la obsesión por la perfección poética que llevaba a uno y otro autor a revisar constantemente sus textos. Ecos, citas textuales, alusiones y otras huellas delatan que tal vez fuera éste el poeta más leído y admirado siempre por Otero, quien, como él, tiende a buscar la 'desnudez' poética y la sencillez expresiva.

b Para la "depuración poética" o la concepción de la poesía como una vía de acceso a la esencia de las cosas, véanse los apartados 8.1 y 9.5.

c ¿Qué procedimiento, ya usado por Juan Ramón en *Espacio*, se observa en 147?

d ¿Podrías identificar otras presencias juanramonianas en 145?

e ¿Puede haber en Otero una voluntad de oposición a Juan Ramón al poner al frente de *Pido la paz y la palabra* el lema "a la inmensa mayoría", o más bien la admiración a la ética juanramoniana, aunque desde una posición ética distinta, como corresponde a diferentes situaciones históricas?

Blas de Otero incorpora a su poesía la voz humana y el verso limpio de **Antonio Machado**, maestro y guía de las generaciones de posguerra.

[f] ¿Cómo aparece descrito el paisaje castellano con palabras y técnicas netamente machadianas en 66 y 125? ¿Qué meditación de tipo histórico subyace en ellos? ¿Qué temas, ligados al de España en Machado, reaparecen en 93?

[g] ¿Qué lecciones de su maestro enaltece Otero en el homenaje que le rinde en 86?

16.4 Uno de los poetas predilectos, y la más importante presencia vanguardista en la obra de Otero, es el peruano **César Vallejo**, tanto por sus audaces innovaciones en el lenguaje poético como por la emoción fraternal de sus poemas ante el dolor humano.

[a] Anota algún procedimiento surrealista, común a ambos autores, en 29 y 99.

Otros recursos netamente vallejianos, como los neologismos, la derivación adverbial de nombres propios o la metábasis imposible pueden rastrearse en 79, 100, 43, 122, 53, 83, 86 y 126.

[b] Pon algunos ejemplos.

Con Vallejo comparte también ciertos aspectos temáticos, como la desmitificación de lo trascendente —utilizando para ello fórmulas de tipo litúrgico o bíblico "vueltas a lo humano"— o la valoración estética del habla popular.

[c] Localiza estos temas en 39, 61 y 125.